古典詩歌研究彙刊

第六輯

龔鵬程 主編

第 15 冊

五言近體格律形成研究

林繼柏 著

國家圖書館出版品預行編目資料

五言近體格律形成研究／林繼柏 著 — 初版 — 台北縣永和市：
花木蘭文化出版社，2009〔民 98〕

目 2+238 面：17×24 公分

（古典詩歌研究彙刊 第六輯：第 15 冊）

ISBN 978-986-6449-66-6（精裝）

1. 五言詩 2. 近體詩 3. 格律

821.4 98013950

ISBN - 978-986-6449-66-6

9 789866 449666

古典詩歌研究彙刊
第六輯　第十五冊　　　　　ISBN：978-986-6449-66-6

五言近體格律形成研究

作　　者　林繼柏
主　　編　龔鵬程
總 編 輯　杜潔祥
出　　版　花木蘭文化出版社
發 行 所　花木蘭文化出版社
發 行 人　高小娟
聯絡地址　台北縣永和市中正路五九五號七樓之三
　　　　　電話：02-2923-1455／傳真：02-2923-1452
網　　址　http://www.huamulan.tw 信箱 sut81518@ms59.hinet.net
印　　刷　普羅文化出版廣告事業
初　　版　2009 年 9 月
定　　價　第六輯 25 冊（精裝）新台幣 35,000 元

五言近體格律形成研究

林繼柏 著

作者簡介

林繼柏，民國五十一年生於台北，東海大學中文系、中文研究所碩士，曾於屏東
科技大學、東海大學及朝陽科技大學兼任國文課程、現專任於屏東大仁科技大學。

提　　要

　　在新詩出現之前，依照格律寫作近體詩是歷代任何文人皆能為之的，而這個
格律的確立在於唐代。若從文學史的立場來看，任何一種體裁皆非憑空產生，在
其發展的過程中或與時代風氣互為因果，或與當時流行的文學形式有所互動。就
時代風氣而言，格律所重者，在追求聲韻的流暢悅耳，而魏晉以降，佛經轉讀的
「韻響清雅」，以及清談玄言時所重視的「辭氣清暢」，對於格律的產生有著不可磨
滅的影響。

　　再者，格律雖是唐代所確立，然究其產生的經過，諸家文學史多半追究到沈
約創為四聲之說為始。四聲固然是格律的基礎，但細分格律的條件，則這些條件
實際上是建立在平仄之上，而究平仄之起，則可追溯到漢賦：漢賦中已有許多章
節，其每句末字實際上已是平仄遞用了。換言之，平仄區分是隨著語言發展自然
產生的現象，而非四聲理論建立之後的規範。

　　其次，一個文學體裁的建立，絕非一蹴可即，初唐所建立的近體詩格律，也
不可能是突然出現的。追尋格律的淵源，歷來的研究多半將重心放在齊梁永明或
四聲八病，這些都是格律在形成時曾經嘗試過的試驗。然而對這些聲病的探討，
在過去的研究方法中，多半只能舉例說明，未能有一全面的觀察。因此本研究則
採取新的研究方法，利用電腦對魏晉到隋的所有古詩來進行分析，直接在實際作
品中過濾出近體詩格律的各個條件，並加以統計。透過這個方法，可以很清楚的
看出來，格律的各個條件實際上在齊梁時代，即已成為文人作詩時的習慣，而與
格律不同者，則是各別出現，而非一有系統的結構。例如律句拗句，出現的比例
與近體詩幾乎相同，但一聯中的組合，可能為「平平平仄仄」和「平平仄仄平」，
不能成為律聯。

　　經此對格律的全面觀察，近體詩格律的各個條件，早在唐代以前已是文人在
詩歌創作時所慣用，但集大成而建立完整的格律，則是唐代的成就。

目次

第一章　緒　論

第一節　前人研究成果之檢討

　　近體詩歌的格律完成於唐代，其始則倡於南朝齊武帝永明年間。梁沈約的《宋書》〈謝靈運傳〉：

> 五色相宣，八音協暢，由乎玄黃律呂，各適物宜。欲使宮羽相變，低昂互節。若前有浮聲，則後須切響。一簡之內，音韻盡殊；兩句之中，輕重悉異，妙達此旨，始可言文。

　　〔註1〕

這一段話，可以說是最早論及聲律的文字。然而「前有浮聲，後須切響」、「一簡之內、音韻盡殊；兩句之中，輕重悉異」等語的「浮聲」、「切響」、「音韻」、「輕重」究竟是何意旨，卻未能給人一個明確的概念。

　　此外，《梁書》〈沈約傳〉中，言其「撰《四聲譜》，以為在昔詞人，累千載而不悟，而獨得胸衿，窮其妙旨，自謂入神之作。」〔註2〕另《南史》〈陸厥傳〉：

> 時盛為文章，吳興沈約、陳郡謝朓、琅邪王融以聲類相推轂，汝南周顒善識聲韻。約等文皆用宮商，將平上去入四

〔註1〕《宋書》（臺北，鼎文書局）列傳二七，卷六七，頁1779。

〔註2〕《梁書》（臺北，鼎文書局）列傳七，卷七，頁242。

聲，以此制韻，有平頭、上尾、蜂腰、鶴膝。五字之中，
音韻悉異，兩句之內，角徵不同，不可增減。世呼爲『永
明體』。〔註3〕

可見沈約等人已能分辨四聲，並將四聲運用於詩歌之中，並且也有了
初步的成果：平頭、上尾、蜂腰、鶴膝等，實際上可說是也是十種格
律的規範。但由「宮羽相變」一語來看，當時對於詩文的音韻節奏，
雖然已有所認知，但在訴諸文字描述時，畢竟仍需借由音樂的概念來
加以形容，而不能有一較清晰的說明。

　　至於唐代，近體的格律建立；然而所建立的格律，應該說是從實
際的作品上得到的結果。至於論及格律的著作，現在所存的並不多，
此殆因從魏晉到唐，格律的規範從試驗到形成，這些論著便成爲「祭
餘的芻狗」，〔註4〕以至於這些著作湮沒在歷史的洪流中，不復見其全
貌。所可見者，唯在日僧空海所著的《文鏡秘府論》中，可以略窺唐
人格律的大概面貌。例如：

詩上句第二字重中輕，不與下句第二字同聲爲一管。上去
入聲一管，上句平聲，下句上去入，上句上去入，下句平
聲。以次平聲，以次又上去入，以次上去入，以次又平聲。
如此輪迴用之，宜至於尾。兩絃管上去入相近，是詩律也。

〔註5〕

所謂「上句平聲，下句上去入，上句上去入，下句平聲」，若與後世
的平仄譜相較，正符合「粘」、「對」的規律。又如同篇又有「有調聲
之術，其例有三、一曰換頭、二曰護腰、三曰相承」，〔註6〕同可看出
平仄譜之大要。

　　同時是書在論詩時，也很忠實的保存了部分唐代的詩論。例如在

〔註3〕《南史》（臺北，鼎文書局）列傳三八，卷四八，頁1195。
〔註4〕王夢鷗，〈有關唐代新體詩成立之兩種殘書〉，見《古典文學論探索》，
　　　　（臺北，正中書局）頁240。
〔註5〕唐・僧空海，《文鏡秘府論》（臺北，學海出版社影印日本《詩話叢
　　　　書》卷七），天卷〈調聲〉，頁718。
〔註6〕同註5，頁13。

東卷〈二十九種對〉原文中，便清楚的註明二十九種對中，十二至十七「右六種對出元兢《髓腦》」〔註7〕、十八至廿五「右八種對出皎公《詩議》」〔註8〕、廿六至廿八「右三種出崔氏《唐朝新定詩格》」。〔註9〕

此外，白居易《金鍼集》〔註10〕中，雖未明言格律，但在「詩有四格」條中有「拗背字句格」。〔註11〕所謂「拗背字句」者，梅堯臣《續金針詩格》舉例「只有照壁月，更無吹葉風」，上句五仄聲字，下句四平聲字，全不合律，故稱拗背字格；〔註12〕「蓋此格所重者在詩『意』，而拗背者是詩『律』」。〔註13〕然亦可由此得知，至白居易之時，格律實已相當明確。

至於宋代，格律早已定型，而論詩的重心則在於「評」。〔註14〕例如宋代最早的詩話為歐陽修的「六一詩話」，自題曰「以資閑談」，〔註15〕則其著述當非一嚴謹的詩論可知。至於各家詩話所論，重心多在風格字句的講究上，甚或成為「筆記化」的隨手雜記，其功能除「以資閑談」，更「可以涉諧謔，可以考故實講出處、可以黨同伐異，標榜攻擊，也可以穿鑿傅會，牽強索解」。〔註16〕而在格律上，則無更進一步的發展。然值得注意的是北宋僧惠洪所著的《天廚禁臠》中，「江左體」〔註17〕條引杜甫〈題省中院壁〉、〈卜居〉及嚴武〈巴嶺會

〔註7〕同註5，頁83。

〔註8〕同註5，頁84。

〔註9〕同註5，頁84。

〔註10〕白居易《金鍼集》，見明・朱紱《名家詩法彙編》（臺北，廣文書局）卷五。按：一名《金針詩格》，見《吟窗雜錄》卷十八。

〔註11〕同註10，頁107。原文：「詩有四格，十字句格，十四字句格，五隻字句格，拗背字句格。」

〔註12〕王夢鷗，〈白樂天金針詩格辨疑〉，見《古典文學論探索》，頁324。

〔註13〕同註12，頁324。

〔註14〕郭紹虞，《中國文學批評史》（臺北，明倫書局）上卷，第六篇，第二章，頁372。

〔註15〕宋・歐陽修《六一詩話》（見清・何文煥輯《歷代詩話》，臺北，漢京文化事業有限公司），頁264。

〔註16〕同註14，頁374。

〔註17〕宋・僧惠洪，《天廚禁臠》（上海，中華書局影印明正德丁卯刊本），

杜二見憶〉三詩，其論云：

> 前二詩杜子美作，後一詩嚴武作，皆于引韻更失粘，既失粘，
> 則若不拘聲律。然其對特精到，謂之骨含蘇李體。〔註18〕

杜甫〈題省中院壁〉：

> 掖垣竹埤梧十尋，洞門對雪常陰陰。落花遊絲白日靜，鳴
> －｜－｜｜－｜　　－｜－－｜｜｜　　－｜｜｜－－－　　　｜
> 鳩乳燕青春深。
> ｜－－｜｜｜
>
> 府儒衰晚詞通籍，退食遲回違寸心。衰職曾無一字補，許
> －｜｜－｜｜－　　－｜｜｜｜－｜　　－｜｜－－｜｜　　－
> 身媿比雙南金。
> ｜－－｜｜｜

此詩一、三句非律句，首聯、頷聯失粘。

〈卜居〉：

> 浣花流水水西頭，主人為卜林塘幽。已知出廓少塵事，更
> －｜｜－－｜｜　　－｜｜｜－｜｜　　－｜－－－｜－　　－
> 有澄江消客愁。
> －｜｜｜－｜
>
> 無數蜻蜓齊上下，一雙鸂鶒對沉浮。東行萬里堪乘興，須
> ｜｜－｜｜－－　　－－｜－｜｜　　｜｜－－｜｜－　　｜
> 向山陰上小舟。
> －｜｜－｜｜

此詩一、二句失對，六句非律句，頸聯、尾聯失粘。

嚴武〈巴嶺會杜二見憶〉：

> 臥向巴山落月時，兩鄉千里夢相思。可但步兵偏愛酒，也
> －－｜｜｜｜－　　－｜－｜｜｜｜　　－｜｜－－｜｜　　－
> 知光祿最能詩。
> ｜｜－－｜｜

〔註18〕同註15，頁7左。

江頭赤葉楓愁客，籬外黃花菊對誰。跋馬望君非一度，泠

　｜｜—｜｜—　　｜—｜｜—｜　—｜｜｜—　—

秋鶻不勝悲。

　｜｜—｜｜

此詩首聯、頷聯失粘。

　　「粘」的觀念早在唐代便已建立，然唐代對詩失律者，但稱「犯格」、「犯病」；〔註 19〕惠洪的這一段文字，對於「粘」的提出，為目前可見較早之資料。至於以「粘」稱聯與聯間二、四字平仄相同，其出現的時間或應更早，然卻不能在唐人著作中看到有何文字上的說明，或實際上的運用。

　　此後，論及格律之作，便不多見，直至清代，方始再度被提及。諸如施潤章《蠖齋詩話》，郎廷槐《師友詩傳錄》，趙執信《談龍錄》，劉大勤《師友詩傳續錄》，沈德潛《說詩晬語》，汪師韓《詩學纂聞》，翁方剛《石洲詩話》等，皆有論及格律之一面，而全篇專論格律之作，則如王士禎《律詩定體》，趙執信《聲調譜》，翁方綱《小石帆亭著錄》中則重新編刪趙執信《聲調譜》，王漁洋《古詩平仄論》，並自著《五言詩平仄舉隅》、《七言詩平仄舉隅》、《七言詩三昧舉隅》，董文渙《聲調四譜》等。清人對格律的探究，實際上可以說是相當完整而且細密；諸如首句入韻不入韻〔註20〕、句數〔註21〕、拗救〔註22〕等，皆有論及。

───────────

〔註19〕《冊府元龜》（香港，中華書局影印明刻初印本）卷六四二，貢舉部條制四：「盧價賦內薄伐字，合使平聲字，今使側聲字犯格。」，頁7694下右。

〔註20〕如清·王漁洋《律詩定體》（見清·丁福保編《清詩話》，臺北，木鐸出版社），即分「五言仄起不入韻」、五言仄起入韻「、」五言平起不入韻「、五言平起入韻」、「七言平起不入韻」、「七言平起入韻」、「七言仄起入韻」、「七言仄起不入韻」等八類；頁 97～99。

〔註21〕清·施潤章《蠖齋詩話》（見《清詩話》）「五言排律」條下：「按此體（五言單韻）唐人以沈、宋為宗，及考唐諸家，沈佺期諸君用五韻、七韻者頗多；駱丞『樓觀滄海日，門對浙江潮』亦七韻，不害為名作。其餘九韻、十一、十三、二十五韻各有之，具摘于後。大抵以對仗精嚴、聲格流麗為長，未嘗數韻限字，勒定雙韻。」頁345。按此論雖未直接論及句數，然五韻者即十句，實際上仍是討論

　　清人對於格律的研究，特別值得注意者有二點，一是「四聲遞用」，一是「平仄譜」。首先注意到「四聲遞用」的是朱彝尊：

> 至於一三五七句，用仄字上去入三聲，少陵必隔別用之，莫有疊出者。〔註23〕

「一三五七句用仄字上去入三聲」，若加首句入韻，則單句句腳四聲具備，謂之「四聲遞用」。

　　而進一步的發揮則是董文渙：

> 唐律格調高處，在句中四聲遞用，朱竹垞氏謂老杜律詩單句句腳必上去入皆全，今考唐盛初諸家皆然，不獨少陵，且不獨句腳爲然，即本句亦無三聲複用者……。間有句末三聲偶不具者，而上去去、入入上句，必相間乃入式，否則犯上尾矣。〔註24〕

又：

> 即單句末三聲互用之法，亦與五言同。但五言首句多不入韻，故單句有四，三聲之中，必有一聲重用者。然亦必一五或三七或一七，隔用乃可重出，不得一三連用同聲，以避上尾之病。七言則首句十九入韻，句末用仄只有三句，配以三聲，適足無餘，而並首句則爲四聲全備矣。……大抵句中三聲相間之法，不但每句，即每聯亦宜細論，隔聯亦然。一三五單字或可不論，二四五（按：應作六）雙字處，本聯本句，隔聯隔句，上下務宜相避，不可宮同商，乃不致畸重畸輕，此爲七律之極致，即五律亦然。〔註25〕

從上文觀之，「四聲遞用」不僅用於句腳，甚或「每句，即每聯亦宜

句數的問題。又次條〈排律單韻〉條下，並舉五韻、七韻、九韻、十一韻、十三韻及二十五韻證之。

〔註22〕清・瞿翬《聲調譜拾遺》（見《清詩話》）「五言律詩」條下引杜甫〈奉答岑參補闕見贈〉，首句第四字下小字：「宜平而仄。」句末小字：「拗句。」第二句第三字下小字：「平字拗救。」頁361。

〔註23〕清・朱彝尊《曝書亭集》（臺北，臺灣中華書局聚珍倣宋版），卷三三，頁9。

〔註24〕清・董文渙《聲調四譜》（臺北，廣文書局）卷十一，頁417～418。

〔註25〕同註24，頁452～453。

細論」，則爲追求聲調的「音節鏗鏗，有抑揚頓挫之妙」，〔註26〕在平仄的格律之下，更進一步講求一句之內和十字之中，以至於全篇的四聲分配了。

「平仄譜」亦爲清人所創，前此論及格律之作，多以文字出之，從《文鏡秘府論》的「換頭」、「護腰」、「相承」，實際上只能瞭解格律的片面，而不能有一全面的認識。後世諸作，則因格律之運用，瞭然於心，便毋須詳盡的說明了，各家所述，但在一得之秘。例如沈德潛《說詩晬語》云：

> 詩以聲爲用者也，其微妙在抑揚抗墜之間。讀者靜氣按節，密詠恬吟，覺前人聲中難寫、響外別傳之妙，一齊俱出。朱子云：「諷咏以昌之，涵濡以體之。」眞得讀詩趣味。〔註27〕

又如翁方剛《石洲詩話》：

> 晚唐人七律只於聲調求變，而又實無可變，故不得不轉出三五拗用之調，此亦是熟極求生之理，但苦其詞太淺俚耳。然大約出句拗第幾字，則對句亦拗第幾字。阮亭先生已言之。至方干「每見北辰思故園」，則單句三五自拗，此又一格，蓋必在結句而後可耳。〔註28〕

諸如此類的敘述極多，實際上這是個人讀詩寫詩的心得，而非有系統的對格律加以介紹或討論。

此殆作詩爲歷來文人之傳統，自唐代以下，「往復諷詠，久而自有所得，得于心而發之乎聲，則雖千變萬化，如珠之走盤，自不越乎法度之外矣」。〔註29〕而格律乃成一自發於心的習慣，毋須再加以闡發了。然而時日日既久，格律面貌究竟如何，一任其「得于心而發乎聲」，亦難免有所失眞。較早注意到格律的問題的，殆爲明末的李東

〔註26〕同註23，卷三三，頁9。

〔註27〕清·沈德潛《說詩晬語》（見《清詩話》）卷上，三，頁524。

〔註28〕清·翁方綱《石洲詩話》（臺北，廣文書局《古今詩話叢編》冊十一），卷二，頁83。

〔註29〕明·李東楊《麓堂詩話》（見清·丁福保編《歷代詩續編》，臺北，木鐸出版社）下冊，頁1370。

陽，其《麓堂詩話》中，便已約略觸及了格律。〔註30〕

例如：

> 今之歌詩者，其聲調有輕重清濁長短高下緩急之異，聽之者不問而知其為吳為越也。漢以上古詩弗論，所謂律者，非獨字數之，而凡聲之平仄，亦無不同也。然其調之為唐為宋為元者，亦較然明甚。此何故耶？大匠能與人以規矩，不能使人巧。律者，規矩之謂，而其為調則有巧存焉。苟非心領神會，自有所得，雖日提耳而教之無益也。〔註31〕

> 五七言古詩仄韻者，上句末字類用平聲。惟杜子美多用仄，如〈玉華宮〉〈哀江頭〉諸作，概亦可見，其調起伏頓挫，獨為遒健，似別出一各。回視純用平字者，便覺萎弱無生氣。自後則韓退之蘇子瞻有之，故亦健於諸作。此雖細故末節，蓋舉世歷代而不自覺也。偶一啓鑰，為知音者道之。若用此太多，過於生硬，則又矯枉之失，不可不戒也。〔註32〕

值得注意的是「所謂律者，非獨字數之，而凡聲之平仄，亦無不同」，可說是已經察覺到格律並非是「靜氣按節，密詠恬吟」可得的。其論五七言古詩，注意到仄韻古詩出句末字的平仄，也可說是觸及了格律中聲調的安排問題。

　　降至清代，則從王士禎《律詩定體》、《古詩平仄論》，趙執信《聲調譜》，翁方綱《五言詩平仄舉隅》、《七言詩平仄舉隅》、《七言詩三昧舉隅》，翟翬《聲調譜拾遺》，以及董文渙的《聲調四譜》等「平仄譜」的著作一一出爐，而將格律的研究帶上一個新的高峰。

　　其中最晚出者，為董文渙《聲調四譜》，是書將古詩、律詩、絕句的格律平仄以白點黑點表示，每圖下有一簡明的說明，繼之以詩例，而後則為一補充。此諸家開創此法後，近代各家如王力《漢語詩

〔註30〕郭邵虞，《清詩話》〈前言〉，頁 11。
〔註31〕同註29，頁 1379。
〔註32〕同註29，頁 1386。

律學》、啓功《詩文聲律論稿》、方瑜《唐詩形成的研究》等討論格律之時，皆以此法說明格律。

近代對格律的研究成果除了繼承過去的研究之外，更加上從語言學的角度來探討。如王力《漢語詩律學》中，便對近體詩的句式、語法作了詳細的分類與說明。〔註33〕然是書亦因極其龐雜，其中難免有所不足，例如其對「孤平」的論點，在定義上不夠明確。〔註34〕此外，對「『絕』截『律』半說」或「『律』由『絕』而增」〔註35〕的討論亦未能有所突破。然而，是書對格律的詳盡說明，可以說是一部集大成的著作。

餘如啓功《詩文聲律論稿》，論及近體詩的句式時，以長竿為喻，而截出四種律句，〔註36〕若與董文渙《聲調四譜》中「五言律詩一」的「四聲遞用圖」〔註37〕比較，可以很明顯的看出啓功的理論，實由此而來。此外書中對律句中，各音節及音節中各字聲調寬嚴的討論，則相當明確的指出：

> 律詩無論五言句或七言句，以部位論，是下段比上段嚴格；
> 以聲調論，是平聲比仄聲嚴格。〔註38〕

此一理論，較諸郭紹虞〈論中國文學中的音節問題〉〔註39〕或朱光潛〈中國詩的節奏與聲韻的分析〉〔註40〕及〈中國詩何以走上「律」的

〔註33〕 見王力《漢語詩律學》（上海，教育出版社）第一章，第十六、十七、十八節為五言近體詩的句式，頁182—二三四，第二十、二一、二二節為近體的語法，頁252～303。

〔註34〕 參見李立信先生〈論近體律絕「犯孤平」說〉，見《古典文學》（臺北，學生書局）第五集，頁113～125。

〔註35〕 同註33，第一章，第三節，頁34。

〔註36〕 啓功《詩文聲律論稿》（香港，華中書局），頁12。

〔註37〕 同註24，頁401。

〔註38〕 同註36，頁28。

〔註39〕 郭紹虞〈論中國文學中的音節問題〉，見《文學研究叢編》（臺北，木鐸出版社）第一輯，頁41～72。

〔註40〕 朱光潛〈中國詩的節奏與聲韻的分析〉，見《詩論》（臺北，漢京文化事業公司），頁155～200。

路〉〔註41〕所述，更進一步掌握了格律的特質。

　　總結言之，格律自唐而後，便已定形，然而對於格律自魏晉至唐的形成過程之中，四聲至平仄、粘、對、四句八句的形式等究竟是如何發展演變，在目前的研究中，卻未有學者對此加以觀察。而各家文學史亦未對此作更深入的探討；例如葉慶炳的《中國文學史》對此的討論就相當簡單：

> 在唯美思潮與聲律說衝擊之下，詩體、賦體之變新殆所不免。詩體方面，當時有新體詩產生，所謂新體，乃指永明以來微有聲律之作品，可視爲唐人律詩的前身。唐人律詩，既講求平仄韻律，中間二聯又須對偶工整。古詩中有意用對句，建安詩人啓其端，至太康時代已成爲風尚。及永明聲律說興起，平仄韻律之條件亦告具備。沈約、謝朓、徐陵、庾信等均在嘗試新體詩之寫作，至初唐格律完全固定，始稱律詩。縱觀齊、梁、陳三朝詩歌，……可見新體詩中平仄格律符合唐律要求之作品，已在陸續出現，不過在當時未被公認爲律詩標準體製而已。至於七言八句之新體詩，僅有庾信烏夜啼（庾子山集卷二）略律詩體貌，距離格律之完成，固仍遙遠。〔註42〕

> 初唐詩風，一仍梁、陳，因之新體詩之發展亦承梁、陳餘勁。降及沈佺期、宋之問，新體詩終完成格律，吾人名之爲律詩、絕句。〔註43〕

再如劉大杰《中國文學發展史》所言：

> 周顒作《四聲切韻》，沈約作《四聲譜》，於是四聲之名稱正式立，同時將此種學問應用到文學上，創爲四聲八病之說……

> ……到了南北朝，因對偶的風盛，聲律之說興，再加以樂府小詩的影響，於是在詩的形式上產生了各種各樣的新格

〔註41〕朱光潛〈中國詩何以走上律的路〉，同註40，頁201～234。
〔註42〕葉慶炳《中國文學史》（臺北，學生書局），上冊，頁159。
〔註43〕同註42，頁263。

　　律。……不用說，這些新的格律，都在試驗醞釀的時期，
　　還沒有達到精密成熟的階段，由於當日那些豐富的新式作
　　品，充分地表現了詩歌在形式上的新的發展和作家們對新
　　詩體製作的努力。要經過言一階段，才可產生各體具備的
　　唐詩。從詩的形式上說，從南北朝到隋唐之際的二百年
　　間，是由漢魏古詩到唐代近體詩的重要橋梁。〔註44〕

二家所言，可以說是提綱挈領，然而對於支配了中國詩壇千餘年近體
詩的格律，這樣的說明，實難以令人感到滿意。本文所要探究的便是
實際從魏晉至隋這三百餘年間的詩中，來觀察格律的各種約束是如何
被各種文體、各種學說所影響而終底於成的，期能填補文學史上的這
一段空白。

第二節　五言近體詩的定義

　　由於本文是以五言近體詩為研究對象，因此以下對格律的說明，
凡稱近體詩者若非特別標明，皆指五言近體詩。所謂近體詩，可說是
「依照一定格式所寫的詩」。以下即以呂正惠《詩詞曲格律淺說》中
所提出這個格式的架構，〔註45〕配合李立信老師的理論來說明。近體
詩的條件有四：

（一）每句有固定的字數

　　五言詩的「言」字，也就是「字」的意思；因此，五言便指「每
句五字」。而在近體詩中，只要是屬於五言近體，每句一定要五個字，
絕無例外。

（二）每詩有固定的句數

　　在近體詩中，句數是固定的：「絕句」每首四句，「律詩」每首
八句，沒有例外。至於排律，句數不限，基本上是以四句為單位增

────────────

〔註44〕劉大杰《中國文學發展史》（香港，古大書局），上冊，頁267～268。
〔註45〕呂正惠《詩詞曲格律淺說》（臺北，大安出版社），〈近體詩的格律〉，
　　　　頁23。

加，至少十二句以上，例外的情形不多，偶有十的倍數，例如劉禹錫〈酬馮十七舍人宿衛贈別五韻〉、韋應物〈酬盧嵩秋夜見寄五韻〉。至如王維〈過盧員外宅看飯僧共題七韻〉、唐明皇〈校獵義成喜逢大雪率題九韻以示群官〉、白居易〈重到江州感舊遊題郡樓十一韻〉、權德輿〈奉酬從兄南仲見示十九韻〉等，這種例外中的例外，可說是非常罕見。

（三）詩句中每字的平仄有嚴格的規範。

近體詩是由「律句」所組成，每兩句稱爲一「聯」，每一聯內兩句之間的關係爲「對」，而聯與聯之間的關係爲「粘」。以下分別說明之。標準的律句型式有四：

一　仄仄平平仄
二　平平仄仄平
三　平平平仄仄
四　仄仄仄平平

由以上四個句子來看，律句的標準是以兩個平聲字或仄聲字組成一節，稱爲「偶平」或「偶仄」，每個句子中，以偶平偶仄各一節相連爲基礎，再在句首或句尾加一個單平或單仄成爲五言。加在句首的字，平仄與其後一節的平仄相同，加在句尾的字，平仄與其前一節的平仄相反。

在一首近體詩中，每個句子是以「對」或「粘」的關係來組合。每一聯中前一句稱爲「出句」，後一句稱爲「對句」。所謂「前有浮聲，則後須切響」〔註46〕可說是一種相對的原則，也就是出句對句中，位置相同的字，特別是第二、四字，平仄聲相反；也因此在一聯之中，平仄聲便可以達到一個均衡。「粘」則是指前一聯對句和下一聯出句之間，第二、四兩字的平仄相同。

若以前面的四個標準律句每一句都可以作爲一個新的平仄譜的起

〔註46〕《宋書》〈謝靈運傳論〉，列傳二七，卷六七，頁 1779。

句，以粘、對爲基礎，每一聯對句的末字爲平聲，也是韻腳字，〔註47〕
便可以發展出四個近體詩的平仄譜：

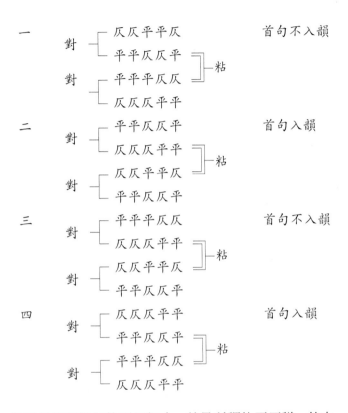

　　前面這四種絕句的平仄組合，就是所謂的平仄譜。其中，在近體
詩中若句子中最後一個字爲平聲，則必定入韻。因此造成了首句入韻
與否的差異。

　　若以前面的四譜爲基礎，以粘對的原則再加以延長爲八句，就是
律詩；延長爲十二句以上，就是排律。若以第二譜爲例，延長四句成
爲：

――――――――――――

〔註47〕見第四節對韻的說明。

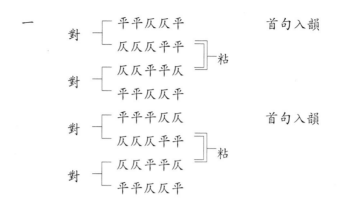

這就是律詩的平仄譜之一。其中，第一聯稱之爲「首聯」，第二聯稱之爲「頷聯」，第三聯稱之爲「頸聯」，第四聯稱之爲「末聯」或「尾聯」。

在近體詩中，還有一個要注意的就是對仗。對仗指的是一聯出對句中，符合三個條件：（1）字數相等，（2）平仄相對，（3）句法與詞性相同。大體上，絕句可以對仗，也可以不對仗；律詩則至少須有一聯對仗；排律則除了首尾二聯之外，皆須對仗。〔註48〕

（四）一韻到底，中間不可轉韻

唐代的韻書《唐韻》今已不傳，而宋人重修的《廣韻》，韻目上和唐韻幾乎是完全相同的，所以只能從《廣韻》上看唐詩用韻，實際上合韻的情形非常普遍。〔註49〕因此，宋、金學者認爲《廣韻》分韻過細，因此將可以合併的韻部加以合併，因而演變成近代的詩韻。〔註50〕由此所謂的一韻到底，應當是指金・王文郁編的《平水韻》。

第三節　研究方法

任何一種文學現象，不論是形式體裁或者是思想風格，都有其發

〔註48〕說詳第六章。
〔註49〕說詳第五章。
〔註50〕胡奇光《中國小學史》（上海，人民出版社），頁189。

展的背景及淵源，絕非憑空產生的。例如歐陽修的古文運動之出現，導因於歐陽修爲改革當時社會流行的華靡文風，而其所提倡的新文風，則可追本溯原於唐代的韓愈。這就說明了爲什麼文學史的研究中，必須注意該現象與當時的社會文化背景之關連，以及該現象是否與其他現象有所互動。

從這一點來看文學史上對近體格律的研究，則可以發現任何一家的文學史在這一方面，皆有所不足：格律的諸般條件中，除了四聲的發現，進一步區分爲平仄之外，其他皆是憑空而來，而且就連四聲爲何和何時區分爲平仄這一點，亦語焉不詳。因此本文的目的便是嘗試從歷史中，重現近體格律發展的歷程。「近體詩」這個詩體是唐代所確立，當然這個詩體絕非「我輩數人，定則定矣」，〔註51〕爲重現其發展歷程，所以本文研究的重心放在魏晉以至於隋的古詩。期能從這些作品中，觀察出近體詩是如何由古體詩醞釀蛻變而出。

由於魏晉到隋的古詩數量可以說是相當龐大，因此，本文的研究方法可以說是對近體詩格律的形成進行一種「量化」的研究。利用電腦來處理大量的資料，這是一個全新的嘗試。畢竟，現代是科技掛帥的時代，但對絕大部份的文學研究者而言，電腦大概只是中文打字機；然而打字機不過是電腦的諸多功能中的一項罷了。在電腦的諸多功能中，「快速處理大量資料」是其中之一，所謂「處理」中值得注意的功能之一是快速「搜尋」和「過濾」；這也就是所謂「全文檢索系統」的基本原理。再進一步而言，「全文檢索系統」如果只是用於查檢資料，充其量也不過是一個「超級字典」，其功能和「索引」並沒有什麼不同。如果要更進一步來發揮這個「索引」的功能，就必須讓電腦依「使用者的需求」所設定的條件來過濾資料；在這一個功能而言，可以說是讓電腦成爲「資料庫」。

在本研究中，首先是將魏晉至隋的古詩全部輸入電腦，以程式過

〔註51〕《校正宋本廣韻》（臺北，藝文印書館），頁13。

濾統這些古詩全部用字，共計五千三百九十一個字，從廣韻中查出這些字的聲調之後，再以程式將這些字依其平上去入四聲，標回原詩之中，並將之轉換成平仄作為本研究分析時的基本資料（即附錄甲）。而後經由電腦程式，再依照近體詩格律的規則，例如粘對、律句、拗句、古句，孤平等對基本資料加以過濾。

最後才是對這些過濾的結果加以分析。當然，在這些分析之前有一個前提：近體詩格律在發展時，並不是一開始便設定了發展的結果，在格律的形成過程中，必然充滿了各種嘗試，也和當時流行的其他文學形式之間有所互動，而後方始成形；而量化的分析不能對此有所詮釋。因此，量化分析的重點並不是在探討為什麼會導向此一方向，也不是探討此一發展或結果是否受到了其他文學形式的影響。量化的分析所能提供的是在於一個現象大概是什麼時後成形的，不論理論是否已經建立。

至於量化分析所不能回答的部分，也就是古體詩為什麼會走向格律，則嘗試從魏晉時的文化思想著手。而近體詩格律是否受到其他文學體裁的影響這一個問題，亦試著將賦體與駢文一起並列比較。由於近體詩格律的最大特點是在聲音上的「刻意」安排，因此，對賦體與駢文的觀察，也將著重在聲音方面。

在現代生活中，電腦越來越普遍；然而在文學研究中，對此一工具的運用，始終相當有限。

同時，國內中央研究院已建立《二十五史》全文檢索系統，大陸現在也已經建立《全唐詩》《紅樓夢》全文檢索系統，值得思考的是：面對這些成果，文學史學的研究者應如何去利用這一個有力的工具？本文的研究或許可以對這一個問題提供一個回應。

第二章　聲調之淵源

第一節　先秦時期

　　語言發展中的任何現象，都非一朝一夕便可完成的，〔註1〕因此四聲的現象，應當說是六朝人所「開始注意」，而非是六朝人所「發明」的。清初顧炎武、江永等人的研究中，便已確定上古已有聲調的存在。如顧炎武便指出：

> 四聲之論，雖起於江左，然古人之詩已有遟疾輕重之分，故平多韻平，仄多韻仄，亦有不盡然者，而上或轉爲平去或轉爲平上，入或轉爲平上去，則在歌者之抑揚高下而已，故四聲可以並用。〔註2〕

江永則指出：

> 平自韻平，上去入自韻上去入者，恒也丈亦一章兩聲或三四聲，隨其韻諷誦歌詠，亦自諧適，不必皆出一聲。〔註3〕

其以爲古人亦如後人分四個聲調，唯與後人韻書相較，認爲四聲時有

〔註1〕董同龢，《漢語音韻學》（臺北，文史哲出版社發行），頁305。
〔註2〕顧炎武，《音學五書》〈音論〉卷中「古人四聲一貫」條（臺北，商務印書館本點校本），頁25。
〔註3〕江永，《古韻標準》〈例言〉（收於臺北：廣文書局，《音韻學叢書》冊五），頁5。

混用的情形。至於段玉裁、江有誥、王念孫等人，則更進一步指出：
「古人實有四聲，特古人所讀之聲與後人不同」。〔註4〕如段玉裁便指
出：

> 古四聲不同今韻，猶古本音不同今韻也。……今學者讀三
> 百篇諸書，以今韻四律古人，陸德明吳棫皆指爲協句，顧
> 炎武之書亦云平仄通押，去入通押，而不知古四聲不同今，
> 猶古本音部分異今也。〔註5〕

而至夏燮則更進一步指出《詩經》有許多篇章在用韻上，很明顯已是
四聲分用。〔註6〕以下即以夏燮所指出的篇章，並參酌江舉謙先生《詩
經韻譜》，依平上去入列出《詩經》的用韻。

平聲韻

衛〈氓〉一章〔註7〕

　　氓之蚩蚩，抱布貿絲，匪來貿絲，來即我謀，送子涉淇，

　　至于頓丘，匪我愆期，子無良媒，將子無怒，秋以爲期。

　　本章蚩、絲、謀、淇、丘、期、媒等字屬上古陰聲之部，中古平
聲。〔註8〕

魏〈伐檀〉三章〔註9〕

　　坎坎伐輪兮，寘之河之漘兮，河水清且淪猗，不稼不穡，

　　胡取禾三百囷兮，不狩不獵，胡瞻爾庭有縣鶉兮，彼君子

〔註4〕江有誥，〈再寄王石臞書〉，見《唐韻四聲正》（收於《音韻學叢書》
　　　冊九），頁1。
〔註5〕段玉裁，《六書音均表》〈古四聲說〉（收於臺北：廣文書局，《音韻
　　　學叢書》冊六），頁19。
〔註6〕夏燮，《述韻》，見董同龢《漢語音韻學》，頁308。
〔註7〕《詩集傳》，朱熹集注，冊一，頁149。
〔註8〕江舉謙，《詩經韻譜》（臺中，東海大學），頁1。
〔註9〕同註7，冊一，頁259。

兮，不素飧兮。

本章輪、湣、淪、囷、鶉、飧等字屬上古陽聲文部，中古平聲。
〔註10〕

小雅〈楚茨〉二章〔註11〕

濟濟蹌蹌，絜爾牛羊，以往烝嘗，或剝或亨，或肆或將，
　　△　　　　　△　　　　　　　△　　　　△　　　△
祝祭于祊，祀事孔明，先祖是皇，神保是饗，孝孫有慶。
　　　△　　　　△　　　　　△　　　　△　　　　△
報以介福，萬壽無疆。
　　　　　　　　△

本章蹌、羊、嘗、亨、將、祊、明、皇、饗、慶、疆等字屬上古
陽聲陽部，中古平聲。〔註12〕

大雅〈江漢〉一章〔註13〕

江漢浮浮，武夫滔滔，匪安匪遊，淮夷來求，既出我車，
　　　△　　　　△　　　　　△　　　　△　　　　　△
既設我旟，匪安匪舒，淮夷來鋪。
　　　△　　　　　△　　　　△

本章浮、滔、遊、求四字上古陽聲幽部，〔註14〕車、旟、舒、
鋪上古陰聲魚部，中古平聲。〔註15〕

除上列四章，餘如周南〈卷耳〉、齊〈雞鳴〉全用平聲爲韻，秦
〈蒹葭〉一二章、曹〈下泉〉前三章等亦以平聲爲韻。

上聲韻

小雅〈大田〉四章〔註16〕

曾孫來止，以其婦子，饁彼南畝，田畯至喜，來方禋祀，
　　△　　　　△　　　　　△　　　　△　　　　△

〔註10〕同註8，頁137。
〔註11〕同註7，冊三，頁622。
〔註12〕同註8，頁83。
〔註13〕同註7，冊四，頁880。
〔註14〕同註8，頁24。
〔註15〕同註8，頁65。
〔註16〕同註7，冊三，頁637。

以其騂黑，與其黍稷，以享以祀，以介景福。
　　　　△　　　　　△　　　　　△　　　　△

本章止、子、畝、喜、祀、黑、稷、福等字屬上古陰聲之部，中古上聲。〔註17〕

小雅〈六月〉六章〔註18〕

吉甫燕喜，既多受祉，來歸自鎬，我行永久，
　　　△　　　　△　　　　　△　　　　　△

飲御諸友，炰鱉膾鯉，侯誰在矣，張仲孝友。
　　　△　　　　△　　　　　△　　　　　△

本章喜、祉、久、友、鯉、矣等字屬上古陰聲之部，中古上聲。

〔註19〕

小雅〈甫田〉三章〔註20〕

曾孫來止，以其婦子，饁彼南畝，田畯至喜，攘其左右，
　　　△　　　　△　　　　　　△　　　　△　　　　　△

嘗其旨否，禾易長畝，終善且有，曾孫不怒，農夫克敏。
　　　△　　　　　△　　　　△　　　　　　　　　　△

本章止、子、畝、喜、右、否、畝、有、敏等字屬上古陰聲之部，中古上聲。〔註21〕

大雅〈蒸民〉五章〔註22〕

人亦有言，柔則茹之，剛則吐之，維仲山甫，柔亦不茹，
　　　　　　　　△　　　　　　△　　　　　　△　　　△

剛亦不吐，不侮矜寡，不畏彊禦。
　　　△　　　　　　△　　　　△

本章茹、吐、甫、寡、禦等字屬上古陰聲魚部，中古上聲。〔註23〕
再如小雅〈魚藻〉一二章全用上聲，豳〈七月〉五章、陳〈宛丘〉二三章等亦以上聲為韻。

〔註17〕同註8，頁6。
〔註18〕同註7，冊三，頁459。
〔註19〕同註8，頁5。
〔註20〕同註7，冊三，頁632。
〔註21〕同註8，頁6。
〔註22〕同註7，冊四，頁874。
〔註23〕同註8，頁70。

去聲韻

邶〈柏舟〉二章〔註24〕

　　我心匪鑒，不可以茹，亦有兄弟，不可以據，薄言往愬，
　　　　　　　△　　　　　　　　　　　△　　　　　　△

　　逢彼之怒。
　　　　　△

　　本章茹、據、愬、怒等字屬上古陰聲魚部，中古去聲。〔註25〕

魏〈汾沮洳〉一章〔註26〕

　　彼汾沮洳，言采其莫，彼其之子，美無度，美無度，殊異
　　　　　△　　　　　△　　　　　　　　　△

　　乎公路。
　　　　△

　　本章洳、莫、度、路等字屬上古陰聲魚部，中古去聲。〔註27〕

衛〈氓〉六章〔註28〕

　　及爾偕老，老使我怨，淇則有岸，隰則有泮，總角之宴，
　　　　　　　　　　　　　　　△　　　　　△　　　　　△

　　言笑晏晏，信誓旦旦，不思其反，反是不思，亦已焉哉。
　　　　△　　　　△　　　　△

　　岸、泮、宴、晏、旦、反等字屬上古陽聲元部，中古去聲。〔註29〕

小雅〈斯干〉九章〔註30〕

　　乃生女子，載寢之地，載衣之裼，載弄之瓦，無非無儀，
　　　　　　　　　　　△　　　　　△　　　　　△

　　唯酒食是議，無父母詒罹。
　　　　　　　△　　　　　△

　　本章地、裼、瓦、儀、議、罹等字屬上古陰聲歌部，中古去聲。

　　〔註31〕

〔註24〕同註7，冊一，頁61。
〔註25〕同註8，頁72。
〔註26〕同註7，冊一，頁250。
〔註27〕同註8，頁73。
〔註28〕同註7，冊一，頁154。
〔註29〕同註8，頁155。
〔註30〕同註7，冊三，頁501。
〔註31〕同註8，頁105。

　　餘如小雅〈桑扈〉三章、大雅〈雲漢〉六章、大雅〈蕩〉一章等亦以去聲爲韻。

入聲韻

衛〈碩人〉四章〔註32〕

　　河水洋洋，北流活活，施罛濊濊，鱣鮪發發，葭菼揭揭，

　　庶姜孽孽，庶士有朅。

　　本章洋、活、濊、發、揭、孽、朅等字屬上古陰聲祭部，中古入聲。〔註38〕

魏〈伐檀〉二章〔註34〕

　　坎坎伐輻兮，寘之河之側兮，河水清且直猗，不稼不穡，

　　胡取禾三百億兮，不狩不獵，胡瞻爾庭有縣特兮，彼君子

　　兮，不素食兮。

　　本章輻、側、直、億、特、食等字屬上古陰聲之部，中古入聲。

〔註35〕

魯頌〈閟宮〉九章〔註36〕

　　徂來之松，新甫之柏，是斷是度，是尋是尺，松桷有舄，

　　路寢孔碩，新廟奕奕，奚斯所作，孔曼且碩，萬民是若。

　　本章柏、度、尺、舄、碩、奕、作、若等字屬上古陰聲魚部，中古入聲。〔註37〕

〔註32〕同註7，冊一，頁147。
〔註38〕同註8，頁146。
〔註34〕同註7，冊一，頁259。
〔註35〕同註8，頁11。
〔註36〕同註7，冊四，頁987。
〔註37〕同註8，頁76。

商頌〈那〉〔註38〕

猗與那與，置我鞉鼓。奏鼓簡簡，衎我烈祖。

湯孫奏假，綏我思成。鞉鼓淵淵，嘒嘒管聲。

既和且平，依我磬聲。於赫湯孫，穆穆厥聲。

庸鼓有斁，萬舞有奕。我有嘉客，亦不夷懌。
　　　　△　　　　　△　　　　　△　　　　　△

自古在昔，先民有作。溫恭朝夕，執事有恪。
　　　　△　　　　　　　　　△　　　　△

顧予烝嘗，湯孫之將。

本章斁、奕、客、懌、昔、作、夕、恪等屬上古陰聲魚部，中古入聲。〔註39〕

餘如王〈君子于役〉二章，齊〈載驅〉一章，唐〈揚之水〉一章等，亦用入聲爲韻。

分章用各聲爲韻

大雅〈泂酌〉〔註40〕

泂酌彼行潦，挹彼注茲，可以餴饎。豈弟君子，民之父母。
　　　　　　　　　△　　　　　　△　　　　　　　△

泂酌彼行潦，挹彼注茲，可以濯罍。豈弟君子，民之攸歸。
　　　　　　　　　△　　　　　　△

泂酌彼行潦，挹彼注茲，可以濯溉。豈弟君子，民之攸塈。
　　　　　　　　　△　　　　　　△

一章茲、饎、子、母等字屬上古陰聲之部，中古上聲；〔註41〕二章罍、歸二字屬上古陰聲微部，中古平聲；〔註42〕三章溉、塈二字屬上古陰聲微部，中古平聲。〔註43〕此詩三章分用上、平、平聲爲韻。

〔註38〕同註7，冊四，頁991。

〔註39〕同註8，頁76。

〔註40〕同註7，冊四，頁802。

〔註41〕同註8，頁6。

〔註42〕同註8，頁128。

〔註43〕同註8，頁131。

召南〈摽有梅〉〔註44〕

　　摽有梅，其實七兮，求我庶士，迨其吉兮。
　　　　　　　　　△　　　　　　　　　　△

　　摽有梅，其實三兮，求我庶士，迨其今兮。
　　　　　　　　　△　　　　　　　　　　△

　　摽有梅，頃筐墍之，求我庶士，迨其謂之。
　　　　　　　　　　△　　　　　　　　　△

　　一章七、吉爲上古陰聲脂部，中古入聲；〔註45〕二章三、今二
字屬上古陽聲侵部，中古平聲；〔註46〕三章墍、謂二字爲上古
陰聲微部，中古去聲。〔註47〕此三章分用入、平、去聲爲韻。

鄘〈牆有茨〉〔註48〕

　　牆有茨，不可埽也，中冓之言，不可道也，所可道也，
　　　　　　　　△　　　　　　　　　　△　　　　　△

　　言之醜也。
　　　　△

　　牆有茨，不可襄也。中冓之言，不可詳也。所可詳也，
　　　　　　　　△　　　　　　　　　　△　　　　　△

　　言之長也。
　　　　△

　　牆有茨，不可束也。中冓之言，不可讀也。所可讀也，
　　　　　　　　△　　　　　　　　　　△　　　　　△

　　言之辱也。
　　　　△

　　一章埽、道、醜三字屬上古陰聲幽部，中古入聲；〔註49〕二章
襄、詳、長三字屬上古陽聲陽部，中古平聲。〔註50〕三章束、
讀、辱三字屬上古陰聲侯部，中古入聲。〔註51〕此詩三章分用
上、平、入聲爲韻。

〔註44〕同註7，冊一，頁44。
〔註45〕同註8，頁115。
〔註46〕同註8，頁165。
〔註47〕同註8，頁130。
〔註48〕同註7，冊一，頁113。
〔註49〕同註8，頁26。
〔註50〕同註8，頁80。
〔註51〕同註8，頁53。

　　另如周南〈汝墳〉三章分用平上去，唐〈鴇羽〉三章分用平上入，小雅〈湛露〉四章分用平上入。至於小雅〈南有嘉魚〉四章分用平去，曹〈鳲鳩〉四章分用平入二聲等情形，則更爲普遍了。

　　同樣的情形，也可以用《楚辭》來加以印證，以下即以傅錫壬先生的《楚辭古韻考釋》，〔註52〕列出部分《楚辭》的用韻。

平聲韻

　　〈九歌〉〈湘君〉〔註53〕

　　　　駕飛龍兮北征，邅吾道兮洞庭。薜荔柏兮蕙綢，蓀橈兮蘭

　　　　旌。望涔陽兮極浦，橫大江兮揚靈。

　　本段征、庭、旌、靈等字屬上古陽聲耕部，中古平聲。〔註54〕

　　〈天問〉〔註55〕

　　　　何闔而晦，何開而明。角宿未旦，曜靈安藏。不任汨鴻，

　　　　師何以尚之。余曰何憂，何不課以行之。

　　本段明、藏、尚、行等字屬上古陽聲陽部，中古平聲。〔註56〕

　　〈遠遊〉〔註57〕

　　　　恐天時之代序兮，耀靈曄而西征。微霜降而下淪兮，悼芳

　　　　草之先零。聊仿佯而逍遙兮，永歷年而無成。誰可與玩斯

　　　　遺芳兮，晨向風而舒情。高陽邈以遠兮，余將焉所程。

〔註52〕傅錫壬，《楚辭古韻考釋》（臺北，淡江文理學院出版指導委員會），
　　　　民國62年6月。
〔註53〕洪興祖，《楚辭補註》（臺北，藝文印書館），頁107。
〔註54〕同註52，頁39。
〔註55〕同註53，頁183。
〔註56〕同註52，頁79。
〔註57〕同註53，頁273。

本段征、零、成、情、程等字屬上古陽聲耕部，中古平聲。〔註58〕

〈卜居〉〔註59〕

世溷濁而不清，蟬翼爲重，千鈞爲輕。黃鍾毀棄，瓦釜雷
　　　　△
鳴。讒人高張，賢士無名。吁嗟默默兮，誰知吾之廉貞。
△　　　　　　　　△　　　　　　　　　　　△

本段清、輕、鳴、名、貞等字屬上古陽聲耕部，中古平聲。〔註60〕

上聲韻

〈九歌〉〈湘君〉〔註61〕

鼉驂驚兮江皋，夕弭節兮北渚。鳥次兮屋上，水周兮堂下。
　　　　　　　　　　　　　△　　　　　　　　　　△
捐余玦兮江中，遺余佩兮醴浦。采芳洲兮杜若，將以遺兮
下女。昔不可兮再得，聊逍遙兮容與。
△

本段渚、下、浦、女、與等字屬上古陽部魚聲，中古上聲。〔註62〕

去聲韻

〈九章〉〈思美人〉〔註63〕

解薜薄與雜菜兮，備以爲交佩。佩繽紛以繚轉兮，遂萎絕
　　　　　　　　　　　　　　△
而離異。吾且僤佪以娛憂兮，觀南人之變態。竊快在中心
　　△　　　　　　　　　　　　　　　　　△
兮，揚厥憑而不俟。
　　　　　　　△

本段佩、異、態、俟等字屬上古陰聲之部，中古去聲。〔註64〕

〔註58〕同註52，頁131。
〔註59〕同註53，頁292。
〔註60〕同註52，頁141。
〔註61〕同註53，頁111。
〔註62〕同註52，頁40。
〔註63〕同註53，頁245。
〔註64〕同註52，頁112。

〈九辯〉其八〔註65〕

　　被荷裯之晏晏兮，然潢洋而不可帶。既驕美而伐武兮，負
△
　　左右之耿介。憎慍惀之修美兮，好夫人之慷慨。眾踥蹀而
△
　　日進兮，美超遠而逾邁。農夫輟耕而容與兮，恐田野之蕪
△
　　穢。事綿綿而多私兮，竊悼後之危敗。
△　　　　　　　　　△

　　此段帶、介、慨、邁、穢、敗等字屬上古陰聲祭部，中古去聲。

〔註66〕

入聲韻

〈九辯〉其五〔註67〕

　　圜鑿而方枘兮，吾固其鉏鋙而難入。眾鳥皆有所登棲兮，
△
　　鳳獨遑遑而無所集。願銜枚而無言兮，嘗被君之渥洽。太
△
　　公九十乃顯榮兮，誠未遇其匹合。
△

　　此段入、集、洽、合等字屬上古入聲緝部，中古入聲。〔註68〕

〈九辯〉其九〔註69〕

　　堯舜皆有所舉任兮，故高枕而自適。諒無怨於天下兮，心
△
　　焉取此�也惕。桀騏驥之瀏瀏兮，馭安用夫強策。諒城郭之
△　　　　　　　　　　　　　　　　　△
　　不足恃兮，雖重介之何異。
△

　　本段適、惕、策、異等字屬上古陰聲佳部，中古入聲。〔註70〕

〔註65〕同註53，頁319。
〔註66〕同註52，頁157。
〔註67〕同註53，頁311。
〔註68〕同註52，頁151。
〔註69〕同註53，頁320。
〔註70〕同註52，頁158。

分段用各聲爲韻

〈招魂〉

　　魂兮歸來，東方不可以託些。長人千仞，惟魂是索些。十
日代出，流金礫石些。彼皆習之，魂往必釋些。歸來兮不
可以託些。(以上言東方)〔註71〕

本段託、索、石、釋等字屬上古陰聲魚部，中古入聲。〔註72〕
　　魂兮歸來，南方不可以止些。雕題黑齒，得人肉以祀，以
其骨爲醢些。蝮蛇蓁蓁，封狐千里些。雄虺九首，往來儵
忽吞人以益其心些。歸來兮不可以久淫些。(以上言南方)

〔註73〕

本段止、祀、醢、里等字屬上古陰聲之部，中古上聲；心、淫等
字屬上古陽聲侵部，中古平聲。〔註74〕
　　魂兮歸來，西方之害流沙千里些。旋入雷淵，靡散而不可
止些。幸而得脫，其外曠宇些。五穀不生，藂菅是食些。
其土爛人，求水無所得些。彷徉無所倚，廣大無所極些。
歸來兮恐自遺賊些。(以上言西方)〔註75〕

本段里、止屬上古陰聲之部，中古上聲；宇、壺屬上古陰聲魚
部，中古平聲；食、得、極、賊屬上古陰聲之部，中古入聲。

〔註76〕

〔註71〕同註53，頁328。
〔註72〕同註52，頁165。
〔註73〕同註53，頁328。
〔註74〕同註52，頁165。
〔註75〕同註53，頁329。
〔註76〕同註52，頁166。

魂兮歸來，北方不可以止些。增冰峨峨，飛雪千里些。

歸來兮不可以久些。(以上言北方)〔註77〕

本段止、里、久等字屬上古陰聲之部，中古上聲。〔註78〕

魂兮歸來，君無上天些。虎豹九關，啄害下人些。一夫九

首，拔木九千些。豺狼從目，往來侁侁些。懸人以娭，投

之深淵些。致命於帝，然後得瞑些。歸來往恐危身些。(以

上言天)〔註79〕

本段天、人、千、淵、身等字屬上古陽聲眞部，侁屬上古陽聲文部，瞑屬上古陽聲青部，中古皆爲平聲。〔註80〕

魂兮歸來，君無下此幽都些。土伯九約，其角觺觺些。敦

脄血拇，逐人駓駓些。參目虎首，其身若牛些。此皆甘人，

歸來恐自遺災些。(以上言幽都)〔註81〕

本段都屬上古陰聲魚部，觺、駓、牛、災屬上古陰聲之部，中古皆爲平聲。〔註82〕

從前引《詩經》、《楚辭》這些先秦時代韻文中，屬於不同聲部的韻腳，演變到六朝時皆入同一聲調的現象，應當可以推論上古音實已存在聲調的區別。除此，董同龢《漢語音韻學》中亦提出一個有力的推斷：

在漢藏語族之中，所有的語音都分聲調，……漢語與暹羅

語藏語等既屬同族，他們的共同特點，而且是一個基本的

〔註77〕同註53，頁331。
〔註78〕同註52，頁166。
〔註79〕同註53，頁331。
〔註80〕同註52，頁166。
〔註81〕同註53，頁332。
〔註82〕同註52，頁167。

特點，分聲調，自必受之於最初的母語，（或者我們可以謹
慎一點說，最初的母語中必具備了分聲調的胚胎）；……由
此可知，自有漢語以來，我們非但已分聲調，而且聲調系
已與中古的四聲相去不遠了。〔註83〕

更可以證明聲調的現象，是漢語中的基本元素。

　　由《詩經》《楚辭》韻腳字的聲調來看，雖然如今已無法瞭解上古
聲調的眞實情況，但許多篇章用韻的整齊，絕非偶然。李立信老師便指
出：以《詩經》觀察上古聲調的情形，自清代始，並早已確認上古即有
聲調的區別；然而歷來治詩律之學者談到四聲問題時，卻沒有能注意到
《詩經》、《楚辭》，最早只追溯到漢代佛經東傳所帶來的影響。換言之，
注意力大部分放在歷來韻書韻譜等書，這些書爲中國語言在讀音上建立
了組織原則；而追究這個組織原則的來源時，卻只看到佛經翻譯所帶的
影響，卻忘記了從語言本身所發展出來的文學作品，卻可以更簡單清晰
的看見這一個現象：中國語言的聲調其實自古即已存在。

第二節　漢賦及魏晉時期的發展

　　中國文字具有聲調高低的事實早已存在，由上節的敘述中可以
得到瞭解。到了漢代佛教傳入之後，天竺歌詠法言的習俗稱之爲
「唄」者，隨著佛經的翻譯，也傳入中土。其間詠經者稱之爲「轉
讀」，歌讚則稱之爲「梵唄」。此二者的差別，在於有無器樂伴奏，
然不論是否有伴奏，都是以不同於說話的方式來誦讀佛經，〔註84〕
藉由「響韻清雅，韻轉無方」〔註85〕的誦讀歌詠，以弘揚佛法。傳
魏陳思王曹植，因對經音的愛好，著〈太子頌〉及〈睒頌〉等，爲
誦經之故，而製新聲。此雖假託曹植之作，〔註86〕然事出必有所因，

〔註83〕同註1，頁306。
〔註84〕本節所論四聲緣由，大體本於陳寅恪〈四聲三問〉，見陳寅恪先生文
　　　　集（臺北，里仁書局），冊一，頁328～341。
〔註85〕《高僧傳》（臺北，廣文書局），卷十三，頁731。
〔註86〕同註84，冊一，頁332。

蓋以託有名之人，以求他人之重視，然也可以由此看出當時對經聲
之愛好。

　　由此觀之，則四聲受到注意，最早的目的，並不是爲了文學，而
是爲了轉讀佛經；爲了追求華美嘹亮。若和賦體的「易爲藻飾」〔註87〕
風格加以比較，其重視詩賦經誦的觀之典雅，聽之悠揚的精神，實際
上可以說是一而貫之，同是尋求文學作品或佛教經典所帶來官能上的
滿足。

　　再者，有沈約周顒等人創爲四聲之說，亦與當時的社會背景有相
當的關聯。據陳寅恪〈四聲三問〉所論，佛教善於轉讀的僧人，多來
自西域，而居住於健康。其始爲胡人依其本來聲調來轉讀佛經，而後
影響了中土原來的僧人，於是外來和本地的僧人便出現了許多的沙門
善聲。從《高僧傳》所載僧人之年歲，可推知經聲轉讀的風氣，始於
宋之中世，而在齊初達於極盛。再進一步，健康爲南朝政治文化中心，
這些沙門善聲又與當時的文人相互影響，文人則由此而得到聲韻學的
知識。如《南齊書》〈王子良傳〉載：

> 移居雞籠山西邸，集學士抄五經、百家，依皇覽例，爲四
> 部要略千卷，招致名僧，講論佛法，造經唄新聲。道俗之
> 盛，江左未有也。〔註88〕

「道俗之盛，江左未有」，可想其盛況，而文人僧人聚集之時，聲韻
之學當有所交流。又《梁書》〈武帝紀〉云：

> 竟陵王子良開西邸，招文學，高祖與沈約、謝朓、王融、
> 蕭琛、范雲、任昉、陸倕等並遊焉。號曰八友。〔註89〕

四聲理論斯時既已建立，然而在格律中，所謂的「對」指的是將四聲
平上去入再區分成兩個不同的聲類，陰平陽平仍爲平聲，上去入三個
聲調則歸之爲仄聲。不論是粘對、平仄譜、對仗或者是用韻，都是從

〔註87〕左思〈三都賦序〉，見《增補六臣註文選》，（臺北，漢京文化事業公
　　　　司），卷四，頁88下右。
〔註88〕《南齊書》（臺北，鼎文書局）列傳二一，卷四十，頁698。
〔註89〕《梁書》（臺北，鼎文書局）本紀一，卷一，頁2。

平仄出發，因此這是格律最主要的基礎。〔註90〕而沈約等倡爲四聲之人亦名列八友，則佛經轉讀對其四聲的理論，必有相當的影響。

然而四聲是何時被區分爲平仄兩大聲類？是否有其根據？在前人的研究中，則從來沒有人討論到這一點。本節即擬根據李立信老師所觀察到的一些現象，對此一問題提出一個解答。

一般提到漢代的賦體時，多一半會先注意到西漢問答體的散文賦如司馬相如的〈子虛賦〉，以及騷體如賈誼的〈鵩鳥賦〉等。這些都是漢賦全盛時的代表名篇。而漢賦往東漢發展時，有一點值得注意的：句法由散行變爲對偶。〔註91〕再往六朝發展，則「幾乎全用排偶駢儷之體」〔註92〕而成了「駢賦」。例如張衡〈歸田賦〉：

> 遊都邑以永久，無明略以佐時；徒臨川以羨魚，俟河清乎未
> 期。感蔡子之慷慨，從唐生以決疑；諒天道之微昧，追漁父
> 以同嬉。超埃塵以遐逝，與世事乎長辭。于是仲春令月，時
> 和氣清；原隰鬱茂，百草茲榮。王雎鼓翼，鶬鶊哀鳴；交頸
> 頡頏，關關嚶嚶。于焉逍遙，聊以娛情。爾乃龍吟方澤，虎
> 嘯山丘；仰飛纖繳，俯釣長流；觸矢而斃，貪餌吞鉤；落雲
> 間之逸禽，懸淵沈之魦鰡。于時曜靈俄景，係以望舒；極般
> 遊之至樂，雖日夕而忘劬。感老氏之遺誡，將迴駕乎蓬廬；
> 彈五絃之妙指，詠周孔之圖書。揮翰墨以奮藻，陳三皇之軌
> 模；苟縱心于物外，安知榮辱之所如！〔註93〕

再一種賦則是走向齊言的形式，其特點是篇幅短小，句中字數相同。如蔡邕〈短人賦〉：

> 雄荊雞兮鶩鷺鵝，鶻鳩鷯兮鶉鷃鴟，冠戴勝兮啄木兒，觀
> 短人兮形若斯。巴巔馬兮柙下駒，蟄地蝗兮蘆即且；繭中

〔註90〕呂正惠，《詩詞曲格律淺說》，〈序論〉，頁十二。

〔註91〕葉慶炳，《中國文學史》（臺北，學生書局），第六講〈漢賦〉，上冊，頁28。

〔註92〕何沛雄，〈六朝駢賦對句形式初探〉，見《漢魏六朝賦論集》（臺北，聯經出版事業公司），頁179。

〔註93〕《兩漢三國文彙》（臺北，中華書局），頁367。

蛹兮蠶蠕頓，視短人兮形若斯。木門閭兮梁上柱，弊鑿頭
兮斷柯斧，鞞鞈鼓兮補履楳，脫椎柄兮擣薤杵，視短人兮
形如許。〔註94〕

從量上來看，散文賦加騷賦共約七十篇，與駢賦加齊言小賦共約九十
篇〔註95〕相比之下，後者實際上比前者要多，而後者往往多為人所忽
略。同時一般研究之時，亦未曾注意這些賦的聲律。

如果以平仄為標準來觀察這些駢賦、齊言小賦的聲律，可以發現
一些值得注意的現象：賦是一種韻文，這些賦多為隔句押韻，從每句
末字的情形來看，有不少的段落是仄平遞用；由此觀之，則四聲之區
分為平仄，漢代雖無明文言之，然就實際文學作品來看，則此區分已
略有規模了。以下即引錄漢賦的一些篇章以說明之。

枚乘〈柳賦〉〔註96〕

......

蜩螗屬響，蜘蛛吐絲，
　　　　仄　　　　平

階草漠漠，白日遲遲，
　　　　仄　　　　平

于嗟細柳，流亂輕絲。
　　　　仄　　　　平

君王淵穆其度，御群英而鞃之；
　　　　　　仄　　　　　　平

小臣瞽瞶，與此陳詞。
　　　　仄　　　　平

于嗟樂兮！
　　　平

于是罇盈縹玉之酒，爵獻金漿之醪；
　　　　　　仄　　　　　　平

〔註94〕同註94，頁390。
〔註95〕據《兩漢三國文彙》。
〔註96〕同註94，頁228。

庶羞千族，盈滿六庖。

　　　　仄　　　　平

弱絲清管，與風霜而共彫；

　　　　仄　　　　　平

鎗鍠啾唧，蕭條寥寂，

　　　　仄　　　　仄

雋人英髦，列襟聯袍。

　　　　平　　　　平

小臣莫效于鴻毛，空銜鱗而嗽醪。

　　　　　　平　　　　　　平

雖復河清海竭，終無增于邊撩。

　　　　仄　　　　　　平

〈柳賦〉除「小臣莫效于鴻毛」末字為平聲之外，餘在平聲韻腳時，前後句末字皆為仄平之形式。

王褒〈洞簫賦〉〔註97〕

原夫蕭、幹之所生兮，于江南之丘墟；

　　　　　　　　平　　　　　　平

洞條暢而罕節兮，標敷紛以扶疏。

　　　　　　仄　　　　平

徒觀其旁山側兮，

　　　　　　仄

則崛嶔歸崎，倚巇迤𡾋，誠可悲乎其不安也；

　　　　平　　　仄　　　　　平

彌望儻莽，聯延曠盪，又足樂乎其敞閑也。

　　　　仄　　　仄　　　　平

……

託身區於后土兮，經萬載而不遷；

　　　　　　仄　　　　平

〔註97〕同註94，頁259。

吸至精之滋熙兮，稟蒼色之潤堅；
　　　　　平　　　　　　平

感陰陽之變化兮，附性命乎皇天。
　　　　　仄　　　　　　平

翔風蕭蕭而逕其末兮，迴江流川而溉其山；
　　　　　　仄　　　　　　　　平

揚素波而揮連珠兮，聲礚礚而樹淵；
　　　　平　　　　　　平

朝露清冷而隕其側兮，玉液浸潤而承其根；
　　　　　仄　　　　　　　平

孤雌寡鶴娛優乎其下兮，春禽群嬉翱翔乎其顛；
　　　　　仄　　　　　　　　　平

秋蜩不食抱樸而長吟兮，玄猨悲嘯搜索乎其間；
　　　　　平　　　　　　　平

處幽隱而奧屏兮，密漠泊以猭猱；
　　　　仄　　　　　平

惟詳察其素體兮，宜清靜而弗諠。
　　　　仄　　　　　平

幸得諡爲洞簫兮，蒙聖主之渥恩；
　　　　平　　　　　平

可謂惠而不費兮，因天性之自然。
　　　　仄　　　　　平

……

若乃徐聽其曲度兮，廉察其賦歌；
　　　　仄　　　　　平

啾咇嘖而將吟兮，行鍖銋以龢囉，
　　　　平　　　　　平

風鴻洞而不絕兮，優嬈嬈以婆娑；
　　　　仄　　　　　平

翩綿連以牢落兮，漂乍棄而爲他，
　　　　仄　　　　　平

要復遮其蹊徑兮，與謳乎相離。
　　　　　　　　仄　　　　　平
……
亂曰：
……

攬搜澤捎，逍遙踴躍，若壞頹兮。
　　平　　　　仄　　　平
優游流離，躊躇稽詣，亦足耽兮；
　　平　　　　仄　　　平
頹唐遂往，長辭遠逝，漂不還兮；
　　仄　　　　仄　　　平
賴蒙聖化，從容中道，樂不淫兮。
　　仄　　　　仄　　　平
條暢洞達，中節操兮；
　　仄　　　平
終詩卒曲，尚餘音兮；
　　仄　　　平
吟氣遺響，聯綿漂撇，生微風兮；
　　仄　　　　仄　　　平
連延駱驛，變無窮兮！
　　仄　　　平

〈洞簫賦〉中，前後句雖有平平的句子，但大體上是維持仄平的形式，但值得注意的是最後數句的末字形式，可以說是非常整齊。

班固〈終南山賦〉〔註98〕

伊彼終南，歸嶬嶙囷；
　　平　　　平
概青宮，觸紫辰；
　平　　　平

〔註98〕同註94，頁308。

歕釜鬱律，萃于霞雾；
　　　仄　　　　平

曖瞷晻藹，若鬼若神。
　　　仄　　　　平

傍吐飛瀨，上挺修竹；
　　　仄　　　　仄

玄泉落落，密蔭沉沉；
　　　仄　　　　平

榮期綺季，此焉怡心。
　　　仄　　　　平

三春之季，孟夏之初，
　　　仄　　　　平

天氣肅清，周覽八隅；
　　　平　　　　平

皇鸞鷟鷟，警乃前驅。
　　　仄　　　　平

爾其珍怪，碧玉挺其阿，蜜房溜其顛；
　　　仄　　　　平　　　　平

翔鳳哀鳴集其上，清水泌流注其前。
　　　　　　仄　　　　　平

彭祖宅以蟬蛻，安期饗以延年；
　　　　仄　　　　　平

唯至德之唯美，我皇應福以來臻。
　　　　仄　　　　　平

埽神壇以告誠，薦珍馨以祈仙；
　　　　平　　　　　平

嗟茲介福，永鍾億萬年。
　　　仄　　　　平

〈終南山賦〉開始「伊彼終南，巋巘嶙囷，槩青宮，觸紫辰」、「天氣肅清，周覽八隅」、「埽神壇以告誠，薦珍馨以祈仙」等句末字用平聲，其餘部分末字大多為仄平形式。

崔駰〈慰志賦〉〔註99〕

　　嘉昔人之遘辰兮，美伊傅之遇時；
　　　　平　　　　　　　平

　　應規矩之淑質兮，過班倕而裁之。
　　　　仄　　　　　　　平

　　協準矱之貞度兮，同斷金之玄策；
　　　　仄　　　　　　　仄

　　何天衢於盛世兮？超千載而垂績。
　　　　仄　　　　　　　仄

　　豈修德之極致兮，將天祚之悠適。
　　　　仄　　　　　　　仄

　　愍余生之不造兮，丁漢氏之中微；
　　　　仄　　　　　　　平

　　氛霓鬱以橫屬兮，羲和忽以潛暉；
　　　　仄　　　　　　　平

　　六柄制于家門兮，王綱潰以陵遲。
　　　　平　　　　　　　平

　　黎共奮以跋扈兮，羿促狂以恣睢；
　　　　仄　　　　　　　平

　　睹嫚臧而乘釁兮，竊神器之萬機。
　　　　仄　　　　　　　平

　　思輔弼以媮存兮，亦虢唬以訓咨；
　　　　平　　　　　　　平

　　嗟三事之我負兮，乃迫余以天威。
　　　　仄　　　　　　　平

　　豈無熊僚之微介兮，悼我生之殲夷；
　　　　　仄　　　　　　　平

　　庶明哲之未風兮，懼大雅之所譏。
　　　　平　　　　　　　平

遂翁翼以委命兮，受符守乎艮維；
　　　仄　　　　　　　平

恨遭閉而不隱兮，違石門之高蹤。
　　　仄　　　　　　　平

揚蛾眉於復關兮，犯孔戒之冶容；
　　　平　　　　　　　平

懿氓蚩之悟悔兮，慕白駒之所從。
　　　仄　　　　　　　平

……

〈慰志賦〉除第五句起連續六句用仄聲字句尾外，其他句子末字幾乎全合於仄平遞用的形式。

蘇順〈歎懷賦〉〔註100〕

悲終風之隕籜，條枝梢以摧傷；
　　　仄　　　　　　平

桂敷榮而方盛，遭暮冬之隆霜。
　　　仄　　　　　　平

華霏霏之將實，中天零而消亡；
　　　仄　　　　　　平

童烏濬其明哲，悲何壽之不將？
　　　仄　　　　　　平

嗟劉生之若茲，奄彌留而永喪。
　　　平　　　　　　平

〈歎懷賦〉除末兩句以平平收尾外，餘皆為仄平遞用形式。

馬融〈圍碁賦〉〔註101〕

略觀圍碁兮，法于用兵；
　　平　　　　平

三尺之局兮，為戰鬥場。
　　仄　　　　平

〔註100〕同註94，頁335。
〔註101〕同註94，頁342。

陳聚士卒兮，兩敵相當，
　　　仄　　　　　平

拙者無功兮，弱者先亡。
　　　平　　　　　平

自有中和兮，請說其方；
　　　平　　　　　平

先據四道兮，保角依旁。
　　　仄　　　　　平

緣邊遮列兮，往往相望；
　　　仄　　　　　平

離離馬目兮，連連雁行，
　　　仄　　　　　平

踔度閒置兮，徘徊中央；
　　　仄　　　　　平

違閡奮翼兮，左右翱翔。
　　　仄　　　　　平

道狹敵眾兮，情無遠行；
　　　仄　　　　　平

碁多無策兮，如聚群羊。
　　　仄　　　　　平

駱驛自保兮，先後來迎；
　　　仄　　　　　平

攻寬擊虛兮，蹌降內房。
　　　平　　　　　平

利則為時兮，便則為強；
　　　平　　　　　平

厭于食兮，壞決垣牆。
　　　仄　　　　　平

堤潰不塞兮，泛濫遠長；
　　　仄　　　　　平

　　橫行陣亂兮，敵心駭惶。
　　　　仄　　　　　平

　　迫兼碁雛兮，頗棄其裝；
　　　　　仄　　　　平

　　已下險口兮，鑿置清坑。
　　　　　仄　　　　平

　　窮其中罫兮，如鼠入囊。
　　　　　仄　　　　平

　　收取死卒兮，無使相迎；
　　　　　仄　　　　平

　　當食不食兮，反受其殃。
　　　　　仄　　　　平

　　……

　〈圍碁賦〉除第一二、七八、九十等句外，餘前後句皆爲仄平相
對的形式。

　　張衡〈思玄賦〉〔註102〕

　　仰先哲之玄訓兮，雖彌高其弗違；
　　　　　　仄　　　　　　　平

　　匪仁里其焉宅兮，匪義跡其焉追。
　　　　　　　仄　　　　　　平

　　潛服膺以永靚兮，綿日月而不衰；
　　　　　　仄　　　　　　平

　　伊中情之信修兮，慕古人之貞節。
　　　　　　平　　　　　　仄

　　竦余身而順止兮，遵繩墨而不跌；
　　　　　　仄　　　　　　仄

　　志團團以應懸兮，誠心固其如結。
　　　　　　平　　　　　　仄

〔註102〕同註94，頁344。

旌性行以制佩兮，佩夜光以瓊枝；
　　　仄　　　　　　平

纚幽蘭之秋華兮，又綴之以江蘺。
　　　平　　　　　　平

美襞積以酷裂兮；允塵邈而難虧；
　　　仄　　　　　　平

既姱麗而鮮雙兮，非是時之攸珍。
　　　平　　　　　　平

奮余榮而莫見兮，播餘香而莫聞；
　　　仄　　　　　　平

幽獨守此仄陋兮，敢怠皇而舍勤！
　　　仄　　　　　　平

幸二八之遌虞兮；喜傅説之生殷；
　　　平　　　　　　平

尚前良之遺風兮，惆後辰而無及。
　　　平　　　　　　仄

……

俗遷渝而事化兮，泯規矩之圜方。
　　　仄　　　　　　平

珍蕭艾于重笥兮，謂蕙芷之不香；
　　　仄　　　　　　平

斥西施而弗御兮，羈要褭以服箱。
　　　仄　　　　　　平

行陂僻而獲志兮，循法度而離殃。
　　　仄　　　　　　平

惟天地之無窮兮，何遭遇之無常；
　　　平　　　　　　平

不抑操而苟容兮，譬臨河而無航。
　　　平　　　　　　平

欲巧笑以干媚兮，非余心之所嘗；
　　　仄　　　　　　平

襲溫恭之黻衣兮，披禮義之繡裳。
　　　　平　　　　　　　平

辯貞亮以爲鎣兮，雜技藝以爲珩；
　　　　平　　　　　　　平

昭綵藻與雕琢兮，璜聲遠而彌長。
　　　　仄　　　　　　　平

淹棲遲以恣欲兮，燿靈忽其西藏；
　　　　仄　　　　　　　平

恃巳知而華予兮，鶗鴃鳴而不芳。
　　　　仄　　　　　　　平

冀一年之三秀兮，遵白露之爲霜；
　　　　仄　　　　　　　平

與靁靁而代序兮，疇可與乎比伉；
　　　　仄　　　　　　　仄

洛妒嫮之難並兮，想依韓以流亡；
　　　　仄　　　　　　　平

恐漸冉而無成兮，留則蔽而不章。
　　　　平　　　　　　　平

心猶與而狐疑兮，即岐阯而攄情；
　　　　平　　　　　　　平

文君爲我端蓍兮，利飛遁以保名。
　　　　平　　　　　　　平

歷眾山以周流兮，翼迅風以揚聲；
　　　　平　　　　　　　平

二女感于崇岳兮，或冰折而不營。
　　　　仄　　　　　　　平

天蓋高而爲澤兮，誰云路之不平；
　　　　仄　　　　　　　平

勔自強而不息兮，蹈玉階之嶢崢。
　　　　仄　　　　　　　平

懼筮氏之長短兮，鑽東龜以觀禎；
　　仄　　　　　　　　　平
遇九皋之介鳥兮，怨素意之不逞。
　　仄　　　　　　　　　仄
遊塵外而瞥天兮，據冥翳而哀鳴；
　　平　　　　　　　　　平
鵬鶹競于貪婪兮，我修潔以益榮。
　　平　　　　　　　　　平
子有故于玄鳥兮，歸母氏而後寧；
　　仄　　　　　　　　　平
占既吉而無悔兮，簡元辰而俶裝。
　　仄　　　　　　　　　平
旦于沐于清原兮，晞余髮于朝陽；
　　平　　　　　　　　　平
漱飛泉之瀝液兮，咀石菌之流英。
　　仄　　　　　　　　　平
翾鳥舉而魚躍兮，將往走乎八荒；
　　仄　　　　　　　　　平
過少皞之窮野兮，問三丘乎句芒。
　　仄　　　　　　　　　平
何道眞之淳粹兮，去穢累而票輕；
　　仄　　　　　　　　　平
登蓬萊而容與兮，鼇雖抃而不傾。
　　仄　　　　　　　　　平
留瀛洲而採芝兮，聊且以乎長生；
　　平　　　　　　　　　平
憑歸雲而遐逝兮，夕余宿乎扶桑。
　　仄　　　　　　　　　平
噏青岑之玉醴兮，餐沆瀣以爲糧；
　　仄　　　　　　　　　平

發昔夢于木禾兮，穀崑崙之高岡。
　　　　平　　　　　　　平
朝吾行于暘谷兮，從伯禹于稽山；
　　　　仄　　　　　　　平
集群神之執玉兮，疾防風之食言。
　　　　仄　　　　　　　平
指長沙以邪徑兮，存重華乎南鄰；
　　　　仄　　　　　　　平
哀二妃之未從兮，翩儐處彼湘瀕。
　　　　平　　　　　　　平
流目頻夫衡阿兮，睹有黎之圮墳；
　　　　平　　　　　　　平
痛火正之無懷兮，託山陂以孤魂。
　　　　平　　　　　　　平
……
蹠白門而東馳兮，云台行乎中野；
　　　　平　　　　　　　仄
亂弱水之潺湲兮，逗華陰之湍渚。
　　　　平　　　　　　　仄
號馮夷俾清津兮，櫂龍舟以濟予；
　　　　平　　　　　　　仄
會帝軒之未歸兮，悵相佯而延佇。
　　　　平　　　　　　　仄
呬河林之蓁蓁兮，偉關雎之戒女；
　　　　平　　　　　　　仄
……

〈思玄賦〉是騷體的長篇，其中部分的段落前後句末字也是仄平的安排。

張衡〈歸田賦〉〔註103〕

遊都邑以永久，無明略以佐時；
　　　　仄　　　　　　平

徒臨川以羨魚，俟河清乎未期。
　　　　平　　　　　　平

感蔡子之慷慨，從唐生以決疑；
　　　　仄　　　　　　平

諒天道之微昧，追漁父以同嬉。
　　　　仄　　　　　　平

超埃塵以遐逝，與世事乎長辭。
　　　　仄　　　　　　平

于是仲春令月，時和氣清；
　　　　仄　　　　平

原隰鬱茂，百草茲榮。
　　仄　　　　平

王睢鼓翼，鶬鶊哀鳴；
　　仄　　　　平

交頸頡頏，關關嚶嚶。
　　仄　　　　平

于焉逍遙，聊以娛情。
　　平　　　　平

爾乃龍吟方澤，虎嘯山丘；
　　　　仄　　　　平

仰飛纖繳，俯釣長流；
　　仄　　　　平

觸矢而斃，貪餌吞鉤；
　　仄　　　　平

落雲間之逸禽，懸淵沈之魦鰡。
　　　　平　　　　　平

<hr>

〔註103〕同註94，頁367。

于時曤靈俄景，係以望舒；
　　　　　　　　仄　　　　平

極般遊之至樂，雖日夕而忘劬。
　　　　　　仄　　　　　　平

感老氏之遺誡，將迴駕乎蓬蘆；
　　　　　　仄　　　　　　平

彈五絃之妙指，詠周孔之圖書。
　　　　　　仄　　　　　　平

揮翰墨以奮藻，陳三皇之軌模；
　　　　　　仄　　　　　　平

苟縱心于物外，安知榮辱之所如！
　　　　　　仄　　　　　　　平

〈歸田賦〉中「徒臨川以羨魚」及「落雲閒之逸禽」兩句末字爲平，與下句不合仄平形式。

王逸〈機婦賦〉 [註104]

……

于是取衡山之孤桐，南岳之洪樟。
　　　　　　　　平　　　　　　平

結靈根於盤石，託九層于巖旁。
　　　　　　仄　　　　　　平

性條暢以端直，貫雲表而劃良。
　　　　　　仄　　　　　　平

儀鳳晨鳴翔其上，怪獸群萃而陸梁。
　　　　　　　仄　　　　　　　平

於是乃命匠人，潛江奮驤。
　　　　平　　　　　　平

踰五嶺，越九岡，
　　仄　　　平

斬伐剖析，擬度短長；
　　仄　　　　　平

勝復迴轉，剋像乾形。
　　仄　　　　　平

大匡淡泊，擬則川平。
　　仄　　　　　平

光爲日月，蓋取昭明。
　　仄　　　　　平

三軸列布，上法台星。
　　仄　　　　　平

兩驥齊首，儼若將征。
　　仄　　　　　平

方員綺錯，極妙窮奇。
　　仄　　　　　平

蟲禽品獸，物有其宜。
　　仄　　　　　平

免耳跧伏，若安若危。
　　仄　　　　　平

猛犬相守，竄身匿蹄。
　　仄　　　　　平

高樓雙峙，下臨清池。
　　仄　　　　　平

漁魚銜餌，瀺灂其波。
　　仄　　　　　平

鹿盧並起，纖繳俱垂。
　　仄　　　　　平

宛若星圖，屈伸推移。
　　平　　　　　平

一往一來，匪勞匪疲。
　　平　　　　　平

于是暮春代謝，朱明達時。
　　　　　　　　仄　　　　平
蠶人告訖，舍罷獻絲。
　　　　　　仄　　　平
或黃或白，蜜蠟凝脂。
　　　　　　仄　　　平
纖纖靜女，經之絡之。
　　　　　　仄　　　平
爾乃窈窕淑媛，美色貞怡。
　　　　　　　　仄　　　平
解鳴佩，釋羅衣；
　　　　仄　　平
披革幕，登神機；
　　　　仄　　平
乘輕杼，攬床帷。
　　　　仄　　平
動移多容，俯仰生姿。
　　　　　　平　　　平

〈機婦賦〉「人」、「驤」、「圖」、「移」、「來」、「疲」以及最後兩
句「容」、「姿」等末字連用平聲字，餘皆為仄平遞用。

侯瑾〈箏賦〉〔註105〕

……

于是雅曲既闋，鄭衛仍修；
　　　　　　　　仄　　　平
新聲順變，妙弄優遊。
　　　　　　仄　　　平
微風漂裔，冷氣輕浮；
　　　　　　仄　　　平

〔註105〕同註94，頁382。

感悲音而增歎，愴顑悴而懷愁。
　　　　　　仄　　　　　平

若乃上感天地，下動鬼神；
　　　　仄　　　　　平

享祀宗祖，酬酢嘉賓；
　　　仄　　　　平

移風易俗，混同人倫。
　　　仄　　　　平

莫有尚于箏者矣。
　　　　　仄

〈箏賦〉此段全為末字仄平遞用。

蔡邕〈霖雨賦〉〔註106〕

夫何季秋之霖雨兮，既彌日而成霖；
　　　　　　仄　　　　　　平

瞻玄雲之晻晻兮，聽長雷之淋淋。
　　　　　仄　　　　　　平

中宵夜而歎息，起飾帶而撫琴。
　　　　仄　　　　　平

〈霖雨賦〉全賦僅六句，末字皆為仄平遞用。

蔡邕〈漢津賦〉〔註107〕

夫何大川之浩浩兮，洪流淼以玄清；
　　　　　　仄　　　　　　平

配名位乎天漢兮，披厚土而載形。
　　　　　仄　　　　　平

發源自乎嶓冢兮，引瀁潏而東征；
　　　　　仄　　　　　平

納湯谷之所吐兮，兼漢沔之殊名。
　　　　　仄　　　　　平

〔註106〕同註94，頁383。
〔註107〕同註94，頁384。

　　總畎澮之群液兮，演西土之陰精；
　　　　　仄　　　　　　　　平

　　過萬山以左迴兮，旋襄陽而南縈。
　　　　　平　　　　　　　　平

　　切大別之東山兮，與江湘乎通靈。
　　　　　平　　　　　　　　平

　　嘉清源之體勢，澹澶湲以安流；
　　　　　仄　　　　　　平

　　鱗甲育其萬類兮，蛟螭集以嬉遊。
　　　　　仄　　　　　　　平

　　明珠胎于靈蚌兮，夜光潛乎玄洲；
　　　　　仄　　　　　　　平

　　維神寶其充盈兮，豈魚龜之足收。
　　　　　平　　　　　　　平

〈漢津賦〉共二二句，四句末字連用平聲，餘皆平仄遞用。

蔡邕〈述行賦〉〔註108〕

　　……

　　尋修軌以增舉兮，遶悠悠之未央；
　　　　　仄　　　　　　　平

　　山風汨以飆涌兮，氣憭慄而屬涼。
　　　　　仄　　　　　　　平

　　雲鬱術而四塞兮。雨濛濛而漸唐；
　　　　　仄　　　　　　　平

　　僕夫疲而劬瘁兮，我馬虺隤以玄黃。
　　　　　仄　　　　　　　　平

　　格莽丘而稅駕兮，陰曀曀而不陽。
　　　　　仄　　　　　　　平

　　哀衰周之多故兮，眺瀕隈而增感；
　　　　　仄　　　　　　　仄

〔註108〕　同註94，頁385。

忿子帶之淫逆兮，唁襄王于壇坎。
　　　　仄　　　　　　仄
悲寵嬖之爲梗兮，心惻愴而懷慘。
　　　　仄　　　　　　仄
乘舫舟而泝湍流兮，浮清波以橫屬；
　　　　　平　　　　　　　仄
想宓妃之靈光兮，神幽隱以潛翳。
　　　　平　　　　　　仄
實熊耳之泉液兮，總伊瀍與澗瀨；
　　　　仄　　　　　　仄
通渠源于京城兮，引職貢乎荒裔。
　　　　平　　　　　　仄
操吳榜其萬艘兮，充王府而納最；
　　　　平　　　　　　仄
濟西溪而容與兮，息鞏都而後逝。
　　　　仄　　　　　　仄
愍簡公之失師兮，疾子朝之爲害。
　　　　平　　　　　　仄

玄雲黯以凝結兮，集零雨之濛濛；
　　　　仄　　　　　　平
路阻敗而無軌兮，塗濘溺而難遵。
　　　　仄　　　　　　平
率陵阿以登降兮，赴偃師而釋勤；
　　　　仄　　　　　　平
壯田橫之奉首兮，義二士之夾墳。
　　　　仄　　　　　　平
佇淹留以侯霽兮，咸憂心之殷殷；
　　　　仄　　　　　　平
并日夜而遙思兮，霄不寐以極晨。
　　　　平　　　　　　平

侯風雲之體勢兮，天牢湍而無文；
　　　　　　　仄　　　　　　　　平

彌信宿而後闋兮，思逶迤以東運。
　　　　　　仄　　　　　　　　仄

見陽光之顥顥兮；懷少羿而有欣。
　　　　　　仄　　　　　　　　平

……

〈述行賦〉此段除「城」、「荒」及「與」、「後」、「師」、「爲」連用仄聲，其餘末字皆仄平遞用。

蔡邕〈檢逸賦〉〔註109〕

夫何姝妖之媛女，顏煒華而含榮；
　　　　　　　　仄　　　　　　　平

普天壤其無儷，曠千載而特生。
　　　　　　仄　　　　　　　平

余心悅于淑麗，愛獨結而未并；
　　　　　　仄　　　　　　　平

情罔象而無主，意徒倚而左傾。
　　　　　　仄　　　　　　　平

晝騁情以舒愛，夜託夢以交靈。
　　　　　　仄　　　　　　　平 (本篇有遺佚)

〈檢逸賦〉雖爲殘篇，但所存十句皆爲仄平遞用。

蔡邕〈傷故栗賦〉〔註110〕

樹遐方之嘉木兮，于靈宇之前庭；
　　　　　　　　仄　　　　　　　平

通二門以征行兮，夾階除而列生。
　　　　　　　仄　　　　　　　平

彌霜雪之不凋兮，當春夏而滋榮；
　　　　　　　平　　　　　　　平

〔註109〕同註94，頁389。
〔註110〕同註94，頁394。

　　　因本心以誕節兮，挺青鸎之綠英。
　　　　　　仄　　　　　　平

　　　形猗猗以豔茂兮，似碧玉之清明；
　　　　　　仄　　　　　　平

　　　何根莖之豐美，將蕃熾以悠長。
　　　　　仄　　　　　　　平

　　　適禍賊之災人，嗟夭折以摧傷。
　　　　　平　　　　　　　平

　　〈傷故栗賦〉除「凋」、「人」兩末字用平聲字，與後句重，餘皆仄平遞用。

蔡邕〈九惟文〉〔註111〕

　　　八惟困乏，憂心殷殷。
　　　　　仄　　　平

　　　天之生我，星宿值貧。
　　　　　仄　　　平

　　　六極之厄，獨遭斯勤。
　　　　　仄　　　平

　　　居處浮濟，無以自存。
　　　　　仄　　　平

　　　冬日栗栗，上下同雲，
　　　　　仄　　　平

　　　無衣無褐，何以自溫？
　　　　　仄　　　平

　　　六月徂暑，炎赫來臻。
　　　　　仄　　　平

　　　無絺無綌，何以敝身？
　　　　　仄　　　平

　　　無食不飽，永離懽欣。
　　　　　仄　　　平

〔註111〕　同註94，頁395。

〈九惟文〉文雖不長，然末字皆爲仄平遞用。

趙壹〈迅風賦〉〔註112〕

惟巽卦之爲體，吐神氣而成風；
　　　　　仄　　　　　　　平

纖微無所不入，廣大無所不充。
　　　　仄　　　　　　　平

經營八荒之外，宛轉毫毛之中；
　　　　仄　　　　　　　平

察本莫見其始，揆末莫睹其終。
　　　　仄　　　　　　　平

……

〈迅風賦〉前八句末字皆爲仄平遞用。

楊修〈神女賦〉〔註113〕

……

膚凝理而瓊絜，體鮮弱而柔鴻；
　　　　仄　　　　　　　平

回肩襟而動合，何俯仰之妍工？
　　　　仄　　　　　　　平

嘉今夜之幸遇，獲帷嘗乎期同。
　　　　仄　　　　　　　平

情沸涌而思進，彼嚴屬而靜恭；
　　　　仄　　　　　　　平

微諷悅而宣諭，色歡懌而我從。
　　　　仄　　　　　　　平

楊修〈孔雀賦〉〔註114〕

有南夏之孔雀，同號于火精，
　　　　仄　　　　　　　平

〔註112〕　同註94，頁396。
〔註113〕　同註94，頁404。
〔註114〕　同註94，頁405。

　　寓鵷虛以挺體，含正陽之淑靈。
　　　　　　仄　　　　　　　　平

　　首戴冠以飾貌，爰龜背而鶯頸；
　　　　　　仄　　　　　　　　平

　　徐軒翥以俛仰，動止步而有程。
　　　　　　仄　　　　　　　　平

　　降至魏晉，賦走向短小騈儷，而末字仄平遞用的情形，則更是整齊。茲引錄楊修、應瑒、王粲、曹丕等人的作品，以供對比參考。

　　〈神女賦〉後段所引十句及孔雀賦所引八句末字，皆為整齊的仄平遞用。

應瑒〈楊柳賦〉〔註115〕

　　赴陽春之和節，植纖柳以承涼；
　　　　　　仄　　　　　　　　平

　　攄豐節而廣布，紛鬱勃以敷陽。
　　　　　　仄　　　　　　　　平

　　三春倏其奄過，景日赫其垂光；
　　　　　　仄　　　　　　　　平

　　振鴻條而遠壽，迴雲蓋于中唐。
　　　　　　仄　　　　　　　　平

　　〈楊柳賦〉全篇末字皆為仄平遞用。

王粲〈出婦賦〉〔註116〕

　　既僥倖兮非望，逢君子兮弘仁；
　　　　　　仄　　　　　　　　平

　　當隆暑兮翕赫，猶蒙眷兮見親；
　　　　　　仄　　　　　　　　平

　　更盛衰兮成敗，思情故兮日新；
　　　　　　仄　　　　　　　　平

〔註115〕同註94，頁414。
〔註116〕同註94，頁424。

諫余身分敬事，理中饋分恪勤。
　　　　仄　　　　　　平

〈出婦賦〉全篇八句，末字皆為仄平遞用。

王粲〈登樓賦〉〔註117〕

登茲樓以四望分，聊暇日以消憂；
　　　　　　仄　　　　　　　平

覽斯宇之所處分，實顯敞以寡仇。
　　　　　　仄　　　　　　　平

挾清漳之通浦分，倚曲沮之長洲；
　　　　　　仄　　　　　　　平

背墳衍之廣陸分，臨皋隰之沃流。
　　　　　　仄　　　　　　　平

北彌陶牧，西接昭丘；
　　仄　　　　平

華實蔽野，黍稷盈疇。
　　仄　　　　平

雖信美而非吾土分，曾何足以少留。
　　　　　　　仄　　　　　　　平

遭紛濁而遷逝分，漫踰紀以迄今；
　　　　　　仄　　　　　　　平

情眷眷而懷歸分，孰憂思之可任。
　　　　　　平　　　　　　　仄

憑軒檻以遙望分，向北風而開襟；
　　　　　　平　　　　　　　仄

平原遠而極目分，蔽荊山之高岑；
　　　　　　仄　　　　　　　平

路逶迤而脩迴分，川既漾而濟深；
　　　　　　平　　　　　　　平

〔註117〕同註94，頁429。

悲舊鄉之壅隔兮，涕橫墜而弗禁。
　　　　仄　　　　　　平

昔尼父之在陳兮，有歸歟之歎音；
　　　　平　　　　　　平

鍾儀幽而楚奏兮，莊舄顯而越吟；
　　　　仄　　　　　　平

人情同于懷土兮，豈窮達而異心？
　　　　仄　　　　　　平

……

王粲〈神女賦〉〔註118〕

惟天地之普化，何產氣之淑眞？
　　　　仄　　　　　平

陶陰陽之休液，育沃麗之神人。
　　　　仄　　　　　平

稟自然以絕俗，超希世而無群。
　　　　仄　　　　　平

體纖約而方足，膚柔曼以豐盈。
　　　　仄　　　　　平

髮似玄鑒，鬢類削成；
　　　仄　　　　平

質素純皓，粉黛不加；
　　　仄　　　　平

朱顏熙曜，曄若春華；
　　　仄　　　　平

口譬含丹，目若瀾波；
　　　平　　　　平

美姿巧笑，屬輔奇葩。
　　　仄　　　　平

戴金羽之首飾，珥照夜之珠璫；
　　　　　仄　　　　　　　平

襲羅綺之繡衣，曳褘繡之華裳；
　　　　　平　　　　　　　平

錯繽紛以雜佩，袿熠爍而焜煌。
　　　　　仄　　　　　　　平

……

〈登樓賦〉前半三十三句、〈神女賦〉前半二十四句，皆爲整齊的仄平遞用。

魏文帝〈柳賦〉〔註120〕

伊中域之偉木兮，瑰姿妙其可珍；
　　　　　仄　　　　　　　平

稟靈祇之篤施兮，與造化乎相因。
　　　　　平　　　　　　　平

四氣邁而代運兮，去冬節而涉春；
　　　　　仄　　　　　　　平

彼庶卉之未動兮，固戢萌而先辰；
　　　　　仄　　　　　　　平

盛德遷而南移兮，星鳥正而司分。
　　　　　平　　　　　　　平

應隆時而繁育兮，揚翠葉之青純；
　　　　　仄　　　　　　　平

修幹偃蹇以虹指兮，柔條阿那而蚺伸。
　　　　　仄　　　　　　　平

上扶疏而字散兮，下交錯而龍鱗。
　　　　　仄　　　　　　　平

在余年之二七，植斯柳乎中庭；
　　　　　仄　　　　　　　平

〔註120〕　同註94，頁479。

始圓寸而高尺，今連拱而九成。
　　　　仄　　　　　　　平

嗟日月之逝邁，忽聲聲以遄征；
　　　　仄　　　　　　　平

昔周遊而處此，今倏忽而弗形。
　　　　仄　　　　　　　平

感遺物而懷故，俛惆悵以傷情。
　　　　仄　　　　　　　平

于是曜靈次乎鶉首兮，景風扇而增煖；
　　　　　　仄　　　　　　　　仄

豐弘陰而博覆兮，躬愷悌而弗倦。
　　　　仄　　　　　　　仄

四馬望而傾蓋兮，行旅仰而迴睇；
　　　　仄　　　　　　　仄

秉至德而不伐乎，豈簡卑而擇賤。
　　　　仄　　　　　　　仄

含精靈而奇生兮，保休體之豐衍；
　　　　仄　　　　　　　仄

惟尺斷而能植兮，信永貞而可羨。
　　　　仄　　　　　　　仄

〈柳賦〉較爲特出，前兩段每句末字皆爲仄平遞用，而末段自「于是」句以下末字則全用仄聲字。

字音有平仄之別，歷來語言學史上從未有人提出平仄是什麼時候區分成平仄兩個聲類，但到了近體詩格律完成之時，平仄成爲文人詩人的共同認知。換言之，平仄的觀念斯時已是非常明確的了，因此，要追溯這個觀念的起源，勢必往唐以前來追尋。從四聲在理論上的正式建立來看，以三國時李登的《聲類》爲最早，今已失傳，其後則有多家韻書行世，如呂靜《韻集》、夏侯該《韻略》等，皆已不傳。至

於隋朝陸法言集大成〔註121〕的《切韻》行世。《切韻》今已不傳，然可從宋代重修《廣韻》見其規模，這些韻書之中但言四聲，卻未曾言及平仄是如何區分的。而後人研究時，追究四聲之由，則從歷史背景追溯到東漢的佛經轉讀。然而平仄的區分基礎在於四聲，而四聲未出，想當然則平仄亦無由出之。因而諸家語言學史中，對此一問題略而不提。

然而，語言的現象，非一朝一夕便可完成的，現象的存在，並不是理論的提出後始有。在四聲的理論提出之前，早已有四聲的現象存在，平仄與四聲同為語言的現象，而追究平仄之分野由何時開始，便不能只就四聲理論提出以後來觀察。因此關於平仄的分野是何時開始這個問題，觀察的範圍，也必須加以擴大。

朱光潛在〈中國詩何以走上律的路〉〔註122〕一文中，早已指出：「聲音的對仗，賦也先於詩」，〔註123〕陸機言「聲音之迭代」〔註124〕之時，早在沈約的「若前有浮聲，則後須切響」〔註125〕之前，四聲之說尚未提出。若從前引諸賦來看，則「迭代」所指，若為賦的句末字仄平遞用的情形，亦不無可能。由此或可推論：平仄的區分，由這些賦的句尾字來看，早在漢代便已出現，然而當時對此一現象是「知其然，不知其所然」。而後此一區分，則更進一步影響了近體詩格律的產生。

〔註121〕　董同龢《漢語音韻學》，頁 79。
〔註122〕　見朱光潛，《詩論》（臺北，漢京），頁 201～233。
〔註123〕　同註 121，頁 216。
〔註124〕　陸機〈文賦〉，見《增補六臣註文選》（臺北，漢京），頁 310 上右。
〔註125〕　《宋書》列傳二七，卷六七，頁 1779。

第三章　平仄粘對的演變

第一節　「粘對」的觀念由來

　　前節已論四聲之區分爲平仄兩類的現象，可從漢賦中看出端倪。然而平仄觀念對近體詩的影響，主要是「粘對」及「平仄譜」。就近體詩而言，「對」的目的是在於將一聯之中的出對句，建立起聲調上的關聯；而「粘」則是將兩聯中，前一聯的對句和後一聯的出句，建立起聲調上的關聯。由此使一首詩在聲音的結構上，成爲一個整體。粘對的出現，絕非憑空而來，除了四聲平仄的觀念成熟，而現諸實際的理論，使得粘對在字音的基礎確立之外，是否其產生還存在其他的因素？

　　一個時代往往透過不同的文學體裁來呈現其基本的思想精神，以宋代爲例，「議論」是北宋人生活中的一項日常行爲，在文人的集子裡，不僅議論文章有相當重要的地位，甚至在詩中亦多議論。〔註1〕又如前節所言，在文字的字面和字音上，尋求華美和悠揚的精神，同時呈現在佛經轉讀和賦的寫作上。降至六朝，文學體裁在文章方面以賦和駢文爲其主流，而這一段時間，同時也是唐以後盛行不綴的近體詩之孕釀時期。

〔註1〕簡錦松〈從一個新觀點試論北宋詩〉，見《宋代文學與思想》（臺北，學生書局），頁408。

　　駢文一稱四六文，在中國文學上，這也是一種源遠流長的文體。就廣義而言，指的是「文章之意義平行，屬對精切，聲調協諧，輕重悉稱」〔註2〕者，如曹丕〈典論論文〉、曹植〈與楊德祖書〉等，皆可謂之駢文。至於狹義的駢文，則指的是六朝以後，具有「對偶精工、用典繁夥、辭藻華麗、聲律諧美、句法靈動」，〔註3〕在本研究而言，值得注意的是「聲律諧美」這一點。駢文聲律之興，實際上與近體詩格律有著同樣的淵源，都是永明時期，沈約周顒提倡四聲以後所發展的，但是駢文的定型早於近體詩，而在齊梁時便已定型。換言之，就聲律而言，四聲平仄的安排，在齊梁時的駢文中便完成了試驗。那麼，駢文上的聲律是什麼樣的型態？是否這些安排對近體詩的格律有所影響？

　　大體而言，駢文的句子大多是四字或六字，其聲律規則上的特點是以一聯為單位，在一聯之中，各節奏點〔註4〕是平仄遞用。若一聯中有兩句，則兩句之間句腳字的平仄相反。而上下聯之間，相同位置的節奏點平仄相反。與律句相較，在「平平仄仄平」或「平平平仄仄」句式中，其相同之處在於各節奏點的平仄遞用，且以近體詩的一聯而論，相同位置的節奏點平仄也是相反的。再加上近體詩和駢文的發展時期亦有相當的重複，因此，對於狹義的駢文對近體詩的聲律是否有所影響這個問題，以下即引錄一些駢文，〔註5〕並標明每句中的節奏點所在之字的平仄。透過這樣的觀察，或許能對此問題提供一點初步的討論。

謝靈運〈山居賦・序〉〔註6〕

　1. 言心也，黃屋實不殊於汾陽；
　　　平平　　仄　平　平

〔註2〕張仁青《駢文學》（臺北，文史哲出版社），頁57。

〔註3〕同註2，頁94。

〔註4〕所引例證出自廖志強《六朝駢文聲律探微》，臺北，天工書局。

〔註5〕詩文的句式中都有其句法，如「床前明月光」讀時成為「床前—明月光」，而其節奏點所在，即是前、光二字。

〔註6〕《全宋文》，見嚴可均校輯《全上古三代秦漢三國六朝文》（臺北，世界書局），冊六，卷三一，頁1，上右。

2. 即事也，山居良有異乎市塵。……
　　仄仄　　　平　　仄　　仄

3. 廢張左之艷辭，
　　仄　　　平

4. 尋臺皓之深意。
　　平　　　仄

　　本篇第一二句間節奏點所在的字平仄相對(以下平仄相對或相粘皆指節奏點所在)，三四句間亦平仄相對。

謝靈運〈曇隆法師誄·序〉〔註7〕

1. 冀行跡立，則善惡靡徵；
　　　仄仄　　　仄平

2. 欲聲名傳，則薰蕕同歇。……
　　　平平　　　平仄

3. 山陽靡喜愠之容，
　　　平　　　平

4. 令尹一進己之色。……
　　　平　　　仄

5. 庶白首同居，
　　　仄平

6. 而乖離無象。……
　　　平仄

7. 蓋欽志節，
　　平　仄

8. 追感平身。……
　　仄　　平

　　本篇第一二、三四、五六、七八句之間皆平仄相對。

謝莊〈宋孝武宣貴妃誄·序〉〔註8〕

　　惟大明六年夏四月壬子，宣貴妃薨：

〔註7〕同註6，卷三三，頁8，下左。
〔註8〕同註6，卷三五，頁7，上右。

1. 律谷罷煖，
　　仄　　平
2. 龍鄉輟曉。
　　平　　仄
3. 照車去魏，
　　平　　仄
4. 聯城辭趙。
　　平　　仄
5. 皇帝痛掖殿之既闃，
　　　　　仄　　仄
6. 　　悼泉途之巳宮。
　　　　　平　　平
7. 巡步檐而臨蕙路，
　　平　平　平　仄
8. 集重陽而望椒風。
　　仄　平　仄　平
9. 嗚呼哀哉！天寵方降，
　　　　　　　仄　　仄
10. 　　　　王姬下姻。
　　　　　　平　平
11. 肅雍揆景，
　　平　　仄
12. 陟屺爰臻。
　　仄　　平
13. 國軫喪淑之傷，
　　仄　　平
14. 家凝寶庇之怨。
　　平　　仄
15. 敢撰德於斿旒，
　　仄　　平

16. 庶圖芳於鍾萬。
　　　　　平　　仄

本篇一二、五六、九十、十一十二、十三十四、十五十六句間皆
平仄相對，七八句除檐、陽二字外，亦平仄相對；二三、十二十三句
間相粘。

謝莊〈皇太子妃哀策文·序〉〔註9〕

1. 楹凝桂奠，
　　平　仄
2. 庭肅既輼。
　　仄　平
3. 風沈國路，
　　平　仄
4. 雲起郊門。
　　仄　平
5. 皇帝傷總緣之掩綵，
　　平　　　　仄
6. 　悼副褘之減華。
　　仄　　　　平
7. 行光既晏，
　　平　仄
8. 長河又斜。
　　平　平
9. 顧而言曰：璇瑤有毀，
　　　　　　平　仄
10. 　　　郁烈無湮。
　　　　仄　平
11. 翦素裁簡，授之史臣。

本篇一二、三四、五六、九十句間皆為平仄相對。

顏延之〈三月三日曲水詩·序〉〔註10〕

〔註9〕同註6，卷三五，頁10，下右。

1. 夫方策既載，皇王之跡已殊；
　　　仄　仄　　平　仄　平

2. 　鐘石畢陳，舞詠之情不一。
　　　仄　平　　仄　平　仄

3. 雖淵流遞往，
　　平　仄

4. 　詳略異聞。……
　　　仄　平

5. 赬莖素蓂，並柯共穗之端，史不絕書；
　　仄　平　　平　仄　仄　　仄　平

6. 棧山航海，踰沙跌漠之貢，府無虛月。……
　　平　仄　　平　仄　仄　　平　仄

7. 增類帝之宮，
　　平　仄　平

8. 飾禮神之館。……
　　仄　平　仄

9. 閱水環階，
　　仄　平

10. 引池分席。……
　　　平　仄

11. 妍歌妙舞之容，
　　　平　　　平

12. 銜組樹羽之器。……
　　　仄　　　仄

13. 龍文飾轡，
　　　平　平

14. 青翰侍御。……
　　　仄　仄

15. 靚裝藻野，
　　　平　仄

16. 祥服縟川。
  仄 平

17. 故以殷賑外區,
   仄 平

18. 煥衍都內者矣。……
   仄 仄

19. 情盤景遽,
  平 仄

20. 歡洽日斜。……
  仄 平

21. 方且排鳳闕以高遊,
    仄 平

22.   開爵園而廣宴。……
    平 仄

23.   則夫誦美有章,
   仄 平

24.   陳信供愧者歟。
   平 仄

  本篇一二、三四、七八、九十、十一十二、十五十六、十九二〇、二一二二、二三二四句間皆平仄相對,五六句前後部份平仄相對。

顏延之〈宋文皇帝元皇后哀策文・序〉〔註11〕

 1. 皇塗昭烈,
  平 仄

 2. 神路幽嚴。……
  仄 平

 3. 飾遺儀於組疏,
  仄 平

〔註11〕同註6,卷三八,頁4,下左。

4. 淪徂音乎珩珮。……
　　平　　　仄

5. 降輿客位，
　　　平　仄

6. 撤奠殯階。
　　　仄　平

本篇一二、三四、五六句間皆平仄相對。

鮑照〈河清頌・序〉〔註12〕

1. 卹勤秩禮，散露臺之金；
　　平　仄　仄　　平

2. 紓國振民，傾鉅橋之粟。……
　　仄　平　平　　　仄

3. 農商野廬，
　　　平　平

4. 邊城堰樀。
　　　平　仄

5. 冀馬南金，
　　　仄　平

6. 塡委內府；
　　　仄　仄

7. 馴象栖爵，
　　　仄　仄

8. 充羅外圃。……
　　　平　仄

9. 朱輪疊轍，
　　　平　仄

10. 華冕重肩。
　　　仄　平

11. 岍徒世無窮人，
　　　仄　　　平

12. 　民獲休息，
　　　平　　仄

13. 朝呼韓，
　　平　平

14. 罷酤鐵而已哉！
　　仄　仄

15. 是以嘉祥累仍，
　　　　平　平

16. 　福應尤盛。
　　　仄　仄

17. 青丘之狐，
　　平　平

18. 丹穴之鳥。
　　仄　仄

19. 栖阿閣，
　　平　仄

20. 遊禁園。
　　平　平

21. 金芝九莖，
　　平平仄仄

22. 木禾六仞。
　　仄平仄仄

23. 秀銅池，
　　仄　平

24. 發膏畝。……
　　仄　平

25. 三靈佇眙，
　　　平　仄

26. 九壤注心。……
　　　　仄　　平

27. 歲宮乾維，
　　　平　　仄

28. 月躔蒼陸。
　　仄平　仄

　　本篇一二、九十、十一十二、十三十四、十五十六、十七十八、二三二四、二五二六等句間皆平仄相對。

鮑照〈瓜步山揭文〉〔註13〕

1. 歲含龍紀，
　　平　　仄

2. 月巡鳥張。
　　平　　平

3. 鮑子辭吳客楚，
　　　　平　　仄

4. 　　指衰歸揚。……
　　　　仄　　平

5. 北脁氈鄉，
　　平　　平

6. 南曬炎國。
　　仄　　仄

7. 分風代川，
　　平　　平

8. 揆氣閩澤。……
　　仄　　仄

9. 遊精八表，
　　平　　仄

10. 駃視四遐。
　　　仄　　仄

〔註13〕同註6，卷四七，頁8，下右。

11. 超然永念，
　　　平　　仄

12. 意類交橫。
　　　仄　平

13. 信哉，古人有數寸之籥，
　　　　　　仄　　　　仄

14. 　　　　持千鈞之關。……
　　　　　　仄　　平

15. 涕洟江河，
　　　仄　平

16. 疣贅丘岳。
　　　平　仄

17. 雖奮風漂石，
　　　平　仄

18. 警電剖山。
　　　仄　平

19. 地綸維陷，
　　　平　仄

20. 川鬮毀宮。……
　　　仄　平

21. 四遷八騁之策，
　　　平　　　仄

22. 三黜五逐之疵。
　　　仄　　　平

23. 敗交買名之薄，
　　　平　平　仄

24. 吃癰舐痔之卑。
　　　平　仄　平

本篇三四、五六、七八、十一十二、十五十六、十七十八、十九二十、二一二二等句間皆平仄相對；十七句雖字不計，則十六十七句相粘。

傅亮〈為宋公至洛陽謁五陵表〉〔註14〕

　臣裕言：

1. 近振旅河湄，
　　　　　仄　平

2. 　揚遊西邁。
　　　　平　仄

3. 將屆舊京，
　　　仄　平

4. 威懷司雍。
　　平　仄

5. 河流湍疾，
　　平　仄

6. 道阻且長。
　　仄　平

7. 加以伊洛榛蕪，
　　　　　仄　平

8. 　津塗久廢。……
　　　　平　仄

9. 山川無改，
　　平　仄

10. 城闕爲墟。……
　　　仄　平

11. 感舊永懷，
　　　仄　平

12. 痛心在目。……
　　　平　仄

13. 天衢開泰，
　　　平　仄

14. 情禮獲申。……
　　　仄　平

〔註14〕同註6，卷二六，頁7，下右。

15. 既開翦荊棘，
　　　　　仄　　仄
16. 繕修毀垣。……
　　　　平　平

　　本篇一二、三四、五六、七八、九十、十一十二、十三十四、十
五十六等句間皆平仄相對；四五、六七句間相粘。

傅亮〈演慎論〉〔註15〕

　　……

1. 文王小心，大雅詠其所福；
　　　平　平　　　仄　　仄
2. 仲由好勇，馮河貽其苦箴。……
　　　平　仄　　　平　　　平
3. 夫四道好謙，
　　　　仄　平
4. 三材忌滿。……
　　　　平　仄
5. 然而狗欲厚生者，忽而不戒；
　　　　仄　平　　　仄平仄仄
6. 　　知進忘邊者，曾莫之懲。
　　　　　平　平　　　平仄平平
7. 前車已摧，
　　　平　平
8. 後鑒不息。
　　　平　仄
9. 乘危以庶安，
　　　平　　平
10. 行險而徼倖。
　　　　仄　　仄

〔註15〕同註6，卷二六，頁9，下左。

11. 於是有顛墜覆亡之禍，
　　　　　　仄　平　仄

12. 　　　殘生夭命之釁。……
　　　　　　平　仄　仄

13. 夫單以營內喪表，
　　　　　　仄　仄

14. 　　張以治外失中。
　　　　　　仄　平

15. 齊秦有守一之敗，
　　　平仄　　仄

16. 偏恃無兼濟之功。
　　　仄平　　平

17. 冰炭滌於心胸，
　　　仄　　平

18. 嚴牆絕於四體。
　　　平　　仄

19. 夫然，故形神偕全，
　　　　　　平　平

20. 　　　表裡寧一。
　　　　　　仄　仄

21. 營魄內澄，
　　　仄　平

22. 百骸外固。……
　　　仄　仄

23. 忽防於鍾呂，
　　　平　仄

24. 肆言於禹湯。
　　　平　平

25. 禍幾發於毫端，
　　　仄　平

26. 逸翮鍛於眾舉。……
　　　　仄　　仄

27. 故漆園外楚，忌在龜犧；
　　　平　仄　仄　　平

28. 商洛遐遯，畏此駒馬。……
　　　仄　仄　　仄　仄

29. 則賢鄙之分既明，
　　　　平　　　平

30. 　全喪之實又顯。……
　　　　　仄　　仄

31. 害交故慮篤，
　　　平　　仄

32. 患切而懼深。……
　　　仄　　平

33. 陵九折於邛棘，
　　　仄　　仄

34. 泛衝波於呂梁。
　　　平　　平

　　本篇一二句後半、三四、五六句後半、九十、十五十六、十七十八、十九二〇、二九三〇、三一三二、三三三四句間皆平仄相對；一二、十二十三、二六二七句間相粘。

王融〈求自試啟〉〔註16〕

臣聞：

1. 春庚秋蜋，
　　平　仄

2. 集侯相悲。
　　仄　平

3. 露木風榮，
　　仄　平

〔註16〕《全齊文》，同註6，冊六，卷十二，頁7，下右。

4. 臨年共悅。
　　平　仄

5. 夫惟動植，
　　平　仄

6. 且或有心：
　　仄　平

7. 況在生靈，
　　仄　平

8. 而能無感。
　　平　仄

9. 臣自奉望宮闕，
　　　仄　仄

10.　　沐浴恩私。
　　　　仄　平

11. 拔跡庸虛，
　　仄　平

12. 參名盛列。
　　平　仄

13. 纓劍紫褥，
　　仄　仄

14. 趨步丹墀。
　　仄　平

15. 歲時歸來，
　　平　平

16. 誇榮邑里。
　　平　仄

17. 然無勤而官，昔賢曾議：
　　平　平　　平　仄

18.　　不任而祿，有識必譏。
　　　仄　仄　　仄　平

19. 臣所用慷慨憤惋，
　　　　　仄　仄

20. 　　不惶自安。
　　　　　平　平

21. 誠以深恩鮮報，
　　　　平　仄

22. 　　聖主難逢。
　　　　仄　平

23. 蒲柳先秋，
　　仄　平

24. 光陰不待。……
　　平　仄

25. 若微誠獲信，
　　　平　仄

26. 　　短才見序。……
　　　　平　仄

27. 夫君道含弘，
　　　仄　平

28. 　　臣術無隱。
　　　　仄　仄

29. 翁歸乃居中自見，
　　　平　　平　仄

30. 充國曰：莫若老臣。
　　仄　　　　仄

31. 竊景前修，
　　仄　平

32. 政蹈輕節。
　　平　仄

33. 以冒不媒之鄙。
　　　平　仄

34. 式罄奉公之誠。
　　　　平　平

　　本篇一二、三四、五六、七八、十一十二、十七十八、十九二〇、二一二二、二三二四、三一三二、三三三四句間平仄相對；二三、四五、六七、十一一、二二二三、三二三三句間相粘。

王融〈拜祕書丞謝表〉〔註17〕

　　臣聞：

1. 升離戒晨，陰牆不照其景；
　　平　平　平　　仄

2. 膚雲停夕，幽草或漏其津。……
　　平　仄　仄　　平

3. 所以欽至道而出青皋，
　　　　　仄　　平

4. 　捨布衣而望朱闕。……
　　　　平　　　仄

5. 踰溢情涯，
　　仄　平

6. 普燭身表。
　　仄　仄

7. 畏翹車而必讓，
　　平　　仄

8. 誠濡翼之願辭。……
　　仄　　平

　　本篇一二句除離雲二字外、三四、七八句間皆平仄對仗。

王融〈畫漢武帝北伐圖上疏〉〔註18〕

　　臣聞：

1. 情愴自中，事符則感；
　　仄　平　平　仄

〔註17〕同註16，卷十二，頁4，下右。
〔註18〕同註16，卷十二，頁6，下左。

2. 象構於始，機動斯彰。
　　　仄　仄　　仄　平

3. 莊敬之道可宗，會揖讓其彌肅；
　　　仄　平　　仄　　仄

4. 勇烈之士足貴，應鼙鐸以增思。……
　　　仄　仄　　仄　平

5. 夫膏腴既稱，天乙知五方之富；
　　　仄　平　仄平　　仄

6. 　皮幣巳列，帝劉測四海之尊。……
　　　仄　仄　平仄　平

7. 拯玄綱於頹絕，
　　平　　仄

8. 反至道於澆淳。……
　　仄　　平

9. 賞片言之或善，
　　平　　仄

10. 矜一物之失時。
　　仄　　平

11. 渭拂塵蒙，
　　仄　平

12. 霑飾光價。
　　仄　仄

13. 拔足草廬，
　　仄　平

14. 廁身朝序。
　　平　仄

15. 復得拜賀歲時，
　　　仄　平

16. 　瞻望日月。……
　　　仄　仄

17. 但千祀一逢，
　　　　仄　平
18. 　休明難再。
　　　平　仄
19. 思策鉛駑，
　　　仄　平
20. 樂陳涓壒。
　　　平　仄
21. 竊習戰陳攻守之術，
　　　　仄　仄　仄
22. 　農商牧藝之書。
　　　平　仄　平
23. 申商韓墨之權，
　　　　仄　平
24. 伊周孔孟之道。
　　　　仄　仄
25. 常願待詔朱闕，
　　　　仄　仄
26. 　俯對青蒲。
　　　仄　平
27. 請閑宴之私，
　　仄　　平
28. 談當世之務。
　　平　　仄
29. 位賤人微，
　　　仄　平
30. 徒深傾款。
　　　平　仄
31. 方今九服清怡，
　　　　仄　平

32.　　三靈和晏。
　　　　　平　仄

33. 木有附枝，
　　仄　平

34. 輪無異轍。
　　平　仄

35. 東鞮獻舞，
　　平　仄

36. 南辯傳歌。
　　仄　平

37. 羌僰踰山，
　　仄　平

38. 秦屠越海。
　　平　仄

39. 舌象觚委體之勤，
　　仄　仄　平

40. 輶譯厭瞻巡之術。
　　仄　平　仄

41. 固將開桂林於鳳山，
　　　平　平　平

42.　　創金城於西守。
　　　　仄　平　仄

43. 而蠢爾獯狄，
　　　仄　仄

44.　敢讎大邦。
　　平　平

45. 假息關河，
　　仄　平

46. 竊命函谷。
　　仄　仄

47. 淪故京之爽塏，
　　　平　　　仄

48. 變舊邑而荒涼。
　　　仄　　　平

49. 息反坫之儒衣，
　　　仄　　　平

50. 久伊川之被髮。
　　　平　　　仄

51. 北地殘氓，
　　仄　平

52. 東都遺老。
　　平　仄

53. 莫不茹泣吞悲，
　　　仄　　　平

54. 　傾耳戴目。
　　　仄　仄

55. 翹心仁政，
　　平　仄

56. 延首王風。
　　仄　平

57. 若試馳卭之書，
　　　仄　　　平

58. 具甄戎旅之卒。
　　平　　　仄

59. 徇其墮城，
　　仄　平

60. 納其降虜。
　　仄　仄

61. 可弗勞弦鏃，
　　平　　仄

62.　　無待干戈。……
　　　　　仄　平

63. 澄瀚渚之恒流，
　　　仄　　平

64. 掃狼山之積霧。
　　　平　　仄

65. 係單于之頸，
　　　平　　仄

66. 屈左賢之膝。
　　　平　　仄

67. 習呼韓之舊儀，
　　　平　　仄

68. 拜鑾輿之巡幸。
　　　平　　仄

69. 然後天移雲動，
　　　　平　仄

70.　　勒封岱宗。
　　　　　平　平

71. 咸五登三，
　　　仄　平

72. 追縱七十。
　　　平　仄

73. 百神肅警，
　　　平　仄

74. 萬國俱僚。
　　　仄　平

75. 璿弁星離，
　　　仄　平

76. 玉帛雲聚。
　　　仄　仄

77. 集三燭於蘭席，
　　　　仄　　仄

78. 聆萬歲之禎聲。……
　　　　仄　　平

79. 桓公志在伐莒，郭牙審其幽趣；
　　　　仄　　仄　　平　　仄

80. 魏后心存去漢，德祖究其深言。……
　　　平　　仄　　仄　　平

81. 然伏揆聖心，
　　　　仄　平

82. 　規模弘遠。
　　　　平　仄

83. 既圖載其事，
　　　　平　　仄

84. 必克就其功。臣不勝歡喜！
　　仄　　平

本篇一二、五六、七八、九十、十三十四、十七十八、十九二〇、二七二八、二九三〇、三一三二、三三三四、三五三六、三七三八、四三四四、四七四八、四九五〇、五一五二、五五五六、五七五八、六一六二、六三六四、七一七二、七三七四、七九八〇、八一八二、八三八四等句間皆平仄相對；二二二三、二四二五、二六二七、三四三五、三六三七、四八四九、五六五七、六四六五、六六六七、六八六九、七二七三、七四七五等句間相粘。

王融〈謝竟陵王示扇啟〉〔註19〕
　1. 竊以六翮風流，
　　　　仄　平
　2. 　五明氣重。
　　　　平　仄

〔註19〕同註16，卷十二，頁8，下左。

3. 若比圓綃，
　　仄　平

4. 有兼玩實。
　　平　仄

5. 輕踰雪羽，
　　平　仄

6. 潔並霜文。
　　仄　平

7. 子椒賞其如規，
　　　仄　　平

8. 班姬儷之明月。
　　　平　　仄

9. 豈直魏王九華，
　　　平　平

10. 　漢臣百綺。
　　　　平　仄

11. 況復勤製聖衷，
　　　仄　平

12. 　垂言炯戒。
　　　　平　仄

13. 載摹聽視，
　　平　仄

14. 式範樞機。
　　仄　平

　　本篇一二、三四、五六、七八、十一十二、十三十四句間皆平仄相對；四五、六七、十二十三句間皆相粘。

謝朓〈謝隨王賜紫梨啟〉[註20]

1. 味出靈關之陰，
　　仄　　平

---

2. 旨珍玉津之滋。
　　平　　仄

3. 豈徒眞定歸美，大谷慚滋；
　　平　　仄　　仄平

4. 將恐帝臺妙棠，宏期靈棄。
　　　仄　　平　平仄

5. 不得孤擅玉盤，
　　　　仄　平

6. 　獨甘仙席。
　　　平　仄

7. 雖秦君傳器，
　　平　仄

8. 　漢后推滄。
　　　仄　平

9. 望古可傳，
　　仄　平

10. 於今何答。
　　平　仄

本篇一二、三四、五六、七八、九十等句間平仄相對；二三、六七、八九句間相粘。

謝朓〈謝隨王賜左傳啟〉〔註21〕

1. 昭晰殺青，
　　仄　平

2. 近發中汗。
　　仄　仄

3. 恩勸挾冊，
　　仄　仄

4. 慈勗下帷。
　　仄　平

〔註21〕同註16，卷二三，頁8，上右。

5. 胱未睹山笥，
　　　仄仄平仄
6.　　早懵河籍。
　　　仄仄平仄
7. 業謝專門，
　　　仄　平
8. 說非章句。
　　　平　仄
9. 庶得既困而學，括羽瑩其蒙心；
　　　　仄　仄　　仄　　平
10.　　家藏賜書，籯金遺其貽厥。
　　　　平平　平　　　仄
11. 披覽神勝，
　　　仄　平
12. 吟諷知厚。
　　　平　仄

本篇七八、九十、十一十二句間于仄相對；二三句間相粘。

謝胱〈拜中軍記室辭隨王箋〉〔註22〕

……

1. 胱聞潢汙之水，願朝宗而每竭；
　　　平仄　　　平　仄
2.　　駑蹇之乘，希沃若而中疲。何則？
　　　　仄平　　仄　平
3. 皋壤搖落，對之惆悵；
　　　仄仄　平平
4. 岐路西東，或以歔唈。
　　　仄平　仄仄
5. 況乃服義徒擁，
　　　仄　仄

〔註22〕同註16，卷二三，頁7，下左。

6.　　　歸志莫從。……
　　　　　仄　平

7.　胱實庸流，
　　　仄　平

8.　行能無算。
　　　平　仄

9.　屬天地休明，
　　　　　仄　平

10.　　　山川受納。……
　　　　　平　仄

11.　故捨耒場圃，
　　　　　仄　仄

12.　　奉筆兔園。
　　　　　仄　平

13.　東亂三江，
　　　仄　平

14.　西浮七澤。
　　　平　仄

15.　契潤戎旃，
　　　仄　平

16.　從容讝語。
　　　平　仄

17.　長裾日曳，
　　　仄　仄

18.　後乘載脂。
　　　平　平

19.　榮立府庭，
　　　仄　平

20.　恩加顏色。
　　　平　仄

21. 沐髮晞陽，未測崖涘；
　　仄　　平　　仄仄平仄

22. 撫臆論報，早誓肌骨。
　　仄　　仄　　仄仄平仄

23. 不悟滄溟未運，
　　　　仄　仄

24. 　　波臣自蕩。
　　　　平　平

25. 渤測方春，
　　仄　平

26. 旅翮先謝。
　　仄　仄

27. 清切藩房，
　　仄　平

28. 寂寥舊篳。
　　平　仄

29. 輕舟返溯，
　　平　仄

30. 弔影獨留。
　　仄　平

31. 白雲在天，
　　平　平

32. 龍門不見。
　　平　仄

33. 去德滋永，
　　仄　仄

34. 思德滋深。
　　平　平

35. 唯待清江可望，候歸舶於春渚。
　　　平　　仄　　平　　仄

36.　　朱邸方開，效蓬心於秋實。
　　　　仄　平　　　平　　仄

37. 如其簪履或存，
　　　　　仄　平

38.　　衽席無改。
　　　　仄　仄

39. 雖復身塡溝壑，
　　　　仄　平　仄

40. 猶望妻子知歸。
　　　　仄　仄　平

41. 攬涕告辭，
　　　　仄　平

42. 悲來橫集。不任犬馬之誠。
　　　　平　仄

　　本篇一二句、三四句後半、七八、九十、十三十四、十五十六、十七十八、十九二○、二一二二句後半、二三二四、二七二八、二九三○、三三三四、三五三六、四一四二句間皆平仄相對；四五、十二十三、二二二三、二八二九、四○四一句間皆相粘。

沈約〈謝齊陵王教撰高士傳啟〉〔註23〕

　　……

　　1. 是以梁鴻蘇伯，記遠跡於前；
　　　　　平　仄　　　仄　平

　　2.　　叔夜士安，書高塵於後。
　　　　　仄　平　　　平　仄

　　3. 雖去取異情，
　　　　　仄　平

　　4.　　群策殊軫。
　　　　　仄　仄

〔註23〕《全梁文》，同註6，冊七，卷二八，頁3，下左。

5. 而獨行必彰，
　　　仄　平

6. 斥言回極。
　　　平　仄

7. 貞操與日月俱懸，
　　　仄　　　平

8. 孤芳隨山壑共遠。
　　　平　　　仄

9. 明公得一舍道，
　　　　仄　仄

10. 　體二居宗。……
　　　　仄　平

11. 愛奇滿洛，
　　　平　仄

12. 訪美東都。
　　　仄　平

13. 蓋欲隱顯高功，
　　　　仄　平

14. 　出處同致。
　　　　仄　仄

15. 巢由與伊旦並流，
　　　平　　仄　平

16. 三辟與四門共軌。
　　　仄　　平　仄

17. 蕭奉明規，
　　　仄　平

18. 思自罄勗。
　　　仄　仄

　　本篇一二、五六、七八、十一十二、十五十六句間平仄相對；一
二、八九句間相粘。

沈約〈謝齊陵王賚母赫國雲氣黃綾裙襦啟〉〔註24〕

1. 竊以積絲成綵，
　　　平　仄

2. 　散繭騰花。
　　　仄　平

3. 巧擅易水之間，
　　仄　仄　平

4. 價貴叢臺之下。
　　仄　平　仄

5. 民受祿為養，
　　　仄　仄

6. 露荷彌深。
　　平　平

7. 聖恩曲漸，
　　平　仄

8. 自葉流根。
　　仄　平

9. 複袖緼裾，
　　仄　平

10. 豈伊恒飾。
　　平　仄

11. 榮新之寵，
　　平　仄

12. 固難輕報。
　　平　仄

本篇一二、三四、五六、七八、九十句間平仄相對；二三、八九、十十一句間相粘。

蕭琛〈難范縝神滅論・序〉〔註25〕

〔註24〕同註23，卷二八，頁4，上右。
〔註25〕同註23，冊七，卷二四，頁4，下右。

......

1. 辯摧眾口，
　　　平　仄

2. 日服千人。子意有惑焉！
　　　仄　平

3. 聊欲薄其稽疑，
　　　　　仄　　平

4. 　　詢其未悟。
　　　　　平　　仄

5. 〈論〉至今所持者：形神，
　　　　　　　　平　　平

6. 　　　所誦者：精理。......
　　　　　　　仄　　仄

7. 神道設教，
　　　仄　仄

8. 立禮防愚。......
　　　仄　平

9. 如靈質分途，
　　　仄　平

10. 　　興毀區別。......
　　　　仄　仄

本篇一二、三四、五六句間平仄相對。

范雲〈為柳司空讓尚書令第二表〉 〔註26〕

......

1. 駑蹇之才，不敢問於千里；
　　仄　平　　　仄　　仄

2. 瓦礫之質，仁待價於十城。
　　仄　仄　　　仄　平

---

  3. 伏願陛下矜臣自乘之尤，
      平   平

  4.   照臣匪飾之情。
       仄   平

  5. 跡言觀用，
    平 仄

  6. 允授上才。
    仄 平

  7. 斂會流恩，
    仄 平

  8. 曲躅下第。
    平 仄

  9. 則雲序思平，
     仄 平

  10. 彝章載穆。
     平 仄

  本篇五六、七八、九十句間平仄相對；二三、六七句間相粘。

蕭統〈錦帶書十二月啟・姑洗三月〉〔註27〕

  1. 伏以景逼徂春，
     仄 平

  2.   時臨變節。
      平 仄

  3. 啼鶯出谷，爭傳求友之音；
    平 仄 平 仄 平

  4. 翔蕊飛林，競散佳人之屬。
    仄 平 仄 平 仄

  5. 魚游碧沼，疑呈遠道之書；
    平 仄 平 仄 平

〔註27〕同註23，卷十九，頁7，上左。

6. 燕語雕梁，恍對幽閨之語。
　　仄　平　　　仄　平　仄

7. 鶴帶雲而成蓋，遙籠大夫之松；
　　平　　　仄　　　平　平　平

8. 虹跨澗以成橋，遠現美人之影。
　　仄　　　平　　　仄　平　仄

9. 對之節物，寧不依然？

10. 敬想足下：聲馳海內，
　　　　　　　　平　仄

11. 　　　　　名播雲間。
　　　　　　　仄　平

12. 持郭璞之毫鷥，詞場月白；
　　　仄　　　平　　　平　仄

13. 吞羅含之彩鳳，辯囿日新。
　　　平　　　仄　　　仄　平

14. 某山北逸人，
　　　仄　平

15. 　　牆東隱士。
　　　　平　　仄

16. 龍門退水，望冠冕以何年；
　　平　仄　　　仄　　　平

17. 鸕路頹風，想簪纓於幾載。
　　仄　平　　　平　　　仄

18. 既違語嘿，
　　平　仄

19. 且阻江湖。
　　仄　平

20. 聊寄八行之書，
　　仄　　　平

21. 代申千里之契。
　　平　　　仄

　　本篇一二、三四、五六、七八、十十一、十二十三、十四十五、
十六十七、十八十九、二〇二一句間平仄相對；二句三句前、三句後
四句前、四句後五句前、五句後六句前、六句後七句前、十二句後十
三句前、十三句後十四句、十五句十六句前、十六句後十七句前、十
七句後十八句間相粘。

庾信〈為梁上黃侯世子與婦書〉〔註28〕

1. 昔仙人道引，尚刻三秋；
　　　　平　仄　　仄　平

2. 神女將梳，猶期九日。
　　　仄　平　　平　仄

3. 未有龍飛劍匣，
　　　　平　仄

4. 　　鶴別琴臺。
　　　　仄　平

5. 莫不銜怨而心悲，
　　　　　仄　　平

6. 　　聞猿而下淚。
　　　　平　　仄

7. 人非新市，何處尋家？
　　平　仄　　仄　平

8. 別異邯戰，那應知路？
　　仄　平　　　　仄

9. 想鏡中看影，當不含啼；
　　　平　仄　　仄　平

10. 　欄外將花，居然俱笑。
　　　　仄　平　　平　仄

11. 分杯帳裡，
　　平　仄

〔註28〕《全後周文》，同註6，冊九，卷十，頁9，下左。

12. 卻扇床前。
　　　仄　平

13. 故是不思，
　　　仄　平

14. 何時能憶？
　　　平　仄

15. 當學海神，逐潮風而來往，
　　　仄　平　　　平　　仄

16. 勿如織女，待填河而相見。
　　　平　仄　　　平　　仄

　　本篇一二、三四、五六、七八、九十、十一十二、十三十四、十五十六前半皆平仄相對；一句後二句前、二句後三句、六句七句前、七句後八句前、八句後九句前、九句後十句前、十句後十一句、十二十三、十五句後十六句前相粘。

梁元帝〈為姜弘夜姝謝東宮賚合心花釵啟〉〔註29〕

1. 未得投壺，
　　　仄　平

2. 先應含笑；
　　　平　仄

3. 不因鸞鳳，
　　　平　仄

4. 自能歌舞。
　　　平　仄

5. 夜姝昔往陽臺，雖逢四照；
　　　仄　平　　　平　　仄

6. 　　曾遊澧浦，慣識九衢。
　　　　平　仄　　仄　平

7. 未有仍代爵釵，
　　　仄　平

〔註29〕同註23，冊七，卷十六，頁13，上右。

8.　　還勝翠羽。
　　　　平　仄

9.　飾以南金，
　　　仄　平

10.　裝茲麗玉。
　　　　平　仄

11.　侈靡夫人，本分章華之裏；
　　　仄　平　　平　仄　仄

12.　中山孺子，獨荷春宮之恩。
　　　平　仄　　仄　平　平

　　本篇一二、五六、七八、九十、十一十二句間平仄相對；二三、四句五句上、五句下六句上、六句下七句皆相粘。

庾肩吾〈謝東宮賜宅啟〉〔註30〕

1.　肩吾居異道南，
　　　　　仄　平

2.　　　才非巷北；
　　　　　平　仄

3.　流寓建春之外，
　　　仄　平　仄

4.　寄息靈臺之下。
　　　仄　平　仄

5.　豈望地無湫隘，
　　　　平　　仄

6.　　　里號乘軒；
　　　　　仄　平

7.　巷轉幡旗，
　　　仄　平

8.　門容幰蓋。
　　　平　仄

9. 況乃交垂五柳，若元亮之居，
　　　　平　仄　　　仄　平

10. 　　夾石雙槐，似安仁之縣。
　　　　仄　平　　　平　仄

11. 卻瞻鍾阜，
　　　平　仄

12. 前枕洛橋；
　　　仄　平

13. 池通西舍之流，
　　　平　仄　平

14. 窗映東鄰之棗。
　　　仄　平　仄

15. 來歸高里，翻成侍封之門；
　　　平　仄　　平　仄　平

16. 夜坐書臺，非復通燈之壁。
　　　仄　平　　仄　平　仄

17. 才下應王，
　　　仄　平

18. 禮加溫阮；
　　　平　仄

19. 官成名立，
　　　平　仄

20. 無事非恩。
　　　仄　平

　　本篇一二、五六、七八、九十、十一十二、十三十四、十五十六、十七十八、十九二〇句間平仄相對；二三、四五、六七、八句九句上、九句下十句上、十句下十一句、十二句十三句、十四句十五句上、十五下十六句上、十六句下十七句、十八十九句間皆相粘。

　　王勃〈勝王閣序〉〔註31〕

　────────────

〔註31〕《初唐四傑文集》（臺北，中華書局聚珍仿宋版），卷五，頁11。

1. 豫章故郡，
　　平　　仄

2. 洪都新府。
　　平　　仄

3. 星分翼軫，
　　平　　仄

4. 地接衡廬。
　　仄　　平

5. 襟三江而帶五湖，
　　平　　　　平

6. 控蠻荊而引甌越。
　　平　　　　仄

7. 物華天寶，龍光射牛斗之墟，
　　平　仄　平　　仄　平

8. 人傑地靈，徐孺下陳蕃之榻。
　　仄　平　仄　　平　仄

9. 雄州霧列，
　　平　　仄

10. 俊彩星馳。
　　仄　　平

11. 臺遑枕夷夏之交，
　　平　　仄　平

12. 賓主盡東南之美。
　　仄　　平　仄

13. 都督閻公之雅望，棨戟遙臨。
　　仄　平　仄　　仄　平

14. 宇文新州之懿範，襜帷暫駐。
　　平　平　仄　　平　仄

15. 十旬休暇，勝友如雲：
　　平　仄　仄　平

16. 千里逢迎，高朋滿座。
　　仄平　　平仄

17. 騰蛟起鳳，孟學士之詞宗。
　　平仄　　仄平

18. 紫電青霜，王將軍之武庫。
　　仄平　　仄仄

19. 家君作宰，路出名區；
　　平仄　　仄平

20. 童子何知，躬逢勝餞。
　　仄平　　平仄

21. 時維九月，
　　平仄

22. 序屬三秋，
　　仄平

23. 潦水盡而寒潭清，
　　仄仄　　平平

24. 煙光凝而暮山紫。
　　平平　　平仄

25. 儼驂騑於上路，
　　平　　仄

26. 訪風景於崇阿。
　　仄　　平

27. 臨帝子之長州，
　　仄　　平

28. 得天人之舊館。
　　平　　仄

29. 層臺聳翠，上出重宵；
　　平仄　　仄平

30. 飛閣流丹，下臨無地。
　　仄平　　平仄

31. 鶴汀鳧渚，窮島嶼之縈迴，
　　平　仄　　仄　平

32. 桂殿蘭宮，即岡巒之體勢。
　　仄　平　　平　仄

33. 披繡闥，
　　平　仄

34. 俯雕甍。
　　仄　平

35. 山原曠其盈視，
　　平仄　平

36. 川澤紆其駭矚。
　　仄平　仄

37. 閭閻撲地，鐘鳴鼎食之家，
　　平　仄　　平　仄平

38. 舸艦迷津，青雀黃龍之舳。
　　仄　平　　仄　平仄

39. 虹銷雨霽，
　　平　仄

40. 彩徹區明。
　　仄　平

41. 落霞與孤鶩齊飛，
　　平　　仄平

42. 秋水共長天一色。
　　仄　平仄

43. 漁舟唱晚，響窮彭蠡之濱。
　　平　仄　　平　仄平

44. 雁陣驚寒，聲斷衡陽之浦。
　　仄　平　　仄　平仄

45. 遙襟甫暢，
　　平　仄

46. 逸興湍飛。
　　　仄　平

47. 爽籟發而清風生。
　　　仄仄　　平平

48. 纖歌凝而白雲遏。
　　　平平　　平仄

49. 睢園綠竹，氣凌彭澤之樽；
　　　平　仄　　平　　平

50. 鄴水朱華，光照臨川之筆。
　　　仄平　　仄　平仄

51. 四美具，
　　　仄仄

52. 二難并。
　　　平平

53. 窮睇眄於中天，
　　　　仄　平

54. 極娛遊於暇日。
　　　平　仄

55. 天高地迥，覺宇宙之無窮，
　　　平　仄　　仄　平

56. 興盡悲來，識盈虛之有數。
　　　仄　平　　平　仄

57. 望長安於日下，
　　　平　仄

58. 指吳會於雲間。
　　　仄　平

59. 地勢極而南溟深，
　　　仄仄　　平平

60. 天柱高而北辰遠。
　　　仄平　　平仄

61. 關山難越，誰悲失路之人，
　　　平　仄　　　仄　平

62. 萍水相逢，盡是他鄉之客。
　　　仄　平　　　平　仄

63. 懷帝閽而不見，
　　　平　　仄

64. 奉宣室以何年。
　　　仄　　平

65. 嗟呼。

66. 時運不齊，
　　　仄　平

67. 命途多舛。
　　　平　仄

68. 馮唐易老，
　　　平　仄

69. 李廣難封。
　　　仄　平

70. 屈賈誼於長沙，非無聖主，
　　　仄　平　　平　仄

71. 竄梁鴻於海曲，豈乏明時。
　　　平　仄　　仄　平

72. 所賴

73. 君子安貧，
　　　仄　平

74. 達人知命。
　　　平　仄

75. 老當益壯，寧移白首之心，
　　　平　仄　平　仄　平

76. 窮且益堅，不墜青雲之志。
　　　仄　平　　仄　平　仄

77. 酌貪泉而覺爽，
　　　　　平　　　仄

78. 處涸澈以猶歡。
　　　　仄　　　平

79. 北海雖賒，扶搖可接。
　　　仄　平　　平　仄

80. 東隅已逝，桑榆非晚。
　　　平　仄　　平　仄

81. 孟嘗高潔，空懷報國之心；
　　　平　仄　　平　仄　平

82. 阮籍猖狂，豈效窮途之哭。
　　　仄　平　　仄　平　仄

83. 勃三尺微命，
　　　仄　　仄

84. 　一介書生。
　　　仄　平

85. 無路請纓，等終軍之弱冠，
　　　仄　平　　平　　仄

86. 有懷投筆，慕宗慤之長風。
　　　平　仄　　仄　平

87. 舍簪笏於百齡，
　　　仄　　平

88. 奉晨昏於萬里。
　　　平　　仄

89. 非謝家之寶樹，
　　　平　　仄

90. 接孟氏之芳鄰。
　　　仄　　平

91. 他日趨庭，叨陪鯉對，
　　　仄　平　　平　仄

92. 今晨捧袂，喜託龍門。
　　　平　仄　　仄　平

93. 楊意不逢，撫凌雲而自惜。
　　　仄　平　　平　　仄

94. 鍾期既遇，奏流水以何漸。
　　　平　仄　　仄　平

95. 嗚呼。

96. 勝地不常，
　　　仄　平

97. 盛筵難再。
　　　平　仄

98. 蘭亭已矣，
　　　平　仄

99. 梓澤丘墟。
　　　仄　平

100. 臨別贈言，幸承恩於偉餞，
　　　　仄　平　　平　　仄
　　　登高作賦，是所望於群公。
　　　　平　仄　　仄　平
　　　敢竭鄙誠，
　　　　仄　平
　　　恭疏短引。
　　　　平　仄
　　　一言均賦，
　　　　平　仄
　　　四韻俱成。
　　　　仄　平
　　　請灑潘江，
　　　　仄　平
　　　各傾陸海云爾。
　　　　平　仄

本篇七八、九十、十一十二、十三十四、十五十六、十七句前十八句前、十九二〇、二一二二、二五二六、二七二八、二九三〇、三一三二、三三三四、三五三六、三七三八、三九四〇、四一四二、四三四四、四五四六、四七四八、四九五〇、五一五二、五三五四、五五五六、五七五八、六一六二、六三六四、六六六七、六八六九、七〇七一、七三七四、七五七六、七七七八、七九八〇、八一八二、八三八四、八五八六、八七八八、八九九〇、九一九二、九三九四、九六九七、九八九九、一〇〇及一〇一、一〇二及一〇三、一〇四及一〇五、一〇六及一〇七各句間皆平仄相對。

本篇二三、四五、七句後八句前、八句後九句、十句十一句、十二句十三句前、十四句後十五句前、十五句後十六句前、十六句後十七句前、十九句二〇句前、二〇句後二一句、二六句二七句、二九句後三〇句前、三〇句後三一句前、三八句後三九句、四〇句後四一句前、四二句四三句前、四三句後四四句前、四四句後四五句、五六句後五七句、六一句後六二句前、六二句後六三句、六七句六八句、七四句七五句前、七五句後七六句前、七六句後七七句、七八句七九句前、七九句後八〇句前、八〇句後八一句前、八一句後八二句前、八四句八五句前、八六句後八七句、八八句八九句、九一句後九二句前、九二句後九三句前、九七句九八句、九九句一〇〇句前、一〇〇句後一〇一句前、一〇三句一〇四句、一〇五句一〇六句間皆相粘。

由上引諸篇來看，傅亮以前為宋代，從謝靈運、謝莊、顏延之、鮑照、傅亮數家的駢文節錄部分觀之，前後句節奏點的平仄相對，已略有規模，但兩聯之間的粘只是偶然見之，偶然的成份大於刻意為之。

以下王融、謝朓、蕭琛、范雲、沈約五人，皆「八友」中人，王融〈求自試啟〉中，前八句各聯中為對、各聯間為粘，相當整齊。〈畫漢武帝北伐圖上疏〉中粘對的出現頻率也相當多。〈謝竟陵王示扇啟〉中，第三句至第八句三聯皆以對粘組合。其次，謝朓〈謝隨王賜紫梨啟〉全篇五聯皆為平仄相對，而且有四聯之間符合粘。〈謝隨王賜左傳啟〉

中的粘對較少，但〈拜中軍記室辭隨王箋〉中所引二十一聯中，有十五聯爲對，也有六聯間相粘。至於蕭琛〈難范縝神滅論・序〉則對較少，且沒有粘。范雲〈爲柳司空讓尙書第二表〉中，二、三句相粘，五六句及七八句皆是對聯，且六七句間是相粘的。蕭統〈錦帶書十二月啓・姑洗三月〉中，聯、粘相輔的現象幾佔全文三分之二，前八句四聯皆相對，各聯之間及同句上下二部份皆相粘。庾信〈爲梁上黃侯世子與婦書〉全文十六句八聯皆相對，相粘句有十組，聯粘互輔的比例亦多。庾肩吾〈謝東宮賜宅啓〉共二〇句，九組聯對，十一組相粘句，凡前後二對仗聯之間，皆是相粘的安排。梁元帝〈爲妾弘夜姝謝東宮賚合心花鈒啓〉亦是聯粘相配安排的作品，五組聯對，四組相粘句。

王勃〈勝王閣序〉爲初唐作品，粘對關係可與唐以前作品作一對照。其中七句至十八句間六組聯對，全部相粘，三五至四六句間六組聯對，皆全部相粘，七三至九〇句間八組聯對，亦全部相粘。其餘較零散的相粘情形，亦多出現在上下二聯對之間。

駢文使用聯粘，或可有一啓示，即這種韻文在魏晉南北朝時出現聯粘，和同時正在成形的律詩，可能互有影響，丁邦新在〈從聲韻學看文學〉中亦提及詩律與駢文規則互見的情形，〔註32〕且聯粘使用漸趨頻繁，文人引爲寫作韻文的基本原則，成爲律詩格律的元素。

第二節　「粘」的發展

一首近體詩中的「粘」指的是兩聯之間的關係。也就是上一聯的對句和下一聯的出句之間其第二、四字的平仄聲調必須相同，稱之爲粘。

六朝的賦及駢文作品中，已可見文人在對句組間有「粘」的安排，前文「粘對觀念的由來」已有觀察，其特色有二，一是開始多出現在四字句中，後來五、六、七等字句亦漸多使用，二是時代越晚，對句

〔註32〕丁邦新〈從聲韻學看文學〉，《中外文學》四卷一期，頁138。

間相粘的頻率越高，且有幾全篇皆粘的情形。如：王融〈求自試啓〉前八句四聯皆相粘，范雲〈爲柳司空讓尚書令第二表〉末六句三聯皆相粘，此皆四字句者，其後，到蕭統、庾信等人時，五、六字句組間亦多相粘的情形，如前文引蕭統〈錦帶書十二月啓・姑洗三月〉、庾信〈爲梁上黄侯世子與婦書〉。其次，王融、蕭琛、謝朓、范雲、蕭統等人之作，粘的比例逐漸增加，梁元帝、庾肩吾二人，則有幾全篇皆粘的作品，如前所引梁元帝〈爲姜弘夜姝謝東宮賚合心花釵啓〉、庾肩吾〈謝東宮賜宅啓〉。

　　這種對美聲的要求，幾已成爲駢文或賦體所慣用的形式，對同時代的詩律，是否也產生影響？茲將此時五言詩相粘作一統計，觀察其發展情形。但首先要說明此一觀察方法所用的原則。

　　觀察粘出現的情形，是以百分比來表示，這些百分比所代表的意義，則必須從機率的角度來瞭解。以一首四句的詩來看，全詩若第一句、第四句不算粘，則第二、第三句之間會成爲粘。一首八句的詩就是第二、第三句，第四、第五句，第六、第七句之間會成爲粘。這也就是說四句的詩有兩聯一個粘，八句的詩有四聯三個粘。因此計算粘在一首詩有多少時，計算的方法是詩句數除二減一。以王粲爲例，王粲有十七首詩，二七六句，因此詩中有一三八聯。每一首詩的第一句和最後一句不算粘，所以每一首詩要少一聯，十七首詩則少十七聯。因此王粲詩中有一二一處可以出現粘。

　　再者，近體詩一句中的平仄組合可能有三十二種，若把標準律句、拗句和代用句「平平仄平仄」[註33]合爲律句，則古句有十五種，律句有十七種。假設一個詩人有一半的詩句爲律句，每一個聯都和另一個聯結合形成粘，那麼其作品全部的聯中，將有半數的粘；如果每一個律句都不是和律句結合成粘，那麼其作品中，將完全沒有粘。一個詩人要出現最多粘的可能，就是律句的百分比，反過來要出現最少

〔註33〕本節中，「律句」是廣義的，包含了標準律句，拗句、以及「平平仄平仄」三種情形，詳見第四章第二節。

的律聯，計算方式則爲律句的百分比減去非律句的百分比。但是考慮到每一首詩的第一句和最後一句不構成粘，因此，這個百分比還必須再降低一點，也就是先乘上該詩人的總詩句數減去詩數乘二（第一句和最後一句），再除以總詩句數。以王粲爲例，律句佔全部詩句的百分之五十三點八一，換成最大與最小可能的百分比後，爲五十三點八一與七點六三，再扣去首句和尾句則成爲四七點一六與六點六九。

其次，以標準律句的句形來考慮出現律句的機會，任何一個標準律句和其他標準律句放在一起，並不一定都是粘。以「平平仄仄平」來看，這個句形只有和「平平仄仄平」、「平平平仄仄」兩個句形在一起才會形成粘，若和「仄仄平平仄」「仄仄仄平平」兩個句形放在一起，則無法成爲粘。因此，這四個基本句形的組合之中只有二分之一的機率是粘。

接下來再把這兩個統計的方式合在一起來考慮，則可以得到這樣的結果：粘出現的最多或最少的百分比，若加入律句句形的可能組合來計算時，還必須乘以二分之一。舉例來說，如果一個詩人的律句佔其全部詩句的百分之六十，那麼這個詩人律聯出現最多的百分比，爲百分之六十乘以二分之一，也就是百分之三十。而出現最少的百分比，爲百分之六十減百分之四十，再乘以二分之一，也就是百分之十。百分之三十到百分之十，稱之爲期望值。以王粲爲例，其望值就成爲百分之二三點五三與三點三五。

當然這個數值的計算前提爲完全隨機的組合，也就是說將律句與非律句任意兩個兩個的排在一起，出現粘可能性的最多最少的比例，應該在期望值的範圍之內。如果粘出現的百分比值在期望值之外，其意義就是這些律聯必然是經過刻意安排的。

再要說明的一點，近體詩格律中的粘，是以律句爲基礎，因此每句的第二第四字必定爲平仄或仄平；但在粘的原則在嘗試之時，也有可能是以古句爲嘗試的的對象，因此，在古句的情況下，粘的情形則成爲上聯對句二四字爲平平，而下聯出句二四字爲平平。所以以下統

計表第二欄爲總句數，第三欄「平仄」是指律句形式的粘，第四欄「平平」是上聯對句與下聯出句爲古句形式的平平相粘，第五欄則是古句形式的仄仄相粘。

人　名	詩總數	總句數	平仄	平平	仄仄
王　粲	17	276	19	7	9
陳　琳	7	50	4	0	2
劉　楨	20	202	13	2	7
徐　幹	9	102	6	2	1
阮　瑀	10	90	10	1	3
應　瑒	5	70	7	2	2
繁　欽	4	32	2	0	1
曹　丕	14	172	15	7	3
吳　質	1	16	0	0	1
襄　元	1	4	0	0	0
杜　摯	2	26	1	0	2
曹　植	40	492	36	8	17
曹　彪	1	4	0	0	0
何　晏	2	16	0	0	1
應　璩	25	174	13	0	6
毋丘儉	1	24	1	1	0
郭遐周	3	56	3	1	1
阮　侃	2	68	5	0	4
嵇　康	12	260	21	4	14
阮　籍	82	938	79	19	15
仙　道	1	8	0	0	0
稽　喜	3	30	2	1	0
程　咸	1	4	0	0	0
劉　伶	1	14	2	0	0
傅　玄	18	126	4	2	1
程　曉	1	20	1	0	0
應　亨	1	8	0	1	0
裴　秀	1	4	0	0	0
成公綏	3	34	3	0	0

人　名	詩總數	總句數	平仄	平平	仄仄
賈　充	1	12	1	0	0
薛　瑩	1	4	0	0	1
棗　據	6	64	3	0	1
荀　勗	1	4	0	0	1
孫　楚	2	24	0	0	1
傅　咸	4	44	2	1	1
郭泰機	1	12	0	0	0
張　華	27	274	23	5	4
周　處	1	4	1	0	0
曹　嘉	1	14	2	0	0
潘　岳	13	288	19	12	6
石　崇	2	30	0	0	0
歐陽建	1	34	4	0	0
何　劭	3	52	4	0	0
陸　機	50	568	38	10	10
陸　雲	7	82	4	1	2
嵇　紹	1	20	1	0	0
嵇　含	3	30	3	1	1
牽　秀	1	4	1	0	0
司馬彪	6	48	2	3	3
左　芬	1	12	3	0	0
左　思	13	220	15	2	7
張　翰	3	26	2	1	0
張　載	10	142	11	3	2
張　協	13	200	15	3	3
閭丘沖	1	6	0	0	1
曹　攄	3	46	1	0	3
王　讚	1	12	1	0	1
潘　尼	17	174	11	3	5

人　名	詩總數	總句數	平仄	平平	仄仄
棗腆	2	16	3	1	0
王浚	1	26	2	0	0
郭愔	2	8	0	0	0
劉琨	1	30	2	0	2
干寶	1	6	0	0	1
張亢	1	4	0	0	0
王鑒	1	26	2	2	0
李充	3	34	1	0	0
李顒	5	46	3	1	0
楊方	5	90	7	0	2
朱德才	1	4	0	0	0
郭璞	21	194	10	6	5
庾闡	13	96	8	0	2
江逌	3	22	1	0	0
盧諶	8	140	9	4	1
曹毗	8	58	1	2	1
張望	3	20	7	7	0
張翼	7	126	5	4	1
許詢	1	4	0	0	0
王羲之	2	56	1	1	4
孫綽	3	22	2	0	0
謝安	1	8	0	1	0
謝萬	1	8	0	1	0
孫統	1	8	0	0	0
孫嗣	1	4	0	1	0
郗曇	1	4	0	0	0
庾蘊	1	4	0	0	0
曹茂之	1	4	0	0	0
桓偉	1	8	0	0	0
袁嶠之	1	8	3	0	0
王玄之	1	4	1	0	0
王凝之	1	4	0	0	0
謝道韞	2	18	0	0	0

人　名	詩總數	總句數	平仄	平平	仄仄
王肅之	1	4	0	0	0
王徽之	1	4	0	0	0
王渙之	1	4	0	0	1
王彬之	1	4	0	1	0
王蘊之	1	4	0	0	0
魏滂	1	8	1	0	0
虞說	1	4	1	0	0
謝繹	1	4	0	0	0
徐豐之	1	4	1	0	0
曹華	1	4	0	0	0
袁宏	4	30	3	1	1
王彪之	2	8	0	0	0
習鑿齒	2	8	0	0	1
趙整	2	8	0	0	1
袁山松	1	4	0	0	0
顧愷之	1	4	0	0	0
苻朗	1	12	1	0	0
桓玄	1	8	0	0	0
殷仲文	2	26	2	0	0
謝混	3	48	5	4	0
吳隱之	1	4	1	0	0
劉程之	1	16	1	1	0
王喬之	1	20	3	0	0
張野	1	12	1	0	0
湛方生	6	46	2	2	0
劉恢	1	4	0	0	0
陸沖	2	20	1	1	0
卞裕	2	8	1	1	0
王康琚	2	24	1	2	0
王氏	1	4	0	0	0
辛蕭	1	4	0	0	0
李氏	1	8	0	0	0
陶淵明	115	1620	119	31	37

人名	詩總數	總句數	平仄	平平	仄仄
康僧淵	2	50	3	0	4
支遁	18	378	29	14	8
鳩羅摩什	1	8	0	0	0
釋慧遠	1	14	0	0	1
廬山諸道人	1	14	0	0	0
廬山諸沙彌	1	16	1	0	1
史宗	1	8	1	0	0
帛道猷	1	10	0	0	0
竺僧度	1	14	2	0	0
楊苕華	1	18	0	0	2
葛洪	4	66	6	3	1
羊權	3	28	1	0	0
楊羲	80	992	48	23	17
許穆	1	8	1	0	0
許翽	7	60	5	0	2
王叔之	1	6	0	0	0
卞伯玉	1	4	0	0	0
謝瞻	10	140	9	9	4
劉義隆	4	70	6	0	3
宗炳	2	14	1	1	0
傅亮	2	28	2	0	2
謝晦	2	8	1	0	0
謝世基	1	4	1	0	0
鄭鮮之	1	6	0	0	0
范泰	4	30	4	0	1
謝靈運	82	1260	74	28	29
謝惠連	23	242	15	6	0
王微	4	62	6	1	1

人名	詩總數	總句數	平仄	平平	仄仄
何長瑜	2	8	0	0	0
荀雍	1	4	1	0	0
劉義慶	1	4	0	0	0
范曄	2	34	3	1	0
范廣淵	1	8	1	0	0
孔法生	1	4	1	0	0
陸凱	1	4	0	0	0
袁淑	4	32	1	2	1
劉鑠	9	106	10	2	1
劉駿	16	136	12	3	0
顏延之	22	356	28	7	6
王僧達	4	52	5	0	0
湯惠之	7	8	1	0	0
庾徽之	7	4	0	0	0
沈慶之	7	6	0	0	0
劉義恭	5	38	2	0	0
謝莊	12	120	16	5	0
鮑照	110	1544	112	25	29
鮑令暉	5	40	4	1	0
王素	1	10	1	0	0
吳邁遠	2	14	1	0	1
任豫	2	18	1	0	0
袁伯文	2	12	1	0	0
湛茂之	1	12	1	2	0
王歆之	1	4	0	0	1
賀道慶	1	4	0	0	0
蕭璟	1	14	1	0	0
張公庭	1	20	1	1	0
蕭道成	1	4	0	0	0
王延	1	10	0	0	0
王儉	5	26	2	0	0

人　名	詩總數	總句數	平仄	平平	仄仄
王僧祐	1	4	0	1	0
顧　歡	1	12	1	0	1
蕭子良	4	26	2	0	0
蕭子隆	1	10	0	0	0
王　融	35	294	24	3	1
丘巨源	2	34	2	0	1
孔稚珪	2	12	0	0	0
張　融	1	4	0	0	0
謝　朓	101	1310	132	12	2
虞　炎	3	26	4	0	0
陸　厥	5	40	2	1	0
劉　繪	6	64	5	0	0
劉士溫	1	8	0	0	0
袁　象	2	14	0	0	0
虞通之	1	4	0	0	0
顧　恩	1	12	2	0	0
鍾　憲	1	10	1	0	0
許瑤之	3	12	1	0	0
石道慧	7	4	0	0	0
王秀之	7	20	1	0	0
江孝嗣	2	18	1	0	0
王常侍	7	8	0	0	0
蕭　衍	36	418	27	4	12
高　爽	5	34	3	0	0
范　雲	37	318	28	8	1
宗　夬	1	10	2	1	0
江　淹	101	1446	90	26	24
蕭　鈞	1	12	3	0	0
王　暕	2	20	2	1	0
曹景宗	1	4	0	0	0
任　昉	20	218	18	2	0
丘　遲	10	102	10	1	2
虞　義	8	100	7	1	1
虞　騫	5	38	2	0	0

人　名	詩總數	總句數	平仄	平平	仄仄
沈　約	116	1124	95	21	5
劉　霽	1	4	0	0	0
劉　苞	2	24	3	2	0
柳　鎮	1	4	1	0	0
柳　惲	16	138	11	0	1
何　遜	95	1210	168	10	1
何寘南	1	12	0	0	0
沈　繇	1	10	1	0	0
孫　擢	1	8	0	0	0
江　革	2	8	1	0	0
朱記室	1	10	3	0	0
王　訓	3	40	5	0	0
吳　均	104	910	92	10	0
周興嗣	3	24	2	0	0
劉　峻	3	50	5	0	2
王僧儒	35	334	32	4	1
徐　悱	3	46	5	0	0
周　捨	1	10	0	1	0
陸　倕	3	116	23	0	0
陸　罩	3	32	3	0	0
紀少瑜	5	36	3	0	0
張　率	3	24	2	0	0
傅　昭	1	8	0	0	1
裴子野	3	32	2	0	0
蕭　統	79	320	32	3	0
殷　芸	1	4	0	0	0
蕭　琛	4	38	3	0	1
蕭　巡	1	12	0	0	0
蕭　雉	1	8	2	0	0
何思澄	2	18	6	0	0
劉　遵	5	52	7	0	0
徐　勉	5	46	7	0	0
陶宏景	3	12	1	0	0

人　名	詩總數	總句數	平仄	平平	仄仄
蕭子顯	4	38	4	0	0
蕭　瑱	1	8	1	0	0
劉孝綽	61	780	93	5	0
劉　緩	10	84	11	2	0
劉　孺	1	8	1	0	0
劉　顯	1	6	1	0	0
王　籍	1	8	0	0	0
劉之遴	1	12	2	0	1
到　溉	3	18	2	0	0
蕭　推	1	8	2	0	0
庾仲容	1	6	0	0	0
楊　皭	1	10	0	0	0
吳　孜	1	10	1	0	0
朱　异	1	22	4	0	0
張　纘	1	8	0	2	0
王　偉	2	8	1	0	0
劉孝威	31	346	49	0	0
蕭子雲	6	54	3	0	0
蕭子暉	4	20	5	0	0
何敬容	1	4	0	0	0
伏　挺	1	8	2	0	0
劉　邈	2	16	3	0	0
徐　摛	4	22	5	0	0
劉孝儀	11	96	18	0	0
蕭子範	8	68	8	1	0
蕭　紀	5	28	3	0	0
蕭　綱	176	1536	195	3	1
庾肩吾	76	724	146	2	0
王　筠	42	390	38	7	0
褚　澐	2	18	1	0	0
鮑　至	2	26	2	0	0
鮑　泉	9	80	7	0	0
蕭　綸	7	40	5	0	0

人　名	詩總數	總句數	平仄	平平	仄仄
徐　怦	1	4	0	0	0
蕭　繹	88	752	102	2	0
蕭正德	1	4	0	0	0
劉孝勝	2	18	1	1	0
劉孝先	6	56	9	0	0
徐君蒨	2	16	2	0	0
徐　防	2	12	1	0	0
徐　朏	1	6	0	0	0
蕭　曄	1	10	3	0	0
荀　濟	1	118	15	2	0
江　洪	9	88	10	0	0
江　祿	1	8	0	0	0
孔　燾	2	22	3	0	0
何子朗	3	24	3	0	0
沈　旋	1	8	1	0	0
沈　趨	2	16	1	1	0
費　昶	7	90	12	1	0
王臺卿	11	102	12	1	0
王　冏	1	18	2	0	0
朱　超	15	134	24	0	0
戴　暠	1	4	1	0	0
庾　丹	2	20	4	0	0
謝　瑱	1	8	1	0	0
鄧　鏗	3	24	2	0	0
蕭　察	10	68	4	0	0
聞人倩	1	10	1	0	0
沈君攸	4	34	5	0	0
施榮泰	1	14	1	0	0
姚　翻	4	20	3	0	0
李鏡遠	1	20	3	0	0
鮑子卿	2	20	1	0	1
王　樞	3	26	4	0	0
湯僧濟	1	12	1	0	0
顧　煊	1	8	0	0	0

人　名	詩總數	總句數	平仄	平平	仄仄
王脩己	1	8	1	0	0
王孝禮	1	8	0	0	0
范　筠	2	12	1	0	0
甄　固	1	6	0	0	0
王　環	1	4	0	0	0
江伯瑤	1	4	0	0	0
劉　泓	1	4	0		
王　湜	1	4	1	0	0
李孝勝	1	4	1	0	0
談士雲	1	4	1	0	0
張　騫	1	4	0	0	0
劉　憺	1	4	0	0	0
賀文標	1	4	0	0	0
蕭若靜	1	4	1	0	0
蕭　欣	1	4	0	0	0
王　氏	2	8	2	0	0
劉　氏	1	4	0	0	0
劉令嫻	7	54	5	1	0
沈滿願	5	40	7	0	0
釋寶誌	2	14	1	0	0
釋智藏	1	30	4	0	0
釋惠令	1	8	2	0	0
惠慕道士	1	8	3	0	0
僧正惠	2	12	2	0	0
桓法闓	1	10	1	0	0
吳興妖神	1	4			
韓延之	1	4	0	0	0
游　雅	1	14	1	1	0
劉　昶	1	4	0	0	0
李　謐	1	4	0	0	0

人　名	詩總數	總句數	平仄	平平	仄仄
鄭道昭	4	100	5	2	1
元子攸	1	10	1	0	0
元　恭	1	6	0	0	0
崔　鴻	1	8	3	0	0
馮元興	1	4	0	0	0
董　紹	1	4	1	0	0
盧元明	1	4	0	0	0
李　騫	1	24	4	0	0
鹿　悆	2	8	1	0	0
李　諧	1	4	1	0	0
常　景	4	32	3	1	0
褚　緭	1	4	0	0	0
溫子昇	4	40	1	1	0
胡　叟	1	8	1	0	1
元暉業	1	4	0	0	0
元　熙	2	8	0	1	0
王　容	1	8	1	0	0
王　德	1	8	0	0	0
周　南	1	8	0	0	0
謝　氏	1	4	0	0	1
陳留長公主	1	4	0	0	0
斛律豐樂	1	4	0	0	1
高　昂	1	4	0	1	0
蕭　祗	2	12	1	0	0
蕭　放	2	14	2	0	0
盧詢祖	1	8	1	0	0
裴讓之	2	32	8	1	0
裴訥之	1	12	3	0	0
邢　邵	7	92	7	0	0
鄭公超	1	8	1	0	0
楊　訓	1	10	3	0	0

人　名	詩總數	總句數	平仄	平平	仄仄
袁　奭	1	8	3	0	0
魏　收	9	74	10	0	0
劉　逖	4	28	4	0	0
祖　珽	3	24	1	0	0
高延宗	1	10	1	0	0
蕭　慤	13	140	18	0	0
馬元熙	1	8	0	0	0
陽休之	4	22	2	1	0
顏之推	3	52	8	0	0
趙儒宗	1	8	3	0	0
馮淑妃	1	4	0	0	0
宇文毓	3	26	3	0	0
李　昶	2	34	7	0	0
高　琳	1	4	1	0	0
宗　懍	4	30	8	0	0
宗　羈	1	10	2	0	0
蕭　撝	2	26	4	0	0
王　褒	30	298	42	1	0
宇文逌	1	10	2	0	0
庾　信	235	2346	408	4	0
孟　康	1	8	3	0	0
釋亡名	6	52	8	0	0
無　名法　師	1	12	3	0	0
無名氏	25	324	78	11	10
沈　炯	16	192	26	0	0
陰　鏗	31	284	50	0	0
陸才山	1	4	0	0	0
周弘正	13	94	8	0	0
周弘讓	4	34	5	0	1
周弘直	1	8	3	0	0
顧野王	1	16	1	0	0
徐伯陽	1	8	3	0	0

人　名	詩總數	總句數	平仄	平平	仄仄
張正見	50	472	82	0	0
叔　寶	28	288	34	1	1
徐　陵	23	210	52	0	0
孔　奐	1	8	1	0	0
孔　魚	1	12	1	0	0
陸　瓊	1	6	1	0	0
陳　昭	1	10	3	0	0
祖孫登	8	64	9	0	0
劉　刪	10	74	10	0	0
褚　玠	1	8	0	0	0
謝　燮	1	4	1	0	0
蕭　詮	3	24	4	0	0
賀　徹	2	16	4	0	0
賀　循	1	8	2	0	0
李　爽	1	6	2	0	0
何　胥	4	34	4	0	0
陽　縉	1	8	2	0	0
陽　愼	1	18	2	1	0
蔡　凝	1	8	2	0	0
阮　卓	3	24	6	0	0
徐孝克	2	24	3	0	0
潘　徽	1	20	4	0	0
韋　鼎	1	4	0	0	0
徐德言	1	4	0	0	0
樂　昌公　主	1	4	1	0	0
江　總	58	650	114	3	1
何處士	4	32	9	0	0
蘇子卿	1	8	1	0	0
賀力牧	1	20	6	0	0
伏知道	7	36	3	1	0
蕭　有	1	10	3	0	0
徐　湛	1	8	3	0	0

人　名	詩總數	總句數	平仄	平平	仄仄
吳尚野	1	8	1	0	0
吳思玄	1	8	2	0	0
何曼才	1	4	1	0	0
許　倪	1	4	1	0	0
蕭　驎	1	4	1	0	0
蕭　琳	1	4	1	0	0
孔　範	2	12	2	0	0
陳少女	1	4	1	0	0
釋惠標	8	60	10	0	0
曇　瑗	1	10	1	0	0
釋洪偃	3	36	5	0	0
釋智愷	1	10	1	0	0
高麗定法師	1	8	1	0	0
盧思道	13	158	21	1	0
孫萬壽	9	206	37	1	0
李德林	5	68	9	0	0
明餘慶	1	4	0	0	0
魏　澹	5	36	4	0	0
辛德源	1	12	1	0	0
李孝貞	5	56	9	0	0
元行恭	2	24	3	0	0
劉　臻	1	10	2	0	0
何　妥	2	38	8	0	0
尹　式	2	24	5	0	0
楊　廣	24	240	32	1	2
姚　察	2	30	5	0	0
楊　素	19	222	33	2	0
賀若弼	1	4	1	0	0
薛道衡	16	214	33	1	0
柳　䛒	4	34	2	0	0
牛　弘	1	8	1	0	0
蕭　琮	1	14	1	0	0

人　名	詩總數	總句數	平仄	平平	仄仄
袁　慶	1	16	4	0	0
王　眘	2	16	3	0	0
徐　儀	1	40	4	0	0
岑德潤	4	28	4	0	0
崔仲方	3	20	2	1	0
于仲文	2	26	2	0	0
王　胄	10	180	27	3	0
諸葛潁	5	40	10	0	0
虞　綽	1	20	0	2	0
許善心	4	54	7	0	0
庾自直	1	12	2	1	0
李　密	1	18	2	0	0
虞世基	13	182	25	0	0
杜公瞻	1	8	2	0	0
王　衡	2	12	2	0	0
薛德音	1	8	0	0	0
虞世南	5	70	11	1	0
蔡允恭	1	8	1	0	0
孔德紹	11	114	17	0	0
劉　斌	4	50	7	0	0
李巨仁	2	16	3	0	0
弘執恭	3	20	3	0	0
卞　斌	1	12	2	0	0
王由禮	3	24	6	0	0
魯　范	1	4	0	0	0
胡師耽	1	22	4	0	1
陳　政	1	24	1	0	1
周若水	1	16	3	0	0
薛　昉	1	10	3	0	0
劉　瑞	1	10	2	0	0
段君彥	1	12	4	0	0
張文恭	1	12	2	0	0
呂　讓	1	8	3	0	0

人　名	詩總數	總句數	平仄	平平	仄仄
沈君道	1	8	3	0	0
魯　本	1	4	0	0	0
劉夢予	1	4	0	0	0
陸季覽	1	4	0	0	0
馬　敏	1	4	0	0	0
王　謨	1	4	0	0	0
乙支文德	1	4	0	0	1
大義公主	1	16	2	0	0
李月素	1	4	0	0	0
羅愛愛	1	4	1	0	0
秦玉鸞	1	4	1	0	0
蘇蟬翼	1	4	0	0	0

人　名	詩總數	總句數	平仄	平平	仄仄
張碧蘭	1	4	1	0	0
侯夫人	5	20	5	0	0
僧法宣	2	16	2	0	0
釋慧淨	4	50	7	0	0
釋智炫	1	18	2	0	0
慧　曉	1	16	3	0	0
釋玄逵	3	16	1	0	0
釋靈裕	2	8	0	0	0
釋智命	1	4	0	0	0
釋智才	1	4	0	0	0
曇　延	1	4	0	0	0
釋慧輪	1	4	1	0	0
無名釋	1	8	1	0	1

　　粘實際出現的百分比計算是以實際相粘數目爲分子，即表中「平仄」、「平平」、「仄仄」三數；以全部詩句皆相粘的數目爲分母，即總句數之半減總詩數。以下首先列出從附錄乙中過濾出來所有詩人的粘在其詩中出現的數量，其次再列出作品數量較多的作者之期望值統計。〔註34〕

	律句期望極大值	律句期望極小值	古句期望極大值	律粘	律粘比	古平	古平粘比	古仄	古仄粘比
王　粲	23.58%	3.35%	20.24%	19	14.73%	7	5.43%	9	6.98%
劉　楨	23.76%	7.05%	16.71%	13	13.68%	2	2.11%	7	7.37%
曹　植	24.34%	6.81%	17.53%	15	6.64%	7	3.10%	3	1.33%
嵇　康	24.79%	4.19%	20.60%	21	16.94%	4	3.23%	14	11.29%
阮　籍	25.25%	9.23%	16.01%	79	18.46%	19	4.44%	15	3.50%
陸　機	25.82%	10.47%	15.35%	38	14.73%	10	3.88%	10	3.88%
左　思	26.05%	8.02%	18.04%	15	14.49%	2	1.93%	7	6.76%

〔註34〕本表中沒有古句期望極小值，是因爲經過換算後，極小值皆爲負數，故不予列出。

張　協	28.88%	13.67%	15.21%	15	14.49%	3	2.90%	3	2.90%
郭　璞	25.34%	11.56%	13.78%	10	11.63%	6	6.98%	5	5.81%
陶淵明	25.98%	9.06%	16.92%	119	15.81%	31	4.12%	37	4.92%
支　遁	29.56%	13.88%	15.68%	29	16.11%	14	7.78%	8	4.44%
楊　羲	22.27%	3.23%	19.04%	48	11.43%	23	5.48%	17	4.05%
謝靈運	25.70%	7.92%	17.78%	74	12.60%	28	4.77%	29	4.94%
謝惠連	26.44%	12.38%	14.06%	15	13.70%	6	5.48%	0	0.00%
顏延之	28.19%	12.56%	15.63%	28	16.77%	7	4.19%	6	3.59%
鮑　照	29.60%	16.34%	13.25%	112	15.68%	25	3.50%	29	4.06%
王　融	30.98%	23.96%	7.03%	24	18.68%	3	2.33%	1	0.78%
謝　朓	29.22%	23.89%	5.34%	132	23.87%	12	2.17%	2	0.36%
蕭　衍	27.03%	12.67%	14.36%	27	14.14%	4	2.09%	12	6.28%
范　雲	28.90%	19.46%	9.43%	28	20.00%	8	5.71%	1	0.71%
江　淹	26.46%	9.95%	16.52%	90	13.45%	26	3.89%	24	3.59%
沈　約	32.00%	24.35%	7.65%	95	18.92%	21	4.18%	5	1.00%
何　遜	35.50%	28.87%	6.63%	168	30.22%	10	1.80%	1	0.18%
吳　均	32.62%	26.68%	5.94%	92	22.86%	10	2.48%	0	0.00%
王僧儒	32.77%	26.03%	6.75%	32	21.40%	4	2.68%	1	0.67%
蕭　統	37.18%	30.29%	6.89%	32	21.26%	3	1.99%	0	0.00%
劉孝綽	36.45%	30.72%	5.73%	93	25.87%	5	1.39%	0	0.00%
劉孝威	37.60%	34.16%	3.44%	49	31.11%	0	0.00%	0	0.00%
蕭　綱	35.31%	32.11%	3.20%	195	28.78%	3	0.44%	1	0.15%
庾肩吾	37.32%	35.14%	2.18%	146	45.06%	2	0.62%	0	0.00%
王　筠	34.26%	29.32%	4.94%	38	21.90%	2	1.15%	0	0.00%
蕭　繹	35.68%	33.08%	2.60%	102	30.77%	2	0.60%	0	0.00%
庾　信	37.67%	35.38%	2.29%	408	38.76%	4	0.38%	0	0.00%
張正見	37.79%	36.12%	1.66%	82	38.68%	0	0.00%	0	0.00%
叔　寶	34.49%	28.74%	5.75%	34	26.25%	1	0.77%	1	0.77%
徐　陵	36.26%	33.47%	2.79%	52	55.61%	0	0.00%	0	0.00%
江　總	37.35%	33.62%	3.73%	114	38.51%	3	1.01%	1	0.34%
楊　廣	35.17%	30.34%	4.83%	32	29.63%	1	0.93%	2	1.85%

　　由上表的數值來看，由魏到梁代的這些詩人並沒有注意到粘的原則，其出現粘的例子，應可歸之於偶然。〔註35〕

　　值得注意的是梁代較晚的庾肩吾，其律粘的實際出現比例爲百分之四十五，而其最大期望值爲百分之三七・三二。這就表示，庾肩吾非常可能注意到聯與聯之間的關係，並且在實際的創作中運用。

　　北周庾信以後的作者，張正見、徐陵、江總等人粘的實際出現比例都高出期望值，尤其是徐陵的實際律粘比，高達百分之五五・六一，而其期望值則從三六・二六到三三・四七。由此可見，近體詩的粘，大約是梁末、北周之時所建立，但從王筠、蕭繹、叔寶、楊廣等人粘的出現並未超過期值來看，粘的原則可能尚未遍爲文人所接受。

〔註35〕作品數量（樣品）太少的情形下，統計的結果沒有意義，例如頁120　　左欄中許倪只有一首五言四句的詩，有一個合律的粘，其粘的實際出現比律爲百分之百，但這並不能代表這個作者創立了粘的原則。

第四章　平仄譜

第一節　「律」的觀念

　　自漢初降至六朝，純文學觀念慢慢形成，許多文士就當代的文學作品，反覆不斷的嚐試爲「文學」這一個觀念下一個定義；而隨著「文學」觀念的演進，在實際的文學創作上也由問答體的散文賦而演爲駢賦，由駢賦進爲駢文。這個觀念呈現在詩上的則是對「什麼是純粹的詩」這個課題不斷追求，而後使詩的語言走向文字上的精美和聲韻上的和諧。

　　漢初，「文學」這個觀念所指的是一種廣博的意義，就《史記》對「文學」一辭的使用，〔註1〕可以看出其意義包含「儒學」以及「掌故」，甚而「律令」、「軍法」、「章程」、「禮儀」等亦包含在內。例如：

　　　　及今上及位，趙綰、王臧之屬，明儒學，而上亦鄉之，於
　　　　是招方正賢良文學之士。〔註2〕

　　　　能通一藝以上，補文學掌故缺。〔註3〕

〔註 1〕此一觀點，引用郭紹虞《中國文學批評史》（臺北，明倫書局）上卷
　　　　第三篇，第一章〈由史籍中窺見漢人對於文學之認識〉，頁40～41
〔註 2〕《史記會注考證》〈儒林列傳〉，（臺北，漢京文化事業公司）卷一百
　　　　二一，頁1286下左。
〔註 3〕同註2，〈儒林列傳〉，頁1287下左。

治禮，次治掌故，以文學禮儀爲官。〔註4〕

於是漢興，蕭何次律令、韓信申軍法、張蒼爲章程、叔孫
通定禮儀，則文學彬彬稍進，詩書往往閒矣。〔註5〕

諸例中「文學」一辭所指皆非詩文辭賦。由此可以說《史記》對「文學」的定義，和後世所謂的「文學」相去甚遠，《史記》中「文學」的涵義，和後世所謂的「學術」較爲接近。至於後世所謂「文學」者，《史記》則以「文詞」、「文辭」稱之。例如：

屈原既死之後，楚有宋玉、唐勒、景差之徒者，皆好辭，
而以賦見稱。〔註6〕

天子問治亂之事，申公時已八十餘，老對曰：「爲治者不在
多言，顧力行何如耳。」時天子方好文詞，見申公對，默
然。〔註7〕

余以所聞由、光義至高，其文辭不少概見，何哉？〔註8〕

諸例中「文辭」、「文詞」所指則較近於後世「文學」之義。

至於魏晉時代，魏文帝曹丕的〈典論論文〉、〈與吳質書〉、陳思王曹植的〈與楊德祖書〉等，以王侯之尊而論文學，而開文學批評之風氣。由此，文學的意義較前而言，可以說是獲得了較明確的定義。這一個時期最主的成就主要是在於經由文體的區分，確立不同的文體，而各有其不同的風格。〈典論論文〉言：

夫文本同而末異。蓋奏議宜雅，書論宜理，銘誄尚實，詩
賦欲麗。〔註9〕

就詩而言，自漢代以降，如古詩十九首等，詩歌大體上仍是沿續著《詩經》以來的民歌風格，所謂「詩賦欲麗」者，代表了一個觀念的重大

〔註4〕 同註2，〈儒林列傳〉，頁1287下左。
〔註5〕 同註2，〈太史公自序〉，卷一百三十，頁1379下左。
〔註6〕 同註2，〈屈原賈生列傳〉，卷八四，頁1013下左。
〔註7〕 同註2，〈儒林列傳〉，頁1288下右。
〔註8〕 同註2，〈伯夷列傳〉，卷六一，頁846下左。
〔註9〕 《增補六臣註文選》，（臺北，漢京文化事業公司）卷五二，頁965
上右。

改變，使得詩賦開始走向華藻麗辭，開始脫離「自然的音律」，〔註10〕走向文人才士的刻意創作。再往後發展，就使得詩賦不止是在修辭技巧〔註11〕上用心，更進一步在文字的讀音上，尋求聲韻的起伏流暢。對於格律的形成而言，這一個觀念所起的推波助瀾之功，是不可磨滅的。

　　其後降至陸機《文賦》，「詩緣情而綺靡，賦體物而瀏亮」，〔註12〕則對文體的區分較〈典論論文〉更細，對各種文體的特點有更詳盡的形容。〔註13〕此外，〈文賦〉中也提到了音律的問題：

　　其會意也尚巧，其遣言也貴妍。暨聲音之迭代，若五色之
　　相宣。〔註14〕

其中，「聲音之迭代，若五色之相宣」，可以說是相當明確的指出了聲音的安排，一如繪畫中的色彩，可以增添詩歌的妍麗。然而，當時四聲的理論尚未提出，在文學作品中要如何運用，就無法作一明確的說明，只好以色彩之宣明來比擬聲音之運用，雖未能說明在文學作品中應如何應用聲音，但實際上已可以說是注意到了文學作品中聲音安排的問題。餘如「或寄辭於瘁音，徒靡言而弗華」〔註15〕、「故踸踔於短垣，放庸音以足曲」〔註16〕等亦然。

　　到了《文心雕龍》，對此聲律的華美更進一步演譯到了文學作品之中。所謂「無韻爲筆，有韻爲文」〔註17〕將文學作品劃爲有韻無韻

〔註10〕 同註1，上卷第四篇〈魏晉南北朝〉，第二章〈南朝之文學批評〉，第四節〈沈約與音律說〉，頁133。

〔註11〕 同註1，上卷第四篇，第一章〈魏晉之文學批評〉，第一節〈曹丕與曹植〉，頁76。

〔註12〕 同註9，卷十七，頁310上右。

〔註13〕 〈文賦〉中，對各種文體特點的說明，並不是非常明確，諸如「誄纏綿而悽愴」，「箴頓挫而清壯」等，因此只能說是形容，而非一實在的描述；正是郭邵虞所謂「爲賦體所限」之故。

〔註14〕 同註9，頁310上左。

〔註15〕 同註9，頁311下左。

〔註16〕 同註9，頁313上右。

〔註17〕 《文心雕龍注》（臺北，臺灣開明書店），〈總術〉，卷九，頁11左。

兩大類，《文心雕龍》自〈明詩〉至〈諧讔〉十篇，專論有韻之文。
就觀念上而言，「有韻之文」可以說是具有「文采」的作品，〔註18〕
而文采則是「綺縠紛披，宮徵靡曼，脣吻遒會，情靈搖蕩」。〔註19〕
換言之，有韻之文，除了在內容上要有情靈搖蕩的哀思、在遣辭上要
有綺縠紛披的文字之外，更須有宮徵靡曼，脣吻遒會的音韻之美。因
此，對於詩賦之華美要求，就從外觀上的遣辭用字，進而也開始重視
誦讀時的音韻之美。

　　劉勰對於聲律的看法，值得注意的是指出了人聲不同於絲竹管
絃，乃在於各人對於什麼樣的聲韻是和協好聽，標準不同，〈聲律〉
篇云：

> 含操琴不調，必知改張，摛文乖張，而不識所調。響在彼
> 弦，乃得克諧，聲萌我心，更失和律，其故何哉？良由內
> 聽難為聰也。故外聽之易，弦以手定；內聽之難，聲與心
> 紛，可以數求，難以辭逐。〔註20〕

「聲與心紛」，要以文字來表現某一種心聲，且合乎自然的韻律，就必
須遵循一定的法則。〔註21〕因此這個韻律的安排，在劉勰認為就在於
「和」與「韻」，也就是「異音相從謂之和，同聲相應謂之韻」。〔註22〕
若將這個觀念與沈約所言「一簡之內，音韻盡殊；兩句之中，輕重悉
異」相較，雖然沒有沈約所說的清楚明白，然已經比「詩賦欲麗」的
說法要清楚多了。

　　從以上所論文學觀念的發展來看，文學觀念經過不斷的思索，從
漢代含混的意義，進而澄清了各種文體的特質，再進一步對不同的文
體建立了一定的規範。這些規範，不僅是文人創作時所依循的原則，

〔註18〕王運熙，楊明《魏晉南北朝文學批評史》（上海，新華書店），第二
　　　　編〈南北朝文學批評〉，第一章〈緒論〉，頁161。
〔註19〕蕭繹《金樓子》，〈立言〉，見郭邵虞主編《中國歷代文論選》（臺北，
　　　　木鐸出版社），上冊，頁301。
〔註20〕同註17，〈聲律〉，頁11右。
〔註21〕同註18，頁178。
〔註22〕同註17，〈聲律〉，頁11右。

同是也是評價詩歌是否優美的標準。從這一點來看，文學觀念的發展與演變，使得文學作品不再如民間歌謠的天然而不假修飾，一變而爲文人雅士刻意精心的驅遣文字。這樣的觀念，呈現在詩歌之中，便是追求詩歌在聲律上的悠揚迭盪；沈約〈謝靈運傳〉所言的「一簡之內，音韻盡殊；兩句之中，輕重悉異」的要求，實際上正是這個觀念的明證。

此外魏晉時代注重的談辯之風，亦頗有推波助瀾之功。當時士人除了注重談辯時的語言內容及對答機巧外，對語言音調的流暢和協，亦相當重視，〔註23〕《世說新語》〈文學〉十九注引鄧粲《晉紀》：

> （裴）遐以辯論爲業，善敍名理，辭氣清暢，泠然若琴瑟。〔註24〕

又〈文學〉三〇：

> （支道）林公答辯清析，辭氣俱爽。〔註25〕

又〈言語〉一注引《文士傳》：

> （邊）讓占對閑雅，聲氣如流，坐客皆慕之。〔註26〕

又〈言語〉七九注引徐廣《晉紀》：

> （庾道季）風情率悟，以文談致稱於時。〔註27〕

又〈言語〉九三：

> 道壹道人好整飾音辭。〔註28〕

這些記載都很明確的指出這些人物的特點除了交談時的清麗典雅之外，同時也注重「音辭」上的動聽。同時《南齊書》對創四聲之說的周顒也有如下的記載：

> 顒音辭辯麗，出言不窮，宮商朱紫，發口成句。〔註29〕

〔註23〕廖蔚卿《六朝文論》（臺北，聯經出版事業公司），頁129。
〔註24〕余嘉錫《世說新語箋疏》（臺北，華正書局），頁209。
〔註25〕同註24，頁219。
〔註26〕同註24，頁55。
〔註27〕同註24，頁137。
〔註28〕同註24，頁146。
〔註29〕《南齊書》（臺北，鼎文書局），卷四一，列傳二二，頁731。

每賓友會同，顓虛席晤語，辭韻如流，聽者忘倦。〔註30〕

周顓的「辭韻如流」以至於使「聽者忘倦」，可見其言語時，能以音調的變化來吸引聽者的注意力。

再者，《南史》中也有一些類似的記載，如〈謝莊傳〉：

王玄謨問莊何者為雙聲，何者為疊韻。答曰：「玄護為雙聲，碻磝為疊韻。」其捷速若此。〔註31〕

又〈羊玄保傳〉：

子戎少有才氣，而輕薄少行檢，語好為雙聲。〔註32〕

又〈沈約傳〉：

又撰《四聲譜》，以為「在昔詞人累千載而不悟，而獨得胸衿，窮其妙旨。」自謂入神之作。武帝雅不好焉，嘗問周捨曰：「何謂四聲？？」捨曰：「『天子聖哲』是也。」然帝竟不甚遵用約也。〔註33〕

從這些史籍資料來看，雖然有的是重視整個語言聲調如流的音韻效果，或者是重視部分雙聲疊韻字的連綿，但都是注意到了文字的「聲音」，在語言所產生的效果。由此可以看出，魏晉以降，對佛經轉讀或日常言語中和協優美的「人聲」，所給予聽者的感官享受確有相當的重視。與出現在詩中的格律相較，格律的目的也是在使詩歌在朗誦之時，具有抑揚起伏的音效。就這一點來看，其本的目的其實是一致的。而近體詩的格律正是在這種注重語言聲律華美的社會風氣下，逐步醞釀而成。

第二節　律　句

五言詩中，一句是五個字，每個字有平仄兩個可能，因此一句之中可能的平仄組合共有三十二種：

〔註30〕同註29，頁732。
〔註31〕《南史》（臺北，鼎文書局），卷二十，列傳十，頁554。
〔註32〕同註31，卷三六，列傳二六，頁934。
〔註33〕同註31，卷五七，列傳四七，頁1414。

平平平平平 — 古句　　　仄平平平平 — 古句

平平平平仄 — 古句　　　仄平平平仄 — 古句

平平平仄平 — 拗句　　　仄平平仄平 — 拗句

平平平仄仄 — 律句　　　仄平平仄仄 — 拗句

平平仄平平 — 古句　　　仄平仄平平 — 古句

平平仄平仄 — 古句（代用句）　仄平仄平仄 — 古句

平平仄仄平 — 律句　　　仄平仄仄平 — 拗句（孤平句）

平平仄仄仄 — 拗句　　　仄平仄仄仄 — 拗句

平仄平平平 — 拗句　　　仄仄平平平 — 拗句

平仄平平仄 — 拗句　　　仄仄平平仄 — 律句

平仄平仄平 — 古句　　　仄仄平仄平 — 古句

平仄平仄仄 — 古句　　　仄仄平仄仄 — 古句

平仄仄平平 — 拗句　　　仄仄仄平平 — 律句

平仄仄平仄 — 拗句　　　仄仄仄平仄 — 拗句

平仄仄仄平 — 古句　　　仄仄仄仄平 — 古句

平仄仄仄仄 — 古句　　　仄仄仄仄仄 — 古句

　　但是在近體詩中，這三十二種組合只使用了一部分，也就是四個律句和十二個拗句。再者，從唐人近體詩中實際所使用的句形來看，在應用「平平平仄仄」之處，有時用「平平仄平仄」的句形來代替，〔註34〕例如杜甫〈月夜〉：〔註35〕「何時倚虛幌」，李商隱〈落花〉：〔註36〕「芳心向春盡」等；因此這個句形乃稱為「代用句」。

　　近體詩使用的這些句形，其實並不是自格律開始發展便確定的。若從沈約《宋書》〈謝靈運傳論〉所舉的例子來看：

<hr>

〔註34〕王力稱這種平仄的特殊形式為「特拗」，《漢語詩律學》，頁108。

〔註35〕清‧仇兆鰲《杜詩詳註》（臺北，漢京文人事業有限公司），冊一，卷四，頁30九。

〔註36〕唐‧李商隱《王谿生詩詳註》（清同治七年，德聚堂重校本），卷一，頁87。

子建函京之作，仲宣霸岸之篇，子荊零雨之章，正長朔風
之句，並直舉胸情，非傍詩史，正以音律調韻，取高前式。
〔註37〕

其中明白指出「子建函京之作，仲宣霸岸之篇，子荊零雨之章，正長
朔風之句」四例爲「音律調韻」。然何謂「音律調韻」？以下即從原
文來加以觀察。「子建函京之作」出自曹植〈贈丁儀王粲詩〉：〔註38〕

　　從軍度函谷，（代用句，與「平平平仄仄」同）
　　平平仄平仄
　　驅馬過西京。（拗首字，與「仄仄仄平平」同）
　　平仄仄平平

「仲宣霸岸之篇」出自王粲〈七哀詩〉三首其一：〔註39〕

　　南登霸陵岸，（代用句）
　　平平仄平仄
　　迴首望長安。（拗首字）
　　平仄仄平平

「子荊零雨之章」出自孫楚〈征西官屬送於陟陽侯作詩〉：〔註40〕

　　晨風飄歧路，（古句）
　　平平平平仄
　　零雨被秋草。（拗首字，與「仄仄平平仄」同）
　　平仄平平仄

「正長朔風之句」出自王讚〈雜詩〉：〔註41〕

　　朔風動秋草，（古句）
　　仄平仄平仄
　　邊馬有歸心。（拗首字）
　　平仄仄平平

〔註37〕《宋書》（臺北，鼎文書局）列傳二七，卷六七，頁1779。
〔註38〕逯欽立輯校《先秦漢魏晉南北朝詩》（臺北，木鐸出版社），上冊，
　　　　頁452。
〔註39〕同註35，頁365。
〔註40〕同註35，頁599。
〔註41〕同註35，頁761。

由沈約所提出的四個例子來看，四個對句都是拗首字的拗句，兩個出句是代用句，都是近體詩所使用的句形，這也就是說沈約認爲詩歌應有怎樣的聲律，已經相當明確了。

若從格律發展的角度來觀察，在定義上，這個「音律調韻」的標準不如唐代《文鏡秘府論》天卷所轉引的「調聲之術」那般明確；而且這個標準雖是沈約所提出，但並非是沈約所「創造」，實際上應說是在四聲長期發展之下，從詩歌創作實際的嘗試中，所獲得的一個結果。因此，這個標準可以說是反映出當時文人對於「好聽的」詩歌句形的共同認知。和任何一種文學體裁都是在長時間的發展下，逐漸成形一樣，這個「好聽的」詩歌句形，也有其醞釀期。以下便以魏晉南北朝的古詩爲基礎，將這些作者的詩分古句、律句、拗句、代用句及孤平句等五項分別加以統計，並列出其百分比，以觀察這個共同認知大約是在什麼時候形成的。〔註42〕

〔註42〕代用句不計入古句、孤平句不計入拗句。

【表一】

	總句數	古句數	律句數	拗句數	代用句	孤平	古句比例	律句比例	拗句比例	代用比例	孤平比例
王粲	276	127	89	41	13	5	46.01	32.25	14.86	4.71	1.81
陳琳	50	17	24	7	1	1	34.00	48.00	14.00	2.00	2.00
劉楨	202	83	68	40	8	2	41.09	33.66	19.80	3.96	0.99
徐幹	102	38	41	18	3	2	37.25	40.02	17.65	2.94	1.96
阮瑀	90	30	37	13	6	4	33.33	41.11	14.44	6.67	4.44
應瑒	70	29	28	11	2	0	41.43	40.00	15.71	2.86	0.00
繁欽	32	16	8	7	0	1	50.00	25.00	21.88	0.00	3.13
曹丕	172	71	66	27	7	1	41.28	38.37	15.70	4.07	0.58
吳質	16	6	4	5	0	1	37.50	25.00	31.25	0.00	6.25
繁元	4	1	1	2	0	0	25.00	25.00	50.00	0.00	0.00
杜摯	26	11	8	2	2	3	42.31	30.77	7.69	7.69	11.54
曹植	492	206	179	82	20	5	41.87	36.38	16.67	4.07	1.02
曹彪	4	0	3	1	0	0	0.00	75.00	25.00	0.00	0.00
何晏	16	10	3	3	0	0	62.50	18.75	18.75	0.00	0.00
應璩	174	64	65	30	5	8	36.78	37.36	17.24	2.87	4.60
毋丘儉	24	9	11	4	0	0	37.50	45.83	16.67	0.00	0.00
郭遐周	56	23	18	12	2	1	41.07	32.14	21.43	3.57	1.79
阮侃	68	32	22	12	1	1	47.06	32.35	17.65	1.47	1.47
嵇康	260	118	83	45	12	2	45.38	31.92	17.31	4.62	0.77
阮籍	938	364	332	186	38	18	38.81	35.39	19.83	4.05	1.92
仙道	8	2	2	2	2	0	25.00	25.00	25.00	25.00	0.00
嵇喜詩	30	8	12	6	1	2	26.67	40.00	20.00	3.33	6.67
程咸	4	3	1	0	0	0	75.00	25.00	0.00	0.00	0.00

【表二】

	總句數	古句數	律句數	拗句數	代用句	孤平	古句比例	律句比例	拗句比例	代用比例	孤平比例
劉 伶	14	5	9	0	0	0	35.71	64.29	0.00	0.00	0.00
傅 玄	126	46	48	24	8	0	36.51	38.10	19.05	6.35	0.00
程 曉	20	7	11	2	0	0	35.00	55.00	10.00	0.00	0.00
應 亨	8	5	2	0	1	0	62.50	25.00	0.00	12.50	0.00
裴 秀	4	3	1	0	0	0	75.00	25.00	0.00	0.00	0.00
成公綏	34	13	14	6	0	1	38.24	41.18	17.65	0.00	2.94
賈 充	12	5	2	3	0	2	41.67	16.67	25.00	0.00	16.67
薛 瑩	4	4	0	0	0	0	00.00	0.00	0.00	0.00	0.00
棗 據	64	23	27	11	3	0	35.94	42.19	17.19	4.69	0.00
荀 勗	4	3	0	0	1	0	75.00	0.00	0.00	25.00	0.00
孫 楚	24	12	9	2	1	0	50.00	37.50	8.33	4.17	0.00
傅 咸	44	18	13	12	1	0	40.91	29.55	27.27	2.27	0.00
郭泰機	12	5	3	3	1	0	41.67	25.00	25.00	8.33	0.00
張 華	274	80	101	69	18	6	29.20	36.86	25.18	6.57	2.19
周 處	4	1	2	1	0	0	25.00	50.00	25.00	0.00	0.00
曹 嘉	14	3	6	4	1	0	21.43	42.86	28.57	7.14	0.00
潘 岳	288	117	101	44	18	8	40.63	35.07	15.28	6.25	2.78
石 崇	30	14	9	5	1	1	46.67	30.00	16.67	3.33	3.33
歐陽建	34	13	14	7	0	0	38.24	41.18	20.59	0.00	0.00
何 劭	52	19	21	7	3	2	36.54	40.38	13.46	5.77	3.85
陸 機	568	211	213	105	28	9	37.15	37.50	18.49	4.93	1.58
陸 雲	82	34	30	15	1	2	41.46	36.59	18.29	1.22	2.44
嵇 紹	20	4	8	5	2	1	20.00	40.00	25.00	10.00	5.00

【表三】

	總句數	古句數	律句數	拗句數	代用句	孤平	古句比例	律句比例	拗句比例	代用比例	孤平比例
嵇 含	30	12	13	2	2	1	40.00	43.33	6.67	6.67	3.33
牽 秀	4	1	1	1	1	0	25.00	25.00	25.00	25.00	0.00
司馬彪	48	21	15	5	7	0	43.75	31.25	10.42	14.58	0.00
左 芬	12	4	5	3	0	0	33.33	41.67	25.00	0.00	0.00
左 思	220	90	92	28	8	2	40.91	41.82	12.73	3.64	0.91
張 翰	26	8	8	7	1	2	30.77	30.77	26.92	3.85	7.69
張 載	142	58	51	25	7	1	40.85	35.92	17.61	4.93	0.70
張 協	200	69	77	42	6	6	34.50	38.50	21.00	3.00	3.00
閭丘沖	6	3	1	2	0	0	50.00	16.67	33.33	0.00	0.00
曹 攄	46	18	14	10	2	2	39.13	30.43	21.74	4.35	4.35
王 讚	12	5	5	1	1	0	41.67	41.67	8.33	8.33	0.00
潘 尼	174	73	61	27	12	1	41.95	35.06	15.52	6.90	0.57
棗 腆	16	5	4	6	1	0	31.25	25.00	37.50	6.25	0.00
王 浚	26	9	5	8	1	3	34.62	19.23	30.77	3.85	11.54
郭 愔	8	3	4	1	0	0	37.50	50.00	12.50	0.00	0.00
劉 琨	30	14	11	4	0	1	46.67	36.67	13.33	0.00	3.33
干 寶	6	3	1	2	0	0	50.00	16.67	33.33	0.00	0.00
張 亢	4	1	2	0	0	0	25.00	50.00	0.00	0.00	0.00
王 鑒	26	11	13	2	0	0	42.31	50.00	7.69	0.00	0.00
李 充	34	17	12	4	0	1	50.00	35.29	11.76	0.00	2.94
李 顒	46	14	14	9	7	1	30.43	30.43	19.57	15.22	2.17
楊 方	90	33	36	10	2	9	36.67	40.00	11.11	2.22	10.00
朱德才	4	1	2	0	1	0	25.00	50.00	0.00	25.00	0.00

【表四】

	總句數	古句數	律句數	拗句數	代用句	孤平	古句比例	律句比例	拗句比例	代用比例	孤平比例
郭 璞	194	68	81	29	13	2	35.05	41.75	14.95	6.70	1.03
庾 闡	96	29	41	22	4	0	30.21	42.71	22.92	4.17	0.00
江 逌	22	8	8	4	1	1	36.36	36.36	18.18	4.55	4.55
盧 諶	140	58	53	21	5	3	41.43	37.86	15.00	3.57	2.14
曹 毗	58	35	13	7	2	1	60.34	22.41	12.07	3.45	1.72
張 望	20	3	13	3	0	0	15.00	65.00	15.00	0.00	0.00
張 翼	126	56	33	26	9	2	44.44	26.19	20.63	7.14	1.59
許 詢	4	2	2	0	0	0	50.00	50.00	0.00	0.00	0.00
王羲之	56	31	15	6	1	3	55.36	26.79	10.71	1.79	5.36
孫 綽	22	3	10	6	3	0	13.64	45.45	27.27	13.64	0.00
謝 安	8	3	5	0	0	0	37.50	62.50	0.00	0.00	0.00
謝 萬	8	7	0	1	0	0	87.50	0.00	12.50	0.00	0.00
孫 統	8	3	4	1	0	0	37.50	50.00	12.50	0.00	0.00
孫 嗣	4	2	2	0	0	0	50.00	50.00	0.00	0.00	0.00
郗 曇	4	1	2	0	1	0	25.00	50.00	0.00	25.00	0.00
庾 蘊	4	3	0	1	0	0	75.00	0.00	25.00	0.00	0.00
曹茂之	4	2	2	0	0	0	50.00	50.00	0.00	0.00	0.00
桓 偉	8	4	3	0	1	0	50.00	37.50	0.00	12.50	0.00
袁嶠之	8	0	4	3	0	1	0.00	50.00	37.50	0.00	12.50
王玄之	4	1	3	0	0	0	25.00	75.00	0.00	0.00	0.00
王凝之	4	3	1	0	0	0	75.00	25.00	0.00	0.00	0.00
謝道韞	18	9	5	3	1	0	50.00	27.78	16.67	5.56	0.00
王肅之	4	1	1	1	0	1	25.00	25.00	25.00	0.00	25.00
王徽之	4	1	1	1	1	0	25.00	25.00	25.00	25.00	0.00

【表五】

	總句數	古句數	律句數	拗句數	代用句	孤平	古句比例	律句比例	拗句比例	代用比例	孤平比例
王渙之	4	4	0	0	0	0	00.00	0.00	0.00	0.00	0.00
王彬之	4	3	0	0	1	0	75.00	0.00	0.00	25.00	0.00
王蘊之	4	2	0	2	0	0	50.00	0.00	50.00	0.00	0.00
魏滂	8	3	4	1	0	0	37.50	50.00	12.50	0.00	0.00
虞說	4	2	2	0	0	0	50.00	50.00	0.00	0.00	0.00
謝繹	4	2	2	0	0	0	50.00	50.00	0.00	0.00	0.00
徐豐之	4	1	2	1	0	0	25.00	50.00	25.00	0.00	0.00
曹華	4	0	3	1	0	0	0.00	75.00	25.00	0.00	0.00
袁宏	30	13	10	4	1	2	43.33	33.33	13.33	3.33	6.67
王彪之	8	4	3	1	0	0	50.00	37.50	12.50	0.00	0.00
習鑿齒	8	3	2	2	1	0	37.50	25.00	25.00	12.50	0.00
趙整	8	4	4	0	0	0	50.00	50.00	0.00	0.00	0.00
袁山松	4	1	2	1	0	0	25.00	50.00	25.00	0.00	0.00
顧愷之	4	2	2	0	0	0	50.00	50.00	0.00	0.00	0.00
苻朗	12	5	3	4	0	0	41.67	25.00	33.33	0.00	0.00
桓玄	8	4	4	0	0	0	50.00	50.00	0.00	0.00	0.00
殷仲文	26	10	9	7	0	0	38.46	34.62	26.92	0.00	0.00
謝混	48	17	17	10	4	0	35.42	35.42	20.83	8.33	0.00
吳隱之	4	0	2	2	0	0	0.00	50.00	50.00	0.00	0.00
劉程之	16	7	2	4	0	2	43.75	12.50	25.00	0.00	12.50
王喬之	20	5	7	7	1	0	25.00	35.00	35.00	5.00	0.00
張野	12	5	5	2	0	0	41.67	41.67	16.67	0.00	0.00

【表六】

	總句數	古句數	律句數	拗句數	代用句	孤平	古句比例	律句比例	拗句比例	代用比例	孤平比例
湛方生	46	23	16	4	3	0	50.00	34.78	8.70	6.52	0.00
劉　恢	4	2	2	0	0	0	50.00	50.00	0.00	0.00	0.00
陸　沖	20	9	9	2	0	0	45.00	45.00	10.00	0.00	0.00
卞　裕	8	2	6	0	0	0	25.00	75.00	0.00	0.00	0.00
王康琚	24	10	5	8	0	1	41.67	20.83	33.33	0.00	4.17
王　氏	4	1	0	2	1	0	25.00	0.00	50.00	25.00	0.00
辛　蕭	4	3	1	0	0	0	75.00	25.00	0.00	0.00	0.00
李　氏	8	3	4	1	0	0	37.50	50.00	12.50	0.00	0.00
陶淵明	1620	639	601	271	73	36	39.44	37.10	16.73	4.51	2.22
康僧淵	50	27	14	6	2	1	54.00	28.00	12.00	4.00	2.00
支　遁	378	131	129	86	25	7	34.66	34.13	22.75	6.61	1.85
鳩羅摩什	8	5	1	2	0	0	62.50	12.50	25.00	0.00	0.00
釋慧遠	14	4	3	4	2	1	28.57	21.43	28.57	14.29	7.14
廬山諸道人	14	6	4	4	0	0	42.86	28.57	28.57	0.00	0.00
廬山諸沙彌	16	7	3	5	1	0	43.75	18.75	31.25	6.25	0.00
史　宗	8	2	3	2	1	0	25.00	37.50	25.00	12.50	0.00
帛道猷	10	1	6	2	1	0	10.00	60.00	20.00	10.00	0.00
竺僧度	14	2	7	4	0	1	14.29	50.00	28.57	0.00	7.14
楊苕華	18	8	5	4	1	0	44.44	27.78	22.22	5.56	0.00
葛　洪	66	32	19	11	2	2	48.48	28.79	16.67	3.03	3.03
羊　權	28	9	12	7	0	0	32.14	42.86	25.00	0.00	0.00
楊　羲	922	424	280	156	30	30	45.99	30.37	16.92	3.25	3.25
許　穆	8	3	1	4	0	0	37.50	12.50	50.00	0.00	0.00

【表七】

	總句數	古句數	律句數	拗句數	代用句	孤平	古句比例	律句比例	拗句比例	代用比例	孤平比例
許翽	60	23	22	9	4	2	38.33	36.67	15.00	6.67	3.33
王叔之	6	3	3	0	0	0	50.00	50.00	0.00	0.00	0.00
卞伯玉	4	2	2	0	0	0	50.00	50.00	0.00	0.00	0.00
謝瞻	140	56	51	21	12	0	40.00	36.43	15.00	8.57	0.00
劉義隆	70	22	23	21	4	0	31.43	32.86	30.00	5.71	0.00
宗炳	14	4	7	2	0	1	28.57	50.00	14.29	0.00	7.14
傅亮	28	14	7	4	1	2	50.00	25.00	14.29	3.57	7.14
謝晦	8	2	6	0	0	0	25.00	75.00	0.00	0.00	0.00
謝世基	4	0	2	2	0	0	0.00	50.00	50.00	0.00	0.00
鄭鮮之	6	5	0	1	0	0	83.33	0.00	16.67	0.00	0.00
范泰	30	10	13	6	0	1	33.33	43.33	20.00	0.00	3.33
謝靈運	1260	514	432	209	79	23	40.79	34.29	16.59	6.27	1.83
謝惠連	242	84	82	52	20	4	34.71	33.88	21.49	8.26	1.65
王微	62	18	20	17	4	3	29.03	32.26	27.42	6.45	4.84
何長瑜	8	4	2	1	1	0	50.00	25.00	12.50	12.50	0.00
荀雍	4	1	2	1	0	0	25.00	50.00	25.00	0.00	0.00
劉義慶	4	0	3	1	0	0	0.00	75.00	25.00	0.00	0.00
范曄	34	14	14	3	2	1	41.18	41.18	8.82	5.88	2.94
范廣淵	8	2	4	2	0	0	25.00	50.00	25.00	0.00	0.00
孔法生	4	1	3	0	0	0	25.00	75.00	0.00	0.00	0.00
陸凱	4	0	2	2	0	0	0.00	50.00	50.00	0.00	0.00
袁淑	32	12	7	8	5	0	37.50	21.88	25.00	15.63	0.00
劉鑠	106	25	44	22	15	0	23.58	41.51	20.75	14.15	0.00

【表八】

	總句數	古句數	律句數	拗句數	代用句	孤平	古句比例	律句比例	拗句比例	代用比例	孤平比例
劉　駿	136	39	49	35	13	0	28.68	36.03	25.74	9.56	0.00
顏延之	356	127	142	57	27	3	35.67	39.89	16.01	7.58	0.84
王僧達	52	15	16	14	3	3	28.85	30.77	26.92	5.77	5.77
湯惠之	8	4	3	1	0	0	50.00	37.50	12.50	0.00	0.00
庾徽之	4	0	1	2	1	0	0.00	25.00	50.00	25.00	0.00
沈慶之	6	2	3	0	1	0	33.33	50.00	0.00	16.67	0.00
劉義恭	38	18	14	2	2	2	47.37	36.84	5.26	5.26	5.26
謝　莊	120	33	51	27	9	0	27.50	42.50	22.50	7.50	0.00
鮑　照	1544	476	587	303	152	21	30.83	38.02	19.62	9.84	1.36
鮑令暉	40	11	15	12	1	1	27.50	37.50	30.00	2.50	2.50
王　素	10	2	3	3	2	0	20.00	30.00	30.00	20.00	0.00
吳邁遠	14	3	7	2	2	0	21.43	50.00	14.29	14.29	0.00
任　豫	18	7	7	2	2	0	38.89	38.89	11.11	11.11	0.00
袁伯文	12	3	4	4	1	0	25.00	33.33	33.33	8.33	0.00
湛茂之	12	4	3	3	2	0	33.33	25.00	25.00	16.67	0.00
王歆之	4	3	0	0	0	1	75.00	0.00	0.00	0.00	25.00
賀道慶	4	1	2	0	0	1	25.00	50.00	0.00	0.00	25.00
蕭　璟	14	4	4	5	1	0	28.57	28.57	35.71	7.14	0.00
張公庭	20	10	7	2	1	0	50.00	35.00	10.00	5.00	0.00
蕭道成	4	3	0	1	0	0	75.00	0.00	25.00	0.00	0.00
王　延	10	2	4	4	0	0	20.00	40.00	40.00	0.00	0.00
王　儉	26	2	14	9	1	0	7.69	53.85	34.62	3.85	0.00
王僧祐	4	2	1	0	0	1	50.00	25.00	0.00	0.00	25.00

【表九】

	總句數	古句數	律句數	拗句數	代用句	孤平	古句比例	律句比例	拗句比例	代用比例	孤平比例
顧歡	12	4	3	2	2	1	33.33	25.00	16.67	16.67	8.33
蕭子良	26	4	9	12	1	0	15.38	34.62	46.15	3.85	0.00
蕭子隆	10	2	6	1	1	0	20.00	60.00	10.00	10.00	0.00
王融	294	54	130	74	31	3	18.37	44.22	25.17	10.54	1.02
丘巨源	34	7	14	13	0	0	20.59	41.18	38.24	0.00	0.00
孔稚珪	12	5	4	2	1	0	41.67	33.33	16.67	8.33	0.00
張融	4	0	3	1	0	0	0.00	75.00	25.00	0.00	0.00
謝朓	1310	202	560	370	170	6	15.42	42.75	28.24	12.98	0.46
虞炎	26	3	13	7	3	0	11.54	50.00	26.92	11.54	0.00
陸厥	40	9	20	7	4	0	22.50	50.00	17.50	10.00	0.00
劉繪	64	16	17	26	4	0	25.00	26.56	40.63	6.25	0.00
劉士溫	8	2	5	0	1	0	25.00	62.50	0.00	12.50	0.00
袁彖	14	2	4	3	4	1	14.29	28.57	21.43	28.57	7.14
虞通之	4	2	1	1	0	0	50.00	25.00	25.00	0.00	0.00
顧愍	12	1	7	4	0	0	8.33	58.33	33.33	0.00	0.00
鍾憲	10	0	5	5	0	0	0.00	50.00	50.00	0.00	0.00
許瑤之	12	0	6	5	0	1	0.00	50.00	41.67	0.00	8.33
石道慧	4	2	0	1	0	1	50.00	0.00	25.00	0.00	25.00
王秀之	20	4	9	4	2	1	20.00	45.00	20.00	10.00	5.00
江孝嗣	18	3	12	2	1	0	16.67	66.67	11.11	5.56	0.00
王常侍	8	1	4	1	2	0	12.50	50.00	12.50	25.00	0.00
蕭衍	418	145	175	78	16	4	34.69	41.87	18.66	3.83	0.96
高爽	34	6	9	11	5	3	17.65	26.47	32.35	14.71	8.82

【表十】

	總句數	古句數	律句數	拗句數	代用句	孤平	古句比例	律句比例	拗句比例	代用比例	孤平比例
范　雲	318	78	127	89	19	4	24.53	39.94	27.99	5.97	1.26
宗　夬	10	3	4	3	0	0	30.00	40.00	30.00	0.00	0.00
江　淹	1446	553	546	259	60	21	38.24	37.76	17.91	4.15	1.45
蕭　鈞	12	0	6	6	0	0	0.00	50.00	50.00	0.00	0.00
王　暕	20	3	3	10	4	0	15.00	15.00	50.00	20.00	0.00
曹景宗	4	1	2	1	0	0	25.00	50.00	25.00	0.00	0.00
任　昉	218	45	86	59	26	2	20.64	39.45	27.06	11.93	0.92
丘　遲	102	28	38	30	6	0	27.45	37.25	29.41	5.88	0.00
虞　羲	100	18	45	32	4	1	18.00	45.00	32.00	4.00	1.00
虞　騫	38	7	12	14	5	0	18.42	31.58	36.84	13.16	0.00
沈　約	1124	216	405	351	138	10	19.22	36.03	31.23	12.28	0.89
劉　霽	4	1	1	1	1	0	25.00	25.00	25.00	25.00	0.00
劉　苞	24	6	9	6	3	0	25.00	37.50	25.00	12.50	0.00
柳　鎮	4	1	3	0	0	0	25.00	75.00	0.00	0.00	0.00
柳　惲	138	23	53	47	15	0	16.67	38.41	34.06	10.87	0.00
何　遜	1210	190	529	413	68	7	15.70	43.72	34.13	5.62	0.58
何寘南	12	2	2	8	0	0	16.67	16.67	66.67	0.00	0.00
沈　繇	10	1	3	5	1	0	10.00	30.00	50.00	10.00	0.00
孫　擢	8	1	2	3	2	0	12.50	25.00	37.50	25.00	0.00
江　革	8	2	3	3	0	0	25.00	37.50	37.50	0.00	0.00
朱記室	10	1	3	6	0	0	10.00	30.00	60.00	0.00	0.00
王　訓	40	3	19	17	1	0	7.50	47.50	42.50	2.50	0.00
吳　均	910	140	397	276	86	10	15.38	43.63	30.33	9.45	1.10

【表十一】

	總句數	古句數	律句數	拗句數	代用句	孤平	古句比例	律句比例	拗句比例	代用比例	孤平比例
周興嗣	24	4	13	6	1	0	16.67	54.17	25.00	4.17	0.00
劉峻	50	11	23	15	1	0	22.00	46.00	30.00	2.00	0.00
王僧儒	334	57	138	100	34	5	17.07	41.32	29.94	10.18	1.50
徐悱	46	4	16	21	5	0	8.70	34.78	45.65	10.87	0.00
周捨	10	0	1	4	4	1	0.00	10.00	40.00	40.00	10.00
陸倕	116	16	53	41	6	0	13.79	45.69	35.34	5.17	0.00
陸罩	32	4	13	13	2	0	12.50	40.63	40.63	6.25	0.00
紀少瑜	36	4	14	16	1	1	11.11	38.89	44.44	2.78	2.78
張率	24	8	8	6	2	0	33.33	33.33	25.00	8.33	0.00
傅昭	8	5	1	1	1	0	62.50	12.50	12.50	12.50	0.00
裴子野	32	7	9	15	1	0	21.88	28.13	46.88	3.13	0.00
蕭統	320	50	138	94	36	2	15.63	43.13	29.38	11.25	0.63
殷芸	4	0	0	4	0	0	0.00	0.00	100.00	0.00	0.00
蕭琛	38	5	15	14	4	0	13.16	39.47	36.84	10.53	0.00
蕭巡	12	3	3	6	0	0	25.00	25.00	50.00	0.00	0.00
蕭雉	8	0	4	4	0	0	0.00	50.00	50.00	0.00	0.00
何思澄	18	0	8	10	0	0	0.00	44.44	55.56	0.00	0.00
劉遵	52	5	23	21	3	0	9.62	44.23	40.38	5.77	0.00
徐勉	46	8	15	19	4	0	17.39	32.61	41.30	8.70	0.00
陶宏景	12	3	7	2	0	0	25.00	58.33	16.67	0.00	0.00
蕭子顯	38	10	14	10	3	1	26.32	36.84	26.32	7.89	2.63
蕭瑱	8	0	2	6	0	0	0.00	25.00	75.00	0.00	0.00
劉孝綽	780	106	326	281	61	6	13.59	41.79	36.03	7.82	0.77

【表十二】

	總句數	古句數	律句數	拗句數	代用句	孤平	古句比例	律句比例	拗句比例	代用比例	孤平比例
劉 緩	84	6	35	35	7	0	7.14	41.67	41.67	8.33	0.00
劉 孺	8	2	3	3	0	0	25.00	37.50	37.50	0.00	0.00
劉 顯	6	1	3	1	1	0	16.67	50.00	16.67	16.67	0.00
王 籍	8	1	5	2	0	0	12.50	62.50	25.00	0.00	0.00
劉之遴	12	3	5	4	0	0	25.00	41.67	33.33	0.00	0.00
到 溉	18	4	8	5	0	1	22.22	44.44	27.78	0.00	5.56
蕭 推	8	0	4	4	0	0	0.00	50.00	50.00	0.00	0.00
庾仲容	6	1	0	3	2	0	16.67	0.00	50.00	33.33	0.00
楊 皭	10	1	2	6	1	0	10.00	20.00	60.00	10.00	0.00
吳 孜	10	0	6	3	1	0	0.00	60.00	30.00	10.00	0.00
朱 异	22	4	9	7	2	0	18.18	40.91	31.82	9.09	0.00
張 纘	8	1	1	2	4	0	12.50	12.50	25.00	50.00	0.00
王 偉	8	0	1	7	0	0	0.00	12.50	87.50	0.00	0.00
劉孝威	346	29	175	121	20	1	8.38	50.58	34.97	5.78	0.29
蕭子雲	54	13	14	17	9	1	24.07	25.93	31.48	16.67	1.85
蕭子暉	20	1	13	6	0	0	5.00	65.00	30.00	0.00	0.00
何敬容	4	0	4	0	0	0	0.00	100.00	0.00	0.00	0.00
伏 挺	8	0	5	3	0	0	0.00	62.50	37.50	0.00	0.00
劉 邈	16	3	5	7	1	0	18.75	31.25	43.75	6.25	0.00
徐 摛	22	4	7	11	0	0	18.18	31.82	50.00	0.00	0.00
劉孝儀	96	5	37	48	6	0	5.21	38.54	50.00	6.25	0.00
蕭子範	68	6	30	21	11	0	8.82	44.12	30.88	16.18	0.00
蕭 紀	28	1	11	15	1	0	3.57	39.29	53.57	3.57	0.00

【表十三】

	總句數	古句數	律句數	拗句數	代用句	孤平	古句比例	律句比例	拗句比例	代用比例	孤平比例
蕭 綱	1536	127	662	616	116	10	8.27	43.10	40.10	7.55	0.65
庾肩吾	724	40	280	360	43	1	5.52	38.67	49.72	5.94	0.14
王 筠	390	49	159	121	58	2	12.56	40.77	31.03	14.87	0.51
褚 澐	18	3	6	7	2	0	16.67	33.33	38.89	11.11	0.00
鮑 至	26	1	14	11	0	0	3.85	53.85	42.31	0.00	0.00
鮑 泉	80	8	35	31	5	1	10.00	43.75	38.75	6.25	1.25
蕭 綸	40	2	20	16	2	0	5.00	50.00	40.00	5.00	0.00
徐 怦	4	1	1	1	1	0	25.00	25.00	25.00	25.00	0.00
蕭 繹	752	51	324	327	46	3	6.78	43.09	43.48	6.12	0.40
蕭正德	4	1	2	1	0	0	25.00	50.00	25.00	0.00	0.00
劉孝勝	18	2	7	4	5	0	11.11	38.89	22.22	27.78	0.00
劉孝先	56	3	23	25	5	0	5.36	41.07	44.64	8.93	0.00
徐君蒨	16	3	3	10	0	0	18.75	18.75	62.50	0.00	0.00
徐 防	12	1	4	7	0	0	8.33	33.33	58.33	0.00	0.00
徐 朏	6	1	1	4	0	0	16.67	16.67	66.67	0.00	0.00
蕭 曄	10	1	4	5	0	0	10.00	40.00	50.00	0.00	0.00
荀 濟	118	23	37	39	17	2	19.49	31.36	33.05	14.41	1.69
江 洪	88	13	41	24	9	1	14.77	46.59	27.27	10.23	1.14
江 祿	8	1	4	3	0	0	12.50	50.00	37.50	0.00	0.00
孔 燾	22	4	8	9	1	0	18.18	36.36	40.91	4.55	0.00
何子朗	24	2	13	7	2	0	8.33	54.17	29.17	8.33	0.00
沈 旋	8	0	5	3	0	0	0.00	62.50	37.50	0.00	0.00
沈 趍	16	2	3	7	3	1	12.50	18.75	43.75	18.75	6.25
費 昶	90	3	39	38	10	0	3.33	43.33	42.22	11.11	0.00

【表十四】

	總句數	古句數	律句數	拗句數	代用句	孤平	古句比例	律句比例	拗句比例	代用比例	孤平比例
王臺卿	102	8	33	48	12	1	7.84	32.35	47.06	11.76	0.98
王囧	18	4	4	9	1	0	22.22	22.22	50.00	5.56	0.00
朱超	134	10	61	53	10	0	7.46	45.52	39.55	7.46	0.00
載暠	4	0	1	3	0	0	0.00	25.00	75.00	0.00	0.00
庾丹	20	2	8	6	3	1	10.00	40.00	30.00	15.00	5.00
謝瑱	8	2	2	4	0	0	25.00	25.00	50.00	0.00	0.00
鄧鏗	24	1	14	8	1	0	4.17	58.33	33.33	4.17	0.00
蕭察	68	5	33	25	4	0	7.35	48.53	36.76	5.88	0.00
聞人倩	10	1	3	5	1	0	10.00	30.00	50.00	10.00	0.00
沈君攸	34	2	16	15	1	0	5.88	47.06	44.12	2.94	0.00
施榮泰	14	4	5	3	1	1	28.57	35.71	21.43	7.14	7.14
姚翻	20	2	9	8	1	0	10.00	45.00	40.00	5.00	0.00
李鏡遠	20	1	9	7	2	1	5.00	45.00	35.00	10.00	5.00
鮑子卿	20	7	4	5	3	1	35.00	20.00	25.00	15.00	5.00
王樞	26	1	12	10	3	0	3.85	46.15	38.46	11.54	0.00
湯僧濟	12	2	5	4	0	1	16.67	41.67	33.33	0.00	8.33
顧煊	8	0	3	3	2	0	0.00	37.50	37.50	25.00	0.00
王脩己	8	1	5	2	0	0	12.50	62.50	25.00	0.00	0.00
王孝禮	8	1	5	1	0	1	12.50	62.50	12.50	0.00	12.50
范筠	12	3	5	3	1	0	25.00	41.67	25.00	8.33	0.00
甄固	6	0	3	2	1	0	0.00	50.00	33.33	16.67	0.00
王環	4	0	2	2	0	0	0.00	50.00	50.00	0.00	0.00

【表十五】

	總句數	古句數	律句數	拗句數	代用句	孤平	古句比例	律句比例	拗句比例	代用比例	孤平比例
江伯瑤	4	1	2	1	0	0	25.00	50.00	25.00	0.00	0.00
劉 泓	4	1	1	2	0	0	25.00	25.00	50.00	0.00	0.00
王 湜	4	0	2	2	0	0	0.00	50.00	50.00	0.00	0.00
李孝勝	4	0	3	1	0	0	0.00	75.00	25.00	0.00	0.00
談士雲	4	0	2	2	0	0	0.00	50.00	50.00	0.00	0.00
張 騫	4	2	2	0	0	0	50.00	50.00	0.00	0.00	0.00
劉 憺	4	0	1	3	0	0	0.00	25.00	75.00	0.00	0.00
賀文標	4	0	2	1	1	0	0.00	50.00	25.00	25.00	0.00
蕭若靜	4	0	2	2	0	0	0.00	50.00	50.00	0.00	0.00
蕭 欣	4	1	3	0	0	0	25.00	75.00	0.00	0.00	0.00
王 氏	8	1	5	2	0	0	12.50	62.50	25.00	0.00	0.00
劉 氏	4	0	1	2	0	0	0.00	25.00	50.00	0.00	0.00
劉令嫻	54	6	20	22	6	0	11.11	37.04	40.74	11.11	0.00
沈滿願	40	4	15	20	1	0	10.00	37.50	50.00	2.50	0.00
釋寶誌	14	3	6	5	0	0	21.43	42.86	35.71	0.00	0.00
釋智藏	30	8	11	10	1	0	26.67	36.67	33.33	3.33	0.00
釋惠令	8	1	5	2	0	0	12.50	62.50	25.00	0.00	0.00
惠慕道士	8	0	1	7	0	0	0.00	12.50	87.50	0.00	0.00
僧正惠	12	0	8	4	0	0	0.00	66.67	33.33	0.00	0.00
桓法闉	10	0	5	5	0	0	0.00	50.00	50.00	0.00	0.00
周子良	52	17	20	13	1	0	32.69	38.46	25.00	1.92	0.00
吳興妖神	4	1	1	1	1	0	25.00	25.00	25.00	25.00	0.00
韓延之	14	9	1	3	0	1	64.29	7.14	21.43	0.00	7.14

【表十六】

	總句數	古句數	律句數	拗句數	代用句	孤平	古句比例	律句比例	拗句比例	代用比例	孤平比例
游　雅	4	1	1	2	0	0	25.00	25.00	50.00	0.00	0.00
劉　昶	4	2	1	0	1	0	50.00	25.00	0.00	25.00	0.00
李　謐	10	2	6	2	0	0	20.00	60.00	20.00	0.00	0.00
鄭道昭	100	30	25	18	6	0	30.00	25.00	18.00	6.00	0.00
元子攸	10	3	4	3	0	0	30.00	40.00	30.00	0.00	0.00
元　恭	6	1	4	1	0	0	16.67	66.67	16.67	0.00	0.00
崔　鴻	8	0	4	4	0	0	0.00	50.00	50.00	0.00	0.00
馮元興	4	1	1	1	1	0	25.00	25.00	25.00	25.00	0.00
董　紹	4	0	2	1	0	1	0.00	50.00	25.00	0.00	25.00
盧元明	4	1	1	2	0	0	25.00	25.00	50.00	0.00	0.00
李　騫	24	0	12	10	2	0	0.00	50.00	41.67	8.33	0.00
鹿　悆	8	2	5	0	1	0	25.00	62.50	0.00	12.50	0.00
李　諧	4	0	3	1	0	0	0.00	75.00	25.00	0.00	0.00
常　景	32	10	11	10	1	0	31.25	34.38	31.25	3.13	0.00
褚　緭	4	1	2	1	0	0	25.00	50.00	25.00	0.00	0.00
溫子昇	40	5	13	11	11	0	12.50	32.50	27.50	27.50	0.00
胡　叟	8	3	4	1	0	0	37.50	50.00	12.50	0.00	0.00
元暉業	4	1	2	1	0	0	25.00	50.00	25.00	0.00	0.00
元　熙	8	2	2	2	2	0	25.00	25.00	25.00	25.00	0.00
王　容	8	0	3	4	1	0	0.00	37.50	50.00	12.50	0.00
王　德	8	0	6	1	1	0	0.00	75.00	12.50	12.50	0.00
周　南	8	3	2	1	2	0	37.50	25.00	12.50	25.00	0.00
謝　氏	4	2	1	0	0	1	50.00	25.00	0.00	0.00	25.00

【表十七】

	總句數	古句數	律句數	拗句數	代用句	孤平	古句比例	律句比例	拗句比例	代用比例	孤平比例
陳留長公主	4	0	2	2	0	0	0.00	50.00	50.00	0.00	0.00
斛律豐樂	4	4	0	0	0	0	100.00	0.00	0.00	0.00	0.00
高昂	4	2	0	1	1	0	50.00	0.00	25.00	25.00	0.00
蕭祗	12	1	4	7	0	0	8.33	33.33	58.33	0.00	0.00
蕭放	14	2	5	6	0	1	14.29	35.71	42.86	0.00	7.14
盧詢祖	8	0	5	3	0	0	0.00	62.50	37.50	0.00	0.00
裴讓之	32	1	14	14	3	0	3.13	43.75	43.75	9.38	0.00
裴訥之	12	0	5	5	2	0	0.00	41.67	41.67	16.67	0.00
邢邵	92	15	39	33	5	0	16.30	42.39	35.87	5.43	0.00
鄭公超	8	0	7	1	0	0	0.00	87.50	12.50	0.00	0.00
楊訓	10	0	5	5	0	0	0.00	50.00	50.00	0.00	0.00
袁奭	8	0	4	3	1	0	0.00	50.00	37.50	12.50	0.00
魏收	74	3	33	33	4	1	4.05	44.59	44.59	5.41	1.35
劉逖	28	0	16	11	1	0	0.00	57.14	39.29	3.57	0.00
祖珽	24	3	11	7	3	0	12.50	45.83	29.17	12.50	0.00
高延宗	10	0	5	5	0	0	0.00	50.00	50.00	0.00	0.00
蕭慤	140	7	69	53	11	0	5.00	49.29	37.86	7.86	0.00
馬元熙	8	0	2	6	0	0	0.00	25.00	75.00	0.00	0.00
陽休之	22	1	6	12	3	0	4.55	27.27	54.55	13.64	0.00
顏之推	52	8	21	20	3	0	15.38	40.38	38.46	5.77	0.00
趙儒宗	8	1	6	1	0	0	12.50	75.00	12.50	0.00	0.00
馮淑妃	4	1	2	1	0	0	25.00	50.00	25.00	0.00	0.00
宇文毓	26	2	16	8	0	0	7.69	61.54	30.77	0.00	0.00

【表十八】

	總句數	古句數	律句數	拗句數	代用句	孤平	古句比例	律句比例	拗句比例	代用比例	孤平比例
李　昶	34	1	14	14	5	0	2.94	41.18	41.18	14.71	0.00
高　琳	4	1	2	1	0	0	25.00	50.00	25.00	0.00	0.00
宗　懍	30	3	13	12	2	0	10.00	43.33	40.00	6.67	0.00
宗　羈	10	0	4	5	1	0	0.00	40.00	50.00	10.00	0.00
蕭　撝	26	1	10	13	2	0	3.85	38.46	50.00	7.69	0.00
王　褒	298	20	140	118	20	0	6.71	46.98	39.60	6.71	0.00
宇文逌	10	2	3	5	0	0	20.00	30.00	50.00	0.00	0.00
庾　信	2346	134	1080	1015	96	15	5.71	46.04	43.27	4.09	0.64
孟　康	8	0	1	7	0	0	0.00	12.50	87.50	0.00	0.00
釋亡名	52	4	29	16	3	0	7.69	55.77	30.77	5.77	0.00
無　名法　師	12	0	6	6	0	0	0.00	50.00	50.00	0.00	0.00
無名氏	324	140	102	54	19	8	43.21	31.48	16.67	5.86	2.47
沈　烱	192	14	78	90	9	1	7.29	40.63	46.88	4.69	0.52
陰　鏗	284	17	146	111	7	3	5.99	51.41	39.08	2.46	1.06
陸才山	4	1	2	1	0	0	25.00	50.00	25.00	0.00	0.00
周弘正	94	7	44	33	10	0	7.45	46.81	35.11	10.64	0.00
周弘讓	34	4	8	17	5	0	11.76	23.53	50.00	14.71	0.00
周弘直	8	0	4	4	0	0	0.00	50.00	50.00	0.00	0.00
顧野王	16	3	6	3	4	0	18.75	37.50	18.75	25.00	0.00
徐伯陽	8	0	3	4	1	0	0.00	37.50	50.00	12.50	0.00
張正見	474	20	168	265	19	2	4.22	35.44	55.91	4.01	0.42
叔　寶	288	41	115	118	11	2	14.24	39.93	40.97	3.82	0.69
徐　陵	210	15	66	120	9	0	7.14	31.43	57.14	4.29	0.00

【表十九】

	總句數	古句數	律句數	拗句數	代用句	孤平	古句比例	律句比例	拗句比例	代用比例	孤平比例
孔奐	8	0	6	2	0	0	0.00	75.00	25.00	0.00	0.00
孔魚	12	3	5	4	0	0	25.00	41.67	33.33	0.00	0.00
陸瓊	6	0	2	3	1	0	0.00	33.33	50.00	16.67	0.00
陳昭	10	0	7	2	1	0	0.00	70.00	20.00	10.00	0.00
祖孫登	64	4	30	28	2	0	6.25	46.88	43.75	3.13	0.00
劉刪	74	8	28	35	3	0	10.81	37.84	47.30	4.05	0.00
褚玠	8	0	4	3	1	0	0.00	50.00	37.50	12.50	0.00
謝燮	4	0	3	1	0	0	0.00	75.00	25.00	0.00	0.00
蕭詮	24	1	11	12	0	0	4.17	45.83	50.00	0.00	0.00
賀徹	16	0	5	9	1	1	0.00	31.25	56.25	6.25	6.25
賀循	8	0	4	4	0	0	0.00	50.00	50.00	0.00	0.00
李爽	6	0	4	2	0	0	0.00	66.67	33.33	0.00	0.00
何胥	34	3	21	8	2	0	8.82	61.76	23.53	5.88	0.00
陽縉	8	0	2	6	0	0	0.00	25.00	75.00	0.00	0.00
陽慎	18	4	11	3	0	0	22.22	61.11	16.67	0.00	0.00
蔡凝	8	0	3	5	0	0	0.00	37.50	62.50	0.00	0.00
阮卓	24	3	12	9	0	0	12.50	50.00	37.50	0.00	0.00
徐孝克	24	3	10	9	2	0	12.50	41.67	37.50	8.33	0.00
潘徽	20	0	8	12	0	0	0.00	40.00	60.00	0.00	0.00
韋鼎	4	0	2	2	0	0	0.00	50.00	50.00	0.00	0.00
徐德言	4	0	3	1	0	0	0.00	75.00	25.00	0.00	0.00
樂昌公主	4	0	3	1	0	0	0.00	75.00	25.00	0.00	0.00
江總	650	59	275	286	27	3	9.08	42.31	44.00	4.15	0.46

【表二十】

	總句數	古句數	律句數	拗句數	代用句	孤平	古句比例	律句比例	拗句比例	代用比例	孤平比例
何處士	32	2	14	15	1	0	6.25	43.75	46.88	3.13	0.00
蘇子卿	8	2	2	4	0	0	25.00	25.00	50.00	0.00	0.00
賀力牧	20	1	7	9	3	0	5.00	35.00	45.00	15.00	0.00
伏知道	36	4	17	13	2	0	11.11	47.22	36.11	5.56	0.00
蕭　有	10	0	2	8	0	0	0.00	20.00	80.00	0.00	0.00
徐　湛	8	0	5	2	1	0	0.00	62.50	25.00	12.50	0.00
吳尚野	8	1	5	2	0	0	12.50	62.50	25.00	0.00	0.00
吳思玄	8	1	4	3	0	0	12.50	50.00	37.50	0.00	0.00
何曼才	4	0	2	2	0	0	0.00	50.00	50.00	0.00	0.00
許　倪	4	0	2	2	0	0	0.00	50.00	50.00	0.00	0.00
蕭　驎	4	0	1	3	0	0	0.00	25.00	75.00	0.00	0.00
蕭　琳	4	0	1	3	0	0	0.00	25.00	75.00	0.00	0.00
孔　範	12	1	6	5	0	0	8.33	50.00	41.67	0.00	0.00
陳少女	4	1	2	1	0	0	25.00	50.00	25.00	0.00	0.00
釋惠標	60	3	20	31	6	0	5.00	33.33	51.67	10.00	0.00
曇　瑗	10	1	6	2	1	0	10.00	60.00	20.00	10.00	0.00
釋洪偃	36	2	23	9	2	0	5.56	63.89	25.00	5.56	0.00
釋智愷	10	0	6	4	0	0	0.00	60.00	40.00	0.00	0.00
高麗定法師	8	0	2	6	0	0	0.00	25.00	75.00	0.00	0.00
盧思道	158	16	59	62	21	0	10.13	37.34	39.24	13.29	0.00
孫萬壽	206	18	98	74	15	1	8.74	47.57	35.92	7.28	0.49
李德林	68	4	33	28	3	0	5.88	48.53	41.18	4.41	0.00
明餘慶	4	0	3	1	0	0	0.00	75.00	25.00	0.00	0.00

【表二一】

	總句數	古句數	律句數	拗句數	代用句	孤平	古句比例	律句比例	拗句比例	代用比例	孤平比例
魏澹	36	1	14	20	1	0	2.78	38.89	55.56	2.78	0.00
辛德源	12	1	2	8	1	0	8.33	16.67	66.67	8.33	0.00
李孝貞	56	2	23	26	4	1	3.57	41.07	46.43	7.14	1.79
元行恭	24	0	15	6	3	0	0.00	62.50	25.00	12.50	0.00
劉臻	10	0	5	5	0	0	0.00	50.00	50.00	0.00	0.00
何妥	38	3	13	19	3	0	7.89	34.21	50.00	7.89	0.00
尹式	24	1	12	10	1	0	4.17	50.00	41.67	4.17	0.00
楊廣	240	29	104	83	22	2	12.08	43.33	34.58	9.17	0.83
姚察	30	1	13	13	3	0	3.33	43.33	43.33	10.00	0.00
楊素	222	26	96	69	27	4	11.71	43.24	31.08	12.16	1.80
賀若弼	4	0	1	2	1	0	0.00	25.00	50.00	25.00	0.00
薛道衡	214	16	95	93	9	1	7.48	44.39	43.46	4.21	0.47
柳䚮	34	3	15	14	2	0	8.82	44.12	41.18	5.88	0.00
牛弘	8	1	1	5	1	0	12.50	12.50	62.50	12.50	0.00
蕭琮	14	0	6	5	3	0	0.00	42.86	35.71	21.43	0.00
袁慶	16	0	7	9	0	0	0.00	43.75	56.25	0.00	0.00
王眘	16	0	8	7	1	0	0.00	50.00	43.75	6.25	0.00
徐儀	40	3	17	11	5	1	7.50	42.50	27.50	12.50	2.50
岑德潤	28	0	13	13	2	0	0.00	46.43	46.43	7.14	0.00
崔仲方	20	3	8	8	1	0	15.00	40.00	40.00	5.00	0.00
于仲文	26	2	14	10	0	0	7.69	53.85	38.46	0.00	0.00
王胄	180	15	72	81	12	0	8.33	40.00	45.00	6.67	0.00
諸葛穎	48	4	20	20	4	0	8.33	41.67	41.67	8.33	0.00

【表二二】

	總句數	古句數	律句數	拗句數	代用句	孤平	古句比例	律句比例	拗句比例	代用比例	孤平比例
虞　綽	20	7	2	5	6	0	35.00	10.00	25.00	30.00	0.00
許善心	54	6	21	24	3	0	11.11	38.89	44.44	5.56	0.00
庾自直	12	2	5	5	0	0	16.67	41.67	41.67	0.00	0.00
李　密	18	4	6	6	1	1	22.22	33.33	33.33	5.56	5.56
虞世基	182	11	72	81	18	0	6.04	39.56	44.51	9.89	0.00
杜公瞻	8	0	4	4	0	0	0.00	50.00	50.00	0.00	0.00
王　衡	12	1	6	4	1	0	8.33	50.00	33.33	8.33	0.00
薛德音	8	0	5	3	0	0	0.00	62.50	37.50	0.00	0.00
虞世南	70	3	22	37	8	0	4.29	31.43	52.86	11.43	0.00
蔡允恭	8	0	3	5	0	0	0.00	37.50	62.50	0.00	0.00
孔德紹	114	6	63	40	5	0	5.26	55.26	35.09	4.39	0.00
劉　斌	50	1	21	21	7	0	2.00	42.00	42.00	14.00	0.00
李巨仁	16	0	7	8	1	0	0.00	43.75	50.00	6.25	0.00
弘執恭	20	1	11	8	0	0	5.00	55.00	40.00	0.00	0.00
卞　斌	12	1	6	5	0	0	8.33	50.00	41.67	0.00	0.00
王由禮	24	0	11	13	0	0	0.00	45.83	54.17	0.00	0.00
魯　范	4	0	2	1	1	0	0.00	50.00	25.00	25.00	0.00
胡師耽	22	8	13	1	0	0	36.36	59.09	4.55	0.00	0.00
陳　政	24	5	6	7	5	1	20.83	25.00	29.17	20.83	4.17
周若水	16	2	7	6	1	0	12.50	43.75	37.50	6.25	0.00
薛　昉	10	1	1	7	1	0	10.00	10.00	70.00	10.00	0.00
劉　瑞	10	0	6	4	0	0	0.00	60.00	40.00	0.00	0.00
段君彥	12	0	6	6	0	0	0.00	50.00	50.00	0.00	0.00

【表二三】

	總句數	古句數	律句數	拗句數	代用句	孤平	古句比例	律句比例	拗句比例	代用比例	孤平比例
張文恭	12	0	6	4	2	0	0.00	50.00	33.33	16.67	0.00
呂　讓	8	0	3	5	0	0	0.00	37.50	62.50	0.00	0.00
沈君道	8	0	3	5	0	0	0.00	37.50	62.50	0.00	0.00
魯　本	4	0	2	1	1	0	0.00	50.00	25.00	25.00	0.00
劉夢予	4	0	3	1	0	0	0.00	75.00	25.00	0.00	0.00
陸季覽	4	0	4	0	0	0	0.00	100.00	0.00	0.00	0.00
馬　敞	4	3	1	0	0	0	75.00	25.00	0.00	0.00	0.00
王　謨	4	0	2	2	0	0	0.00	50.00	50.00	0.00	0.00
乙支文德	4	2	2	0	0	0	50.00	50.00	0.00	0.00	0.00
大義公主	16	4	7	4	1	0	25.00	43.75	25.00	6.25	0.00
李月素	4	2	1	0	1	0	50.00	25.00	0.00	25.00	0.00
羅愛愛	4	0	3	1	0	0	0.00	75.00	25.00	0.00	0.00
秦玉鸞	4	0	2	2	0	0	0.00	50.00	50.00	0.00	0.00
蘇蟬翼	4	1	2	1	0	0	25.00	50.00	25.00	0.00	0.00
張碧蘭	4	1	1	1	1	0	25.00	25.00	25.00	25.00	0.00
侯夫人	20	1	5	12	1	0	5.00	25.00	60.00	5.00	0.00
僧法宣	16	0	9	5	2	0	0.00	56.25	31.25	12.50	0.00
釋慧淨	50	3	25	19	3	0	6.00	50.00	38.00	6.00	0.00
釋智炫	18	1	3	14	0	0	5.56	16.67	77.78	0.00	0.00
慧　曉	16	1	2	9	4	0	6.25	12.50	56.25	25.00	0.00
釋玄逵	16	2	7	7	0	0	12.50	43.75	43.75	0.00	0.00
釋靈裕	8	0	5	2	1	0	0.00	62.50	25.00	12.50	0.00
釋智命	4	1	3	0	0	0	25.00	75.00	0.00	0.00	0.00

【表二四】

	總句數	古句數	律句數	拗句數	代用句	孤平	古句比例	律句比例	拗句比例	代用比例	孤平比例
釋智才	4	0	2	1	1	0	0.00	50.00	25.00	25.00	0.00
曇　延	4	0	4	0	0	0	0.00	100.00	0.00	0.00	0.00
釋慧輪	4	0	2	2	0	0	0.00	50.00	50.00	0.00	0.00
無名釋	8	2	2	4	0	0	25.00	25.00	50.00	0.00	0.00

　　表一中，王粲到仙道爲魏代，[註43] 其句形的分配大體上是相當平均的，從古句、律句、拗句的比例來看，律句和拗句加起來，大約比古句稍多或相當，其中，律句又是拗句的兩倍或兩倍稍多。如王粲古句一二七、律句八九（佔總句數百分之三二‧三六）、拗句四一（佔總句數百分之一四‧九一），曹丕古句七一、律句六六、拗句二七，曹植古句二〇六、律句一七九（佔總句數三六‧三八）、拗句八二（佔總句數百分之一六‧六七），嵇康古句一一八、律句八三（佔總句數百分之三一‧九二）、拗句四五（佔總句數百分之一七‧三一）。其中阮籍的古句三六四、律句三三二、拗句一八六，分布情形較爲特殊，與晉代的情形一併討論。

　　魏代的古句、律句、拗句分布現象，說明了律句的句形在實際作品中的應用頻率相當高，換言之，律句平仄聲調的安排，使得詩句「比較」好聽，魏代雖沒有任何理論說明之，但作品中便不自覺的呈現了這一點。

　　表一嵇喜至表七的許翽以爲晉代，從文學史上較重要的詩人作品來看，陸機、左思、郭璞、陶淵明、支遁五家詩的特點在於律句和古句的數量幾乎相等，各約百分之三十五，而拗句則爲律句的三分之一

────────

〔註43〕時代的分期依《先秦漢魏晉南北朝詩》之分期。

至三分之二，約在百分之二十。分別是陸機古句二一一、律句二一三、拗句一〇五；左思古句九〇、律句九二、拗句二八；郭璞古句六八、律句八一、拗句二九；陶淵明古句六三九、律句六〇一、拗句二七一；支遁古句一三一、律句一二九、拗句八六。

在這一個時期，相當明顯的，詩人對律句的使用頻率較魏代稍高，但就百分比來看，並沒有多出太多。因此，在這一個時期，對於詩句平仄的安排，大體上仍與魏代相當，對古、律、拗句的運用，並沒有刻意去專用某一種句形，可以說仍是一種自然的音韻，但在非刻意的運用下，律句的使用開始有增加的趨勢。

表七的王叔之至張公庭為宋代，文學史中較重要的詩人有謝靈運、謝惠連、顏延之、鮑照。謝靈運古句五一四、律句四三二、拗句二〇九（律句、拗句共佔總句數百分之五一‧〇〇），謝惠連古句八四、律句八二、拗句五二（律句、拗句共佔總句數百分之五五‧三七），顏延之古句一二七、律句一四二、拗句五七、代用句二七（律句、拗句、代用句共佔總句數六三‧九〇），鮑照古句四七六、律句五八七、拗句三〇三、代用句一五二（律句、拗句、代用句共佔總句數百分之六七‧七一）。由是可知，謝靈運與謝惠連的古句、律句、拗句比例仍與晉代相彷，而顏延之與鮑照的句形分布中，則律句拗句的出現已有所增加。

以顏延之的句形分布來看，律句的數量開始超過古句，若連拗句和代用句一起計算，總數是古句的一點七倍。鮑照的情形更是明顯，不僅律句的數量超過古句，若將律句、拗句和代用句一併計算，則其數量是古句的兩倍以上。從時間上來看，顏延之卒於宋孝武帝二年，西元四五六年，較謝靈運卒於宋文帝元嘉十年，西元四三三年，約晚二十年，而鮑照卒於宋明帝泰始初年，西元四六六年，則較謝靈晚三十年。

由此當可推論，自顏、鮑起，文人作詩時，開始偏好某些句形，這些句形的特點是：在音律上較為和暢，雖然不能確知是不是刻意為之，但純就數量而論，前面所說的「好聽的」認知，應當可以說是從

顏、鮑開其源。

由表八蕭道成至表九的王常侍屬齊代，其中較有名的是王融與謝朓。這兩人沿續了顏延之鮑照的試驗，王融古句五四、律句一三〇、拗句七四、代用句三一（律句、拗句、代用句佔總句數百分之八〇·四八），後三者合起來數量是古句的三點八倍，至於謝朓古句二〇二、律句五六〇、拗句三七〇、代用句一七〇（律句、拗句、代用句佔總句數百分之八四·一〇），後三者加起來是古句的五點四倍。

從這兩人句形的數量分布來看，律句較之宋代末年又大有增加，謝朓在一〇一首詩的一三〇八句之中，可以用於近體的句形是古句的五點四倍。王融則是三點八倍，則齊代偏用律句、拗句、代用句的傾向，較宋代更爲明顯。

表九的蕭衍到表十五吳興神妖爲梁代。蕭衍、范雲、沈約、何遜、吳均、蕭綱、蕭繹等人所使用的句形，仍是偏向律句、拗句、代用句等合律之句，與古句的數量相較，也與謝朓相去不遠。其中，時代較晚的庾肩吾、蕭繹合律之句與古句相較，更高達十七和十三倍。唯江淹的古律之比，較近於晉代的情形，其中原因，或爲個人因素則不可知。

就庾肩吾的情形而言，古句佔總句數百分之五·五二，律句、拗句、代用句佔總句數百分之九四·三三；蕭繹的古句佔總句數百分之六·七九，律句、拗句、代用句佔總句數百分之九二·八一。可知合律之句在在他們的作品裏已佔有百分之九十以上了。由此觀之，詩歌的「律化」傾向，至梁代可以說是非常明確了。不論是否刻意或是自覺，文人作詩之時，選擇較好聽的句形組合，大約已成爲了一個習慣。

表十五韓延之到表十七陳留長公主爲北魏、表十七斛律豐樂到馮淑妃爲北齊、表十七宇文毓至無名法師爲北周。在這三個朝代中最值得注意的是北周的庾信。庾信共有二三五首詩，古句一三四、律句一〇八〇、拗句一〇一五、代用句九六，不僅合律之句佔全部詩句的百分之九十三以上，也是古句的十六倍、而且拗句的數量與律句相當。由此應可推論，庾信之時，合律之句，具有「一簡之內，音韻盡殊」

的變化，全句的聲調因而有所起伏轉折，而爲文人所愛用。

　　表十八沈炯至表十八高麗定法師爲陳代，以下則全屬隋朝。由陳代的陰鏗、徐陵、江總三人的詩句中，古句所佔的比例皆不到百分之十。這也就是說，使用律句來作詩，已經不再是刻意爲之，而是自然而然的運用了。

　　涂淑敏《初盛唐五言近體詩聲律研究》〔註44〕一文中從《全唐詩》中選擇四千一百五十三首，〔註45〕分絕句五百三十二首〔註46〕、律詩二千六百一十六首〔註47〕、排律八百四十首，〔註48〕對其古句、律句、拗句加以統計，其結果始下：〔註49〕

	古　句	律　句	拗　句
絕　句	六・二〇	四四・六九	四九・一一
律　詩	二・二二	五一・八九	四五・八九
排　律	二・七五	五二・〇六	四五・一九

　　如果將唐人絕句、律詩、排律中的古句、律句、拗句的統計結果和庾信的百分之六點三六〔註50〕、四六點一五、四七點三五〔註51〕相較，兩者幾乎沒有差別。這個結果所呈現的意義即是：梁代以後的詩人在寫詩之時，使用句形的習慣，實際上已經沒有太大的差別了；亦即就單句而言，古詩的律化並不是到唐代方始完成，早在晉宋之時便已開始發展，同時，更早在梁代便已完成。

　　再者本節亦附帶討論一下孤平句。所謂「孤平句」的定義，依李

〔註44〕涂淑敏《初盛唐五言近體詩聲律研究》，民國八十一年。東海大學碩士論文。
〔註45〕同註44，頁4。
〔註46〕同註44，頁48。
〔註47〕同註44，頁82。
〔註48〕同註44，頁117。
〔註49〕同註44，本文僅引其對平韻詩的統計結果，頁147。
〔註50〕此數不同於表十八，是加入孤平句所致。
〔註51〕同註45，代用句加入拗句一併計算。

立信老師的看法，第一，必須是律句；第二，句腳必須是平聲；第三，
句中不可有兩兩相連的「平平」出現。〔註52〕

　　孤平的理論，最早見於清代王士禎的《律詩定體》〈五言仄起不
入韻〉條下：〔註53〕

　　五律，凡雙句二四應平仄者，第一字必用平，斷不可雜以
　　仄聲，以平平止有二字相連，不可令單也。〔註54〕

此指「平平仄仄平」的句形中的第一個字，不可以換成仄聲，否則便
成了「仄平仄仄平」，也就是孤平句。

　　至目前為止，從全唐詩的律詩、絕句中，只發現了十六個孤平的
例子，〔註55〕可見唐人不用孤平句，不是一個偶然的現象。再者，在
這六個例子中的作者是李白、杜甫、高適、李頎，都屬中唐以後的人，
而在初唐盛唐的律絕中，找不到孤平的例子，這個現象說明了從近體
詩的確立開始，即避免孤平句。換一個角度來看，這也就是說在魏晉
以降的近體詩醞釀時期，文人便已開始形成這種避孤平的習慣。為了
觀察這個習慣是從何時形成的，因此從附錄甲中，過濾出了魏晉至隋
的古詩中，所出現的孤平句〔註56〕數及其比例，列於附錄乙中。

　　從前面討論對律句的使用情形來看，文人偏好律句始於顏延之、

〔註52〕李立信老師〈論近體律絕『犯孤平』說〉（收於《古典文學》第五集，
　　　　臺北，學生書局），頁117。
〔註53〕同註52。頁114。
〔註54〕清・王士禎《律詩定體》（見丁福保《清詩話》，臺北，木鐸出版社），
　　　　頁113。
〔註55〕在李立信老師〈論近體律絕『犯孤平』說〉中引六例為：李白〈南陽
　　　　送客〉，杜甫〈寄贈王將軍承俊〉、〈翫月呈漢中王〉、〈賈山人隱居〉，
　　　　高適〈淇上送韋司倉往滑台〉，李頎〈野老曝背〉，（見〔註52〕，頁
　　　　118）。又涂淑敏《初盛唐五言近體詩聲律研究》則透過統計再發現十
　　　　例：李白〈秋浦歌之四〉、〈秋浦歌之八〉、〈秋浦歌十三〉、〈口號〉，岑
　　　　參〈寄韓樽〉（以上絕句，見〔註44〕，頁63），，韋應物〈戲示青山
　　　　郎〉，孟浩然〈遊精思觀回〉，李白〈平虜將軍妻〉，岑參〈虢州西亭陪
　　　　端公宴集〉，劉長卿〈送友人西上〉（以上律詩，見〔註44〕，頁98）
〔註56〕本表中，只有每個詩人的詩總數、詩句總數以及孤平句數，詳細的
　　　　孤平資料，見附錄乙。頁1。

鮑照，但在孤平的使用上，顏鮑二人孤平句出現頻率仍是相當高的，很明顯的在文人偏好律句之初，並沒有注意到孤平句。但到了表八中的謝朓以下，則孤平出現的頻率明顯的降低了。從前面古句、律句、拗句統計來看，謝朓以前的重要文人，孤平句的出現比例大多在全部詩句的百分之一點五上下，而謝朓以後，孤平句的比例則降至百分之一以下，由此或可推論：在文人偏好律句之初，並沒有刻意去避孤平，避孤平的習慣，大約自齊謝朓以後，方逐漸形成。

第三節　律　聯

　　雖然近體詩是以「律句」為基本，然而單有律句，未必能組合成一首詩；結合律句而成一首詩，還必須加入第三章所討論的粘對。「對」指的是一聯之中兩句的關係，而「粘」則是兩聯之間的關係。此外，還有一個必須注意的原因：就對仗而言，不論是古對或者是律對，〔註57〕甚至不論是散文或韻文，談到對仗時，所討論的便是一聯，絕對沒有就單句來討論對仗的。因此，在討論近體詩聲律的結構之時，除了律句之外，聯也是不可不看。

　　就近體詩中的律聯而言，必須具備以下幾個條件：

　　（1）出句、對句都必須是律句。（本節中「律句」一詞包含律句、拗句、代用句三者言之）

　　（2）出句、對句第二、四字的平仄相反。

　　（3）對句的末字為韻腳所在，若為平聲韻，則出句的末字為仄聲；若為仄聲韻，則出句的末字為平聲。

　　依此看來，所有的近體詩似乎應該是由律聯所組成，但實際上卻並非如此。因為在一首近體詩中，有時第一句也入韻，這種情形稱之為「首句入韻」，若該詩首句入韻，則出句、對句末字都是平聲字，這就不能成為律聯，但出句仍是律句。所以在近體詩中，凡是首句入

〔註57〕說詳第六章第二節。

韻的詩，它的首聯都不是律聯。

　　再者，若加入文字的意義來看，嚴格的對仗是要求每個字皆須平仄相對，但在近體詩中，只要兩句中的第二字、第四字、第五字平仄相對，即可視爲對仗。這樣的對仗標準，實際上就和律聯沒有什麼不同。因此觀察律聯的形成，也可以說是觀察對仗中聲對的形成。〔註58〕

　　首先，必須先說明觀察律聯出現的情形，是以百分比來表示，這些百分比所代表的意義，則必須從機率的角度來瞭解。假設一個詩人有一半的詩句爲律句，如果每一個律句都和另一個律句結合形成律聯，那麼其作品全部的聯中，將有一半的聯爲律聯；如果每一個律句都不是和律句結合成一聯，那麼其作品中，將完全沒有律聯。因此，一個詩人要出現最多律聯的可能，就是律句的百分比，反過來要出現最少的律聯，計算方式則爲律句的百分比減去非律句的百分比。

　　其次，以標準律句的句形來考慮出現律句的機會，任何一個標準律句和其他標準律句放在一起，並不一定都是律聯。以「平平仄仄平」來看，這個句形只有和「仄仄平平仄」、「仄仄仄平平」兩個句形在一起才會形成律聯，若和「平平平仄仄」「平平仄仄平」兩個句形放在一起，則無法成爲律聯。因此，這四個基本句形的組合之中只有二分之一的機率是律聯。

　　接下來再把這兩個統計的方式合在一起來考慮，則可以得到這樣的結果：律聯出現的最多或最少的百分比，若加入律句句形的可能組合來計算時，還必須乘以二分之一。舉例來說，如果一個詩人的律句佔其全部詩句的百分之六十，那麼這個詩人律聯出現最多的百分比，爲百分之六十乘以二分之一，也就是百分之三十。而出現最少的百分比，爲百分之六十減百分之四十，再乘以二分之一，也就是百分之十。百分之三十到百分之十，稱之爲期望值。

─────────────

〔註58〕同註57。

　　當然這個數值的計算前提為完全隨機的組合，也就是說將律句與非律句任意兩個兩個的排在一起，出現律聯可能性的最多最少的比例，應該在期望值的範圍之內。如果律聯出現的百分比值在期望值之外，其意義就是這些律聯必然是經過刻意安排的。

　　以下便是從附錄甲中過濾出來的各作者的律聯數量統計，其中，代用句「平平仄平仄」視同「平平平仄仄」來計算。

人　名	詩總數	總句數	平韻	仄韻
王　粲	17	276	13	1
陳　琳	7	50	5	0
劉　楨	20	202	5	1
徐　幹	9	102	13	2
阮　瑀	10	90	6	0
應　瑒	5	70	4	0
繁　欽	4	32	2	0
曹　丕	14	172	14	1
吳　質	1	16	1	0
麋　元	1	4	0	0
杜　摯	2	26	0	1
曹　植	40	492	25	4
曹　彪	1	4	0	0
何　晏	2	16	0	0
應　璩	25	174	7	2
毋丘儉	1	24	2	0
郭遐周	3	56	2	0
阮　侃	2	68	6	0
嵇　康	12	260	12	2
阮　籍	82	938	46	11
仙　道	1	8	2	0
嵇　喜	3	30	1	1
程　咸	1	4	0	0
劉　伶	1	14	0	0
傅　玄	18	126	6	2
程　曉	1	20	0	0
應　亨	1	8	0	0

人　名	詩總數	總句數	平韻	仄韻
裴　秀	1	4	0	0
成公綏	3	34	1	0
賈　充	1	12	0	0
薛　瑩	1	4	0	0
棗　據	6	64	4	1
荀　勗	1	4	0	0
孫　楚	2	24	0	0
傅　咸	4	44	1	0
郭泰機	1	12	1	0
張　華	27	274	32	2
周　處	1	4	1	0
曹　嘉	1	14	0	0
潘　岳	13	288	10	6
石　崇	2	30	1	0
歐陽建	1	34	2	0
何　劭	3	52	1	0
陸　機	50	568	23	11
陸　雲	7	82	4	1
嵇　紹	1	20	0	2
嵇　含	3	30	2	0
牽　秀	1	4	0	0
司馬彪	6	48	1	2
左　芬	1	12	1	0
左　思	13	220	9	2
張　翰	3	26	1	0
張　載	10	142	3	3
張　協	13	200	4	1

人　名	詩總數	總句數	平韻	仄韻
閭丘沖	1	6	0	0
曹攄	3	46	3	1
王讚	1	12	0	0
潘尼	17	174	6	1
棗腆	2	16	0	0
王浚	1	26	2	0
郭愔	2	8	0	0
劉琨	1	30	1	0
干寶	1	6	1	0
張亢	1	4	0	0
王鑒	1	26	1	0
李充	3	34	0	0
李顒	5	46	1	0
楊方	5	90	6	0
朱德才	1	4	0	0
郭璞	21	194	7	8
庾闡	13	96	6	3
江逌	3	22	1	1
盧諶	8	140	4	3
曹毗	8	58	1	1
張望	3	20	0	2
張翼	7	126	2	4
許詢	1	4	0	0
王羲之	2	56	1	0
孫綽	3	22	3	0
謝安	1	8	1	0
謝萬	1	8	0	0
孫統	1	8	0	0
孫嗣	1	4	1	0
郗曇	1	4	1	0
庾蘊	1	4	0	0
曹茂之	1	4	0	0
桓偉	1	8	0	1
袁嶠之	1	8	0	1
王玄之	1	4	0	0

人　名	詩總數	總句數	平韻	仄韻
王凝之	1	4	0	0
謝道韞	2	18	1	0
王肅之	1	4	0	0
王徽之	1	4	0	0
王渙之	1	4	0	0
王彬之	1	4	0	0
王蘊之	1	4	0	0
魏滂	1	8	1	0
虞說	1	4	0	0
謝繹	1	4	0	0
徐豐之	1	4	1	0
曹華	1	4	0	0
袁宏	4	30	1	1
王彪之	2	8	0	0
習鑿齒	2	8	0	0
趙整	2	8	1	0
袁山松	1	4	0	0
顧愷之	1	4	0	0
苻朗	1	12	0	1
桓玄	1	8	0	0
殷仲文	2	26	0	0
謝混	3	48	1	2
吳隱之	1	4	2	0
劉程之	1	16	2	0
王喬之	1	20	4	0
張野	1	12	0	0
湛方生	6	46	0	2
劉恢	1	4	1	0
陸沖	2	20	0	0
卞裕	2	8	1	0
王康琚	2	24	0	2
王氏	1	4	0	0
辛蕭	1	4	0	0
李氏	1	8	0	1
陶淵明	115	1620	74	26

人　名	詩總數	總句數	平韻	仄韻
康僧淵	2	50	2	0
支　遁	18	378	15	9
鳩羅摩什	1	8	0	0
釋慧遠	1	14	0	3
廬山諸道人	1	14	1	0
廬山諸沙彌	1	16	2	0
史　宗	1	8	1	0
帛道猷	1	10	1	0
竺僧度	1	14	1	0
楊茗華	1	18	0	1
葛　洪	4	66	3	0
羊　權	3	28	1	1
楊　羲	80	992	32	12
許　穆	1	8	0	0
許　翽	7	60	1	1
王叔之	1	6	0	0
卞伯玉	1	4	0	1
謝　瞻	10	140	7	2
劉義隆	4	70	3	1
宗　炳	2	14	0	1
傅　亮	2	28	1	1
謝　晦	2	8	1	0
謝世基	1	4	0	1
鄭鮮之	1	6	0	0
范　泰	4	30	2	2
謝靈運	82	1260	47	28
謝惠連	23	242	16	5
王　微	4	62	3	4
何長瑜	2	8	0	0
荀　雍	1	4	0	0
劉義慶	1	4	1	0
范　曄	2	34	2	1
范廣淵	1	8	0	0
孔法生	1	4	1	0

人　名	詩總數	總句數	平韻	仄韻
陸　凱	1	4	2	0
袁　淑	4	32	1	0
劉　鑠	9	106	6	7
劉　駿	16	136	11	5
顏延之	22	356	19	8
王僧達	4	52	8	0
湯惠之	1	8	0	0
庾徽之	1	4	0	2
沈慶之	1	6	0	0
劉義恭	5	38	0	1
謝　莊	12	120	9	1
鮑　照	110	1544	130	35
鮑令暉	5	40	2	1
王　素	1	10	1	0
吳邁遠	2	14	2	0
任　豫	2	18	0	1
袁伯文	2	12	2	0
湛茂之	1	12	0	0
王歆之	1	4	0	0
賀道慶	1	4	1	0
蕭　璟	1	14	0	0
張公庭	1	20	0	0
蕭道成	1	4	0	0
王　延	1	10	1	0
王　儉	5	26	8	0
王僧祐	1	4	0	0
顧　歡	1	12	0	1
蕭子良	4	26	1	6
蕭子隆	1	10	2	0
王　融	35	294	48	15
丘巨源	2	34	4	0
孔稚珪	2	12	0	1
張　融	1	4	0	0
謝　脁	101	1310	113	83
虞　炎	3	26	2	4

人　名	詩總數	總句數	平韻	仄韻
陸　厥	5	40	6	2
劉　繪	6	64	8	0
劉士溫	1	8	2	0
袁　象	2	14	0	3
虞通之	1	4	0	0
顧　恩	1	12	0	0
鍾　憲	1	10	4	0
許瑤之	3	12	2	0
石道慧	1	4	0	0
王秀之	1	20	0	3
江孝嗣	2	18	2	1
王常侍	1	8	2	0
蕭　衍	36	418	26	6
高　爽	5	34	1	1
范　雲	37	318	35	4
宗　夬	1	10	2	0
江　淹	101	1446	93	13
蕭　鈞	1	12	4	0
王　暕	2	20	2	2
曹景宗	1	4	0	0
任　昉	20	218	17	12
丘　遲	10	102	17	4
虞　羲	8	100	16	8
虞　騫	5	38	7	2
沈　約	116	1124	140	38
劉　霽	1	4	0	0
劉　苞	2	24	4	0
柳　鎮	1	4	1	0
柳　惲	16	138	21	8
何　遜	95	1210	180	39
何寘南	1	12	4	0
沈　繇	1	10	0	1
孫　擢	1	8	2	0
江　革	2	8	0	1
朱記室	1	10	4	0

人　名	詩總數	總句數	平韻	仄韻
王　訓	3	40	12	0
吳　均	104	910	116	39
周興嗣	3	24	1	0
劉　峻	3	50	0	4
王僧儒	35	334	36	20
徐　俳	3	46	13	0
周　捨	1	10	0	1
陸　倕	3	116	22	1
陸　罩	3	32	10	0
紀少瑜	5	36	9	1
張　率	3	24	3	0
傅　昭	1	8	1	0
裴子野	3	32	3	1
蕭　統	19	320	48	15
殷　芸	1	4	2	0
蕭　琛	4	38	3	2
蕭　巡	1	12	3	0
蕭　雉	1	8	3	0
何思澄	2	18	7	0
劉　遵	5	52	14	0
徐　勉	5	46	3	2
陶宏景	3	12	1	0
蕭子顯	4	38	8	0
蕭　瑱	1	8	4	0
劉孝綽	61	780	136	12
劉　緩	10	84	20	0
劉　孺	1	8	1	0
劉　顯	1	6	0	1
王　籍	1	8	3	0
劉之遴	1	12	0	1
到　溉	3	18	1	0
蕭　推	1	8	3	0
庾仲容	1	6	0	1
楊　皦	1	10	4	0
吳　孜	1	10	3	0

人　名	詩總數	總句數	平韻	仄韻
朱异	1	22	5	0
張纘	1	8	0	2
王偉	2	8	3	0
劉孝威	31	346	62	6
蕭子雲	6	54	4	3
蕭子暉	4	20	1	1
何敬容	1	4	2	0
伏挺	1	8	2	0
劉邈	2	16	5	0
徐摛	4	22	7	0
劉孝儀	11	96	25	3
蕭子範	8	68	12	5
蕭紀	5	28	9	0
蕭綱	176	1536	383	29
庾肩吾	76	724	228	6
王筠	42	390	62	17
褚澐	2	18	0	2
鮑至	2	26	9	0
鮑泉	9	80	13	1
蕭綸	7	40	13	1
徐怦	1	4	1	0
蕭繹	88	752	203	8
蕭正德	1	4	1	0
劉孝勝	2	18	2	2
劉孝先	6	56	13	0
徐君蒨	2	16	3	0
徐防	2	12	5	0
徐朏	1	6	1	0
蕭曄	1	10	1	0
荀濟	1	118	9	7
江洪	9	88	9	9
江祿	1	8	0	1
孔燾	2	22	4	0
何子朗	3	24	3	4
沈旋	1	8	0	1

人　名	詩總數	總句數	平韻	仄韻
沈趍	2	16	0	3
費昶	7	90	11	4
王臺卿	11	102	17	3
王囧	1	18	1	1
朱超	15	134	39	0
戴暠	1	4	2	0
庾丹	2	20	8	0
謝瑱	1	8	0	2
鄧鏗	3	24	6	0
蕭察	10	68	12	3
聞人倩	1	10	1	0
沈君攸	4	34	10	0
施榮泰	1	14	0	2
姚翻	4	20	6	0
李鏡遠	1	20	3	0
鮑子卿	2	20	1	0
王樞	3	26	5	0
湯僧濟	1	12	2	0
顧煊	1	8	4	0
王脩己	1	8	1	0
王孝禮	1	8	2	0
范筠	2	12	2	0
甄固	1	6	2	0
王環	1	4	2	0
江伯瑤	1	4	1	0
劉泓	1	4	1	0
王湜	1	4	0	0
李孝勝	1	4	2	0
談士雲	1	4	0	0
張騫	1	4	0	0
劉憺	1	4	1	0
賀文標	1	4	2	0
蕭若靜	1	4	2	0
蕭欣	1	4	1	0
王氏	2	8	1	0

人　　名	詩總數	總句數	平韻	仄韻
劉　氏	1	4	2	0
劉令嫻	7	54	10	3
沈滿願	5	40	10	0
釋寶誌	2	14	1	2
釋智藏	1	30	5	0
釋惠令	1	8	1	0
惠慕道士	1	8	2	0
僧正惠	2	12	4	0
桓法闓	1	10	3	0
周子良	6	52	3	0
吳興妖神	1	4	0	0
韓延之	1	14	0	0
游　雅	1	4	0	0
劉　昶	1	4	0	0
李　謐	1	10	1	0
鄭道昭	4	100	7	1
元子攸	1	10	0	0
元　恭	1	6	0	0
崔　鴻	1	8	3	0
馮元興	1	4	0	1
董　紹	1	4	1	0
盧元明	1	4	0	1
李　騫	1	24	8	0
鹿　悆	2	8	1	0
李　諧	1	4	2	0
常　景	4	32	2	4
褚　緭	1	4	0	0
溫子昇	4	40	2	3
胡　叟	1	8	0	0
元暉業	1	4	1	0
元　熙	2	8	0	0
王　容	1	8	0	2
王　德	1	8	4	0
周　南	1	8	0	0
謝　氏	1	4	0	0
陳留長	1	4	2	0

人　　名	詩總數	總句數	平韻	仄韻
公　主				
斛律豐樂	1	4	0	0
高　昂	1	4	0	0
蕭　祗	2	12	5	0
蕭　放	2	14	3	0
盧詢祖	1	8	1	0
裴讓之	2	32	12	2
裴訥之	1	12	1	2
邢　邵	7	92	15	0
鄭公超	1	8	2	0
楊　訓	1	10	3	0
袁　奭	1	8	3	0
魏　收	9	74	21	2
劉　逖	4	28	11	0
祖　珽	3	24	4	1
高延宗	1	10	1	0
蕭　愨	13	140	42	2
馬元熙	1	8	2	0
陽休之	4	22	3	1
顏之推	3	52	5	0
趙儒宗	1	8	0	0
馮淑妃	1	4	1	0
宇文毓	3	26	6	0
李　昶	2	34	10	0
高　琳	1	4	0	0
宗　懍	4	30	7	0
宗　羈	1	10	5	0
蕭　撝	2	26	9	0
王　褒	30	298	81	0
宇文逌	1	10	2	0
庾　信	235	2346	706	37
孟　康	1	8	3	0
釋亡名	6	52	17	0
無名法師	1	12	3	0

人 名	詩總數	總句數	平韻	仄韻
無名氏	25	324	18	2
沈炯	16	192	54	0
陰鏗	31	284	87	0
陸才山	1	4	0	0
周弘正	13	94	25	0
周弘讓	4	34	5	0
周弘直	1	8	2	0
顧野王	1	16	0	2
徐伯陽	1	8	3	0
張正見	50	472	164	6
叔寶	28	288	54	8
徐陵	23	210	69	1
孔奐	1	8	2	0
孔魚	1	12	3	0
陸瓊	1	6	2	0
陳昭	1	10	5	0
祖孫登	8	64	16	0
劉刪	10	74	23	1
褚玠	1	8	4	0
謝燮	1	4	1	0
蕭詮	3	24	6	0
賀徹	2	16	6	0
賀循	1	8	2	0
李爽	1	6	1	0
何胥	4	34	13	0
陽縉	1	8	4	0
陽慎	1	18	4	0
蔡凝	1	8	2	0
阮卓	3	24	5	0
徐孝克	2	24	7	0
潘徽	1	20	9	0
韋鼎	1	4	1	0
徐德言	1	4	2	0
樂昌公主	1	4	2	0

人 名	詩總數	總句數	平韻	仄韻
江總	58	650	196	11
何處士	4	32	14	0
蘇子卿	1	8	2	0
賀力牧	1	20	9	0
伏知道	7	36	1	0
蕭有	1	10	4	0
徐湛	1	8	3	0
吳尚野	1	8	2	0
吳思玄	1	8	2	0
何曼才	1	4	1	0
許倪	1	4	2	0
蕭驎	1	4	2	0
蕭琳	1	4	2	0
孔範	2	12	4	0
陳少女	1	4	0	0
釋惠標	8	60	23	0
曇瑗	1	10	3	0
釋洪偃	3	36	12	0
釋智愷	1	10	3	0
高麗定法師	1	8	1	0
盧思道	13	158	36	1
孫萬壽	9	206	38	5
李德林	5	68	17	0
明餘慶	1	4	2	0
魏澹	5	36	10	1
辛德源	1	12	3	0
李孝貞	5	56	18	0
元行恭	2	24	7	0
劉臻	1	10	4	0
何妥	2	38	12	0
尹式	2	24	9	0
楊廣	24	240	40	5
姚察	2	30	5	2

人　名	詩總數	總句數	平韻	仄韻	人　名	詩總數	總句數	平韻	仄韻
楊　素	19	222	27	19	周若水	1	16	5	0
賀若弼	1	4	1	0	薛　昉	1	10	4	0
薛道衡	16	214	56	3	劉　瑞	1	10	4	0
柳　晉	4	34	6	0	段君彥	1	12	4	0
牛　弘	1	8	3	0	張文恭	1	12	5	0
蕭　琮	1	14	4	0	呂　讓	1	8	4	0
袁　慶	1	16	6	0	沈君道	1	8	4	0
王　眘	2	16	7	0	魯　本	1	4	2	0
徐　儀	1	40	7	1	劉夢予	1	4	2	0
岑德潤	4	28	10	0	陸季覽	1	4	1	0
崔仲方	3	20	4	0	馬　敏	1	4	0	0
于仲文	2	26	8	0	王　謨	1	4	2	0
王　胄	10	180	43	4	乙支文德	1	4	0	0
諸葛穎	5	40	9	1	大義公主	1	16	3	0
虞　綽	1	20	0	1	李月素	1	4	0	0
許善心	4	54	17	2	羅愛愛	1	4	2	0
庾自直	1	12	3	0	秦玉鸞	1	4	2	0
李　密	1	18	2	0	蘇蟬翼	1	4	0	0
虞世基	13	182	44	4	張碧蘭	1	4	0	1
杜公瞻	1	8	3	0	侯夫人	5	20	9	0
王　衡	2	12	3	0	僧法宣	2	16	6	0
薛德音	1	8	4	0	釋慧淨	4	50	19	0
虞世南	5	70	24	0	釋智炫	1	18	4	0
蔡允恭	1	8	1	0	慧　曉	1	16	3	0
孔德紹	11	114	37	0	釋玄逵	3	16	6	0
劉　斌	4	50	18	0	釋靈裕	2	8	1	1
李巨仁	2	16	6	0	釋智命	1	4	0	0
弘執恭	3	20	8	0	釋智才	1	4	2	0
卞　斌	1	12	5	0	曇　延	1	4	0	0
王由禮	3	24	9	0	釋慧輪	1	4	1	0
魯　范	1	4	2	0	無名釋	1	8	2	0
胡師耽	1	22	1	0					
陳　政	1	24	2	2					

	律聯期望值大	律聯期望值小	平　韻 律聯數	仄　韻 律聯數	律聯比
王　粲	26.91%	3.82%	13	1	10.14%
劉　楨	29.36%	8.71%	5	1	5.94%
曹　植	29.07%	8.13%	25	4	11.79%
嵇　康	27.31%	4.62%	12	2	10.77%
阮　籍	30.60%	11.19%	46	11	12.15%
陸　機	31.36%	12.72%	23	11	11.97%
左　思	29.55%	9.09%	9	2	10.00%
張　協	32.75%	15.50%	4	1	5.00%
郭　璞	32.39%	14.77%	4	3	7.22%
陶淵明	30.28%	10.56%	74	26	12.35%
支　遁	32.67%	15.34%	15	9	12.70%
楊　羲	26.96%	3.91%	32	12	8.87%
謝靈運	29.56%	9.11%	47	28	11.90%
謝惠連	32.65%	15.29%	16	5	17.36%
顏延之	32.17%	14.33%	19	8	15.17%
鮑　照	34.54%	19.07%	130	35	21.37%
王　融	40.76%	31.51%	48	15	42.86%
謝　朓	42.28%	34.56%	113	83	29.92%
蕭　衍	32.66%	15.31%	26	6	15.31%
范　雲	37.70%	25.39%	35	4	24.53%
江　淹	30.79%	11.57%	93	13	14.66%
沈　約	40.36%	30.71%	140	38	31.67%
何　遜	42.13%	34.26%	180	39	36.20%
吳　均	42.30%	34.60%	116	39	34.07%
王僧儒	41.47%	32.93%	36	20	33.53%
蕭　統	42.19%	34.37%	48	15	39.38%
劉孝綽	43.21%	36.41%	136	12	37.95%
劉孝威	45.81%	41.62%	62	6	39.31%
蕭　綱	45.85%	41.70%	383	29	53.65%
庾肩吾	47.24%	44.48%	228	6	64.64%
王　筠	43.70%	37.40%	62	17	40.51%

蕭　繹	46.61%	43.21%	203	8	56.12%
庾　信	47.14%	44.27%	706	37	63.34%
張正見	47.89%	45.78%	164	6	72.03%
叔　寶	42.86%	35.71%	54	8	43.06%
徐　陵	46.43%	42.86%	69	1	66.67%
江　總	45.46%	40.92%	196	11	63.69%
楊　廣	43.96%	37.92%	40	5	37.50%

　　表一的王粲詩共一三八聯，平仄韻律聯共十四聯，佔百分之十。曹植詩共二四六聯，其中律聯共二九聯，佔百分之十一‧七八。阮籍詩共四六九聯，律聯有五七聯，佔百分之十二‧一五。

　　就這個結果來看，魏代的律句約佔百分之五十的比例，若全為律聯，則律聯的比例也應有百分五十。但實際上律聯出現的比率並不高，只有百分之十左右，，仍在期望值百分之二五到○之間。這便說明了魏代並沒有將平仄相對的觀念，〔註59〕運用在一聯之中。

　　晉代的情形和魏代大約相同，如陸機詩共二百八十四聯，律聯僅有三十四聯，佔百分之十一點九七。左思一百一十聯，其中僅有十一個律聯，佔百分之十。陶淵明八百一十聯中，有一百個律聯，佔百分之十二點三四。這樣的比例，和魏代可以說是相同的。

　　宋代謝靈運詩有六百三十聯，其中律聯有七十五聯，佔百分之十一點九。謝惠連詩中，共有一百二十一聯，律聯有二十一聯，比例稍微提高到百分之十七點三五。顏延之詩中有一百七十八聯，其中律聯有二十七聯，佔百分之十五。到了鮑照，詩中共有七百八十二聯，律聯有一六五聯，比例再提高到百分之二十。

　　在前節的統計中，律句、拗句的數量是在顏，鮑二人開始增加，合律的句子增加，則律聯的產生機率也隨之增加。顏，鮑二人的律句佔全部詩句的百分之六五左右，期望值為百分之三十二到百分之十五，實際上律聯出現的百分比仍在期望值的範圍之內。雖然在比例上確實也是

〔註59〕見第五章第二節。

比魏晉增加了一些，但尚不足以證明這些律聯是經過刻意安排的。

齊代以王融謝朓爲代表；王融詩中總聯數爲一九七，其中百分之三一‧九八，也就是有六三個律聯，至於謝朓的總聯數爲六五五，律聯則有一九六，佔百分之二九‧九三。

若合併律句的比例來看，王融的律句佔百分之八十，謝朓的律句比例佔百分之八四，律聯的期望值是百分之三十到百分之四十。王融、謝朓的律聯實際出現的比例，仍在期望值之中。由此百分比值來看，雖然王融、謝朓於律句已有很明確的認識，但對於一聯之中平仄的安排，恐怕還沒有什麼概念。

梁代仍以蕭衍、范雲、江淹、沈約、何遜、吳均、蕭綱、蕭繹爲例：蕭衍江淹的律聯比例約在百分之十五，沈約共有五六二聯，其中律聯一七八，佔百分之三一‧六七。何遜有六〇五聯，律聯則有二一九聯，佔百分之三六‧一九。吳均詩有四五五聯，其中律聯一五五聯，佔百分之三十四‧〇六。從百分之八十的律句來看，期望值爲百分之三十至四十。至此，律聯的比例仍然未見提高。

到了蕭綱、庾肩吾、蕭繹之時，律聯的比例分別是百分之五三‧六四、百分之六四‧六四、以及百分之五六‧一一。這三人的律句比例都在百分之九十以上，律聯的期望值爲百分之四十五到四十。律聯的實際出現情形，超過了期望值約百分之十。換言之，從蕭綱等人開始，作詩時所注意的不僅僅是律句，他們也同時注意到了「兩句之中」的聲音安排。平仄相對的原則，不再限於韻腳字，也不再限於一句，而開始往上延伸到了一聯的兩個句子之間。

接下來，北周庾信的律聯比例爲百分之六三‧三四，陳代的陰鏗律聯爲百分之六一‧二六，張正見爲百分之七十二‧〇三，江總則爲百分之六三‧六九。亦超過了期望值百分之四十五的上限。

由以上的比值分析來看，律聯的形成，和律句大量出現大約是同時的發展。律句在聲調上本就是比較協和好聽的，爲了追求更好聽覺效果，於是律句與律句之間，也出現了刻意的安排，由此而建立了「律

聯」這個平仄組合。

　　最後，將這個結果與前章第二節所討論的粘並列在一起比較，應該可以推論：使用律句成爲一個普遍的習慣之後，維繫一聯之內的出句、對句的「對」的原則在大量使用律句的情形之下，很快便出現了。然而對於粘，可能還沒能在文人之間形成共同的認知，因此，南北朝晚期才出現了粘，然而這只爲部份文人所接受，仍不能如律句般爲人普遍認同。因此，若能對初唐詩人對粘的運用作一普遍的觀察，或許可以看出，粘的原則完全爲文人所認同之後，近體詩的規範才算是完全完成。

第四節　絕句與律詩

　　一般所謂的近體詩，指的是最常見的「絕句」與「律詩」。「絕句」是指五、七言四句形式的詩；「律詩」是指五、七言八句形式的詩。也有一些詩論以「律詩」統攝所有依格律寫作的詩，例如董文渙《聲調四譜》：

　　何謂律體？此格定於沈宋，實沿於齊梁以來，八句四韻，屹爲定式，至今不易。蓋律者法也，偶也。有法則不可亂，有偶則不可孤，而名因以生。大抵起於平仄定式之後，蓋定式仄起平起，二聯四句盡之矣，雖至百韻，不能少易。故四句全備，而後成篇，名曰絕句，爲一體。蓋詩之小成，言平仄之式單備也。因而重之，則成八句，每聯兩用，皆有偶而成篇，名曰律詩，爲一體。蓋詩之大成，言平仄之式雙備，而各得其偶，非孤行之可比也。過此以往，則多寡隨人，無定聯，亦無定數，則統謂之長律而已。〔註60〕

按此說即將絕句、律詩、長律（亦即排律）共稱之爲「律體」。這是清人的一種看法，然而「律詩」一詞最早是出於唐代，因此要探討「律詩」一詞的含義，也必須以唐人的認知爲準。〔註62〕

〔註60〕清・董文渙《聲調四譜》，卷十一，頁416。
〔註62〕以下對「律詩」一詞的解釋，引自李立信老師〈「律詩」試釋〉，見《六朝隋唐文學討論會論文集》。

「律詩」一詞，最早見於元稹〈敘詩寄樂天書〉：

　　聲勢沿順，屬對穩切者爲律詩。〔註63〕

再者就是五代時的《新唐書》〈杜甫傳〉：

　　唐興，詩承隋風流，浮靡相矜。至宋之問、沈佺期等，研
　　揣聲音，浮切不差，而號「律詩」，競相襲沿。〔註64〕

由此可見唐人所謂的「律詩」，重在「聲勢沿順，屬對穩切」以及「研
揣聲音，浮切不差」的聲音和對仗；換言之，也就是指平仄合譜以及
近體詩中的對仗。但在這個定義下，每句的字數和句數並沒有明確的
說明。目前唐人論及律詩的資料相當有限，例如現存最早的唐代論詩
著作《文鏡秘府論》中，談到格律，談到對仗，但對「律詩」一詞卻
沒有一個明確的說明。因此要瞭解唐人「律詩」的概念，就必須另尋
資料。雖然唐人的集子中雖沒有討論「律詩」的作品，但是白居易的
《白氏長慶集》是白居易自己編定的，〈編集拙詩成一十五卷因題卷
末戲贈元九李二十〉：

　　一篇長恨有風情，十首秦吟近正聲，每被老元偷格律，苦
　　教短李伏歌行。

　　世間富貴應庶分，身後文章合有名。莫怪氣麤言語大，新
　　排十五卷詩成。〔註65〕

又卷二十一〈後序〉云：

　　前三年元微之爲予編次文集，而敘之，凡五秩，每秩十卷，
　　訖長慶二年冬，號《白氏長慶集》。邇來復有格詩、律詩、
　　碑誌、序記，表贊，以類相附，合爲卷軸，又從五十一以
　　降，卷而第之，是時大和二年秋，五十有七目，余頭白衰
　　也久矣，拙音狂句亦已多矣，由茲而後直其絕筆，若餘習
　　未盡，時時一詠，亦不自知也。因附前集報微之，故復序

〔註63〕 唐・元稹《元稹集》（臺北，漢京文化事業有限公司），卷三十，頁
　　　　353。

〔註64〕《新唐書》列傳一二六〈杜甫傳〉（臺北，鼎文書局），卷二〇一，
　　　　頁 5738。

〔註65〕 白居易《白氏長慶集》（北京，文學古籍刊行社），卷十六，頁 414。

　　于卷首云爾。〔註66〕

可見《白氏長慶集》爲元稹與白居易所編。

　　是集自卷十三至卷三七，除卷二一爲「雜體格詩行」、卷二二、三十爲「格詩雜體」、卷三六爲「半格詩律詩附」外，餘皆標明「律詩」，每卷題下並注「五言、七言自兩韻至多少韻，凡多少首」。例如卷十八律詩下注：

　　五言、七言自兩韻至三十韻，凡一百首。〔註67〕

由此看來，「自兩韻至三十韻」中，便已包含了絕句（兩韻）、律詩（四韻）、以及排律，這便明白表示：「律詩」一詞不止是四韻八句的律詩而已。李立信老師在〈「律詩」試釋〉中即曾以白詩爲例，指出唐人亦稱絕句爲「小律詩」，〔註68〕如卷十五律詩三〈江上吟元八絕句〉，詩云：

　　大江深處月明時，一夜吟君小律詩。

　　應有水仙吓出聽，翻將唱作步虛詞。〔註69〕

此詩題目直書爲絕句，詩中卻稱「小律詩」，亦明白的證明唐人稱絕句爲律詩。

　　又，卷三二律詩〈答皇甫十郎中秋深酒熟見憶〉六韻，則是排律之例：

　　煙景冷蒼茫，秋深夜夜霜。爲思池上酌，先覺甕頭香。

　　未暇傾巾漉，還應染指嘗。醍醐慚氣味，虎魄讓晶光。

　　若許陪歌席，須容散道場。月終齋戒畢，猶及菊花黃。〔註70〕

這類詩例在集中甚多，如〈代書詩一百韻寄微之〉〔註71〕、〈江南謫居十韻〉〔註72〕等，皆是排律歸入律詩之例。

　　除絕句、律詩、排律之外，還收了三韻的小律，如卷十八〈聞夜

〔註66〕同註65，卷二一，頁527。

〔註67〕同註65，卷十八，頁446。

〔註68〕彰化師範大學〈六朝隋唐文學研討會〉論文抽印本，頁5。

〔註69〕同註65，卷十五，頁375。

〔註70〕同註65，卷三二，頁834。

〔註71〕同註65，卷十三律詩類，頁295。

〔註72〕同註65，卷十七律詩類，頁415。

砧〉、〈板橋路〉〔註73〕皆爲七言六句的小律。

〈聞夜砧〉：

　誰家思婦秋擣帛，月苦風淒砧杵悲。

　八月九月正長夜，千聲萬聲無了時。

　應到天明頭盡白，一聲添得一莖絲。

〈板橋路〉：

　梁苑城西二十里，一渠春水柳千條。

　若爲此路今重過，十五年前舊板橋。

　曾共玉顏橋上別，不知消息到今朝。

又如卷三四〈奉和裴令公三月上巳日遊太原龍泉憶去歲禊洛見示之作〉題下自注：「依來體雜言」：

　去歲暮春上巳，共泛洛水中流。今歲暮春上巳，獨立香山
　下頭。

　風光閒寂寂，旌旗遠悠悠。承相府歸晉國，太行山礙并州。

　鵬背負天龜曳屋，雲泥不可得同遊。〔註74〕

則雜言亦可稱律。值得注意的是其自注：「依來體雜言」，則此詩當爲和他人之作；和他人之詩時，往往依照來詩的體裁韻腳作詩還答。這便說明了唐人的「律詩」觀念，實際上所指的是「依照一定格式寫作」的詩，便可稱律了。這樣的詩例又如五、七雜言的〈能無愧〉：

　十兩新綿褊，披行暖似春。一團香絮枕，倚坐穩於人。

　婢僕遣他嘗藥草，兒孫與我拂衣巾。迴看左右能無愧，養
　活枯殘廢退身。〔註75〕

還有五、七雜言，且爲六句三韻的〈代謝好答崔員外〉：

　青娥小謝娘，白髮老崔郎。謾愛胸前雪，其如頭上霜。

　別後曹家碑背上，思量好字斷君腸。〔註76〕

再者，「絕句」〔註77〕之名，早在唐代之前便已出現了。徐陵編《玉

〔註73〕同註65，卷十八律詩類，頁494。

〔註74〕同註65，卷三四律詩，頁888。

〔註75〕同註65，卷十八律詩類，頁980。

〔註76〕同註65，卷二三律詩類，頁497。

臺新詠》，卷十所收一百五十二首詩全爲五言四句：其中以「絕句」
爲名的有十一首。茲錄其詩題：

（1）〈古絕句〉四首

（2）吳均〈雜絕句〉四首

（3）劉孝威〈和定襄侯八絕初笄〉一首

（4）江伯搖〈和定襄侯八絕楚衫〉一首

（5）叔英婦〈暮寒絕句〉一首

這些詩題中便直接標明了「絕句」。同時在逯欽立《先秦漢魏晉
南北朝詩》中，五言四句的詩，從魏至隋，共有六百九十九首，其中
標有「絕句」的詩亦抄錄詩題於下：〔註78〕

（1）梁簡文帝蕭綱〈夜望浮圖上相輪絕句詩〉

（2）梁簡文帝蕭綱〈詠籠燈絕句詩〉

（3）陳沈烱〈和蔡黃門口字詠絕句詩〉

再者，魏代王粲〈從軍行〉一詩，爲本文附錄甲所收的最早的五
言四句詩，此外同時的劉楨有一首，陳思王曹則有三首，〔註79〕而魏
代以降，各代皆不乏五言四句之作，則五言四句詩的淵源，可上溯至
魏晉，當無疑義。

然而魏晉南北朝絕句與唐人絕句的差異，並不是在於對仗的有
無，而是唐人以南北朝的絕句爲基礎，加入了律句的平仄，並以粘對
來組合全詩。因此前者可以稱爲「古絕」，後者則可以稱爲「律絕」。

絕句的淵源已如前述，那麼五言八句的律詩形態又是由何而來
呢？以下請列出魏晉南北朝詩的句數統計。

〔註77〕以下對「絕句」淵源的說明，引自李立信老師〈從詩歌發展史立場
　　　看「絕」截「律」半說〉，見《古典文學》（臺北，學生書局），第九
　　　集，頁151。

〔註78〕吳均〈雜絕句〉四首重複。

〔註79〕陳琳也有四首，然該詩爲逯欽立據《韻補》補入，當爲殘篇，故不
　　　計。又劉楨三首、曹植兩首，情形相同，亦不計。

表　魏晉南北朝詩的句數統計

	王粲	陳琳	劉楨	徐幹	阮瑀	應瑒	繁欽	曹丕	吳質	藥元	杜摯	曹植	曹彪	何晏	應璩	毋丘儉	郭遐周	阮侃	嵇康	阮籍	仙道	嵇喜	程咸	劉伶	傅玄
四	2	4	4			2		1	1			5	1		11								1		8
六		1	3		1	1		3				3			7				3						3
八	3		4	1	5	1		1				4		2	2				7	1					3
一〇	1	1	3	5	2	1	1	2				3								28		3			2
十二			1	1	2			1				10			2			1		25					1
十四			1	1		1	3					4			2			1		12				1	
十六	2		1					2	1			6					1			5					
十八	2	1				1		1				1					1		1						
二〇	3		1									2					1			3					1
二二			2					1									1		1	2					
二四	2															1				2					
二六	1									1										1					
二八				1								1								1					
三〇																	1								
三二	1																			1					
三四												1													
三六																									
三八																		1							
四〇																									
四二																									
四四																									
四六																									
四八																									
五〇																									
五二																									
五四																									
五六																									
五八																									
六〇																									
詩數	17	7	20	9	10	70	4	14	1	1	2	40	1	2	25	1	3	2	12	82	1	3	1	1	18

	程曉	應亨	裴秀	成公綏	賈充	薛瑩	棗據	荀勗	孫楚	傅咸	郭泰機	張華	周處	曹嘉	潘岳	石崇	歐陽建	何劭	陸機	陸雲	嵇紹	嵇含	牽秀	司馬彪	左芬
四			1			1	3	1	1	2		6	1		1				12	1		1	1	1	
六												3							4						
八		1					1			1		5			1				2			1		1	
一〇				2								4							7	2					
十二					1					1		3							5	2					1
十四				1			1					2		1	1	1			2	1					
十六																1	1	2	9						
十八												1			1				4			1			
二〇	1								1			2						1	3		1				
二二															1				1						
二四															1									1	
二六															3										
二八											1				2										
三〇							1					1													
三二																									
三四															1		1								
三六																									
三八															1										
四〇																									
四二																									
四四																									
四六																									
四八																									
五〇																									
五二																									
五四																									
五六																									
五八																									
六〇																									
詩數	1	1	1	3	1	1	6	1	2	4	1	27	1	1	13	2	2	3	50	7	1	3	1	6	1

	左思	張翰	張載	張協	閭丘沖	曹據	王讚	潘泥	棗腆	王浚	郭愔	劉琨	干寶	張亢	王鑒	李充	楊方	李顒	朱德才	郭璞	庾闡	江逌	盧諶	曹毗	張望
四	1		3				4	1		2				1		1		3	1	5	4	1	2	3	1
六		2		1	1			3					1							4	1	1	1	1	1
八			1							·										1	5		1	1	
一〇							1									1	1			1	1			2	1
十二	5			3		1	1	5	1											1	1	1		1	
十四		1	2	4	1													1		6					
十六	5			1	1		2											1		2					
十八							1											1					1		
二〇	1			3		1	1									1	1								
二二			1															1							
二四			1															1							
二六				1						1					1										
二八																							1		
三〇											1														
三二			1																						
三四																									
三六																							1		
三八																									
四〇																									
四二																									
四四																									
四六																									
四八																									
五〇																									
五二																									
五四																									
五六	1																								
五八																									
六〇																									
詩數	13	3	10	13	1	3	1	17	2	1	2	1	1	1	1	1	5	5	1	21	13	3	8	8	3

	張翼	許詢	王羲之	孫綽	謝安	謝萬	孫統	孫嗣	郗曇	庾蘊	曹茂之	桓偉	袁嶠之	王玄之	王凝之	謝道韞	王肅之	王徽之	王渙之	王彬之	王蘊之	魏滂	虞說	謝繹	徐豐之
四		1	1	2				1	1	1	1		1	1		1	1	1	1	1	1		1	1	1
六																									
八				1	1	1					1	1				1						1			
一〇																1									
十二																									
十四	2			1																					
十六	1																								
十八	1																								
二〇	2																								
二二																									
二四	1																								
二六																									
二八																									
三〇																									
三二																									
三四																									
三六																									
三八																									
四〇																									
四二																									
四四																									
四六																									
四八																									
五〇																									
五二				1																					
五四																									
五六																									
五八																									
六〇																									
詩數	7	1	2	3	1	1	1	1	1	1	1	1	1	1	1	2	1	1	1	1	1	1	1	1	1

	曹華	袁宏	王彪之	習鑿齒	趙整	袁山松	顧愷之	苟朗	桓玄	殷仲文	謝混	吳隱之	劉程之	王喬之	張野	湛方生	劉恢	陸冲	卞裕	王康琚	王氏	辛蕭	李氏	陶淵明	康僧淵
四	1	2	2	2	2	1	1				1	1				2	1		2	1	1	1			
六										1								1						1	
八									1							2							1	18	
一○		1														1								16	
十二		1						1						1	1	1								24	
十四																		1						10	
十六													1											20	
十八											1													4	
二○											1									1				14	
二二																								1	1
二四										1														4	
二六																									
二八																									1
三○																								2	
三二																								1	
三四																									
三六																									
三八																									
四○																									
四二																									
四四																									
四六																									
四八																									
五○																									
五二																									
五四																									
五六																									
五八																									
六○																									
詩數	1	4	2	2	2	1	1	1	1	2	3	1	1	1	1	6	1	2	2	2	1	1	1	115	2

	支遁	鳩摩羅什	釋慧遠	廬山諸道人	廬山諸沙浸	史宗	帛道猷	竺僧度	楊苔華	葛洪	羊權	楊羲	許穆	許翽	王叔之	卞伯玉	謝瞻	劉義隆	宗炳	傅亮	謝晦	謝世基	鄭鮮之	范泰	謝靈運
四												5	1			1	4	1		1	2	1	1	1	10
六											1	11		1	1				1					1	3
八		1										10		3			1								12
一〇	1						1			1		16		3			2							2	2
十二									1	1		14								1					2
十四	2							1				8					1								6
十六	2									1		6													8
十八	3									1	1	2					2								11
二〇	4										1	4													8
二二												1													12
二四	2											1							1						2
二六	1											1						1							3
二八	1											1						1							1
三〇												1													
三二	1																								1
三四																									
三六																									
三八																		1							
四〇	1																								
四二																									1
四四																									
四六																									
四八																									
五〇																									
五二																									
五四																									
五六																									
五八																									
六〇																									
詩數	18	1					1	1	1	4	3	80	1	7	1	1	10	4	2	2	2	1	1	4	82

	謝惠連	王微	何長瑜	荀雍	劉義慶	范曄	范廣淵	孔法生	陸凱	袁淑	劉鑠	劉駿	顏延之	王僧達	湯惠之	庾徽之	沈慶之	劉義恭	謝莊	鮑照	鮑令暉	王素	吳邁遠	任豫	袁伯文
四	4	1	2	1	1			1	1	2		3	1	1	1			2	2	6	1		1	1	1
六	2									1	2	1				1	1		2						
八	7					1						5	7	1				1	2	14	2				1
一〇	4										4	1	1						1	15	2	1	1		
十二	2										1	4							2	14					
十四		1					1				2	1	2					1		18				1	
十六	1	1								1								1		13					
十八																			2	9					
二〇						1							3							10					
二二	1												1							3					
二四	1												1	1						4					
二六													3							3					
二八		1																		1					
三〇																									
三二	1																								
三四													2												
三六																									
三八																									
四〇																									
四二																									
四四																									
四六																									
四八																									
五〇																									
五二																									
五四																									
五六																									
五八																									
六〇																									
詩數	23	4	2	1	1	2	1	1	1	4	9	16	22	4	1	1	1	5	12	110	5	1	2	2	2

	湛茂之	王歆之	賀道慶	蕭璟	張公庭	蕭道成	王延	王俊	王僧祐	顧歡	蕭子良	蕭子隆	王融	丘巨源	孔稚珪	張融	謝朓	虞炎	陸厥	劉繪	劉士溫	袁彖	虞通之	顧憲思	鍾憲
四		1	1			1		4	1		2		12	1	1		1			2		1	1		
六												1													
八													7	1			38	2	5	2	1				
一〇					1		1				1		10				19	1		1		1			1
十二	1									1	1		1				11							1	
十四				1									3		1		5								
十六													1				4								
一八																	3			1					
二〇													1			1	5								
二二																	5								
二四																	4								
二六																	1								
二八																									
三〇																	3								
三二																									
三四																	1								
三六																	1								
三八																									
四〇																									
四二																									
四四																									
四六																									
四八																									
五〇																									
五二																									
五四																									
五六																									
五八																									
六〇																									
詩數	1	1	1	1	1	1	1	5	1	1	4	1	35	2	2	1	101	3	5	6	1	2	1	1	1

	許瑤之	石道慧	王秀之	江孝嗣	王常侍	蕭衍	高爽	范雲	宗夬	江淹	蕭鈞	王暕	曹景宗	任昉	丘遲	虞義	虞騫	沈約	劉霽	劉苞	柳鎮	柳惲	何遜	何寅南	沈繇
四	3	1				11	2	14			1	1	1	1		1		22	1		1	2	13		
六								3		1				3	2		1	15					1		
八				1	1	2	2	8		12				3	4	3	4	35		1		6	26		
一○				1		13	1	4	1	27				4	1			16				5	15		1
十二						1		1		7		1		3		2		6				1	12	1	
十四						2		1		15				2	1			5				1	5		
十六						1		2		12		1		3	1			2		1			2		
八八								1		9						1		2					2		
二○			1			1		3		6				1		1		8					3		
二二								1		3													4		
二四										6								2					2		
二六																		1					7		
二八								1		2							1	1							
三○								1															2		
三二																							1		
三四																		1							
三六																									
三八																									
四○										1															
四二																									
四四																									
四六																									
四八																						1			
五○																									
五二																									
五四								1																	
五六																									
五八																									
六○																									
詩數	3	1	1	2	1	36	5	37	1	101	1	2	1	20	10	8	5	116	1	2	1	16	95	1	1

	孫擢	江革	朱記室	王訓	吳均	周興嗣	劉峻	王僧儒	徐悱	周捨	陸倕	陸罩	紀少瑜	張率	傅昭	裴子野	蕭統	殷芸	蕭琛	蕭巡	蕭雉	何思澄	劉遵	徐勉	陶宏景
四		2			13			2						2	1		1	1	1				1	1	3
六					4			2				1			1	1								1	
八	1				48	3		16				1	2	1		1	7		1	1	1				
一〇			1	1	30		1	7	1	1							2		1				1	3	1
十二					3			4	2					1						1				1	
十四				1	3			2																1	
十六													1				1		1						
一八					1							1				1							1		
二〇					1		2	2									2								
二二										1		1					1								
二四																									
二六																									
二八																	2								
三〇																									
三二																									
三四					1																				
三六																									
三八																									
四〇																	1								
四二																									
四四																									
四六																									
四八																									
五〇																									
五二																									
五四																									
五六																									
六〇																	1								
八四												1													
詩數	1	2	1	3	104	3	3	35	2	1	3	3	5	3	1	3	19	1	4	1	1	2	5	5	3

	蕭子顯	蕭瑱	劉孝綽	劉緩	劉孺	劉顯	王籍	劉之遴	到溉	蕭推	庾仲容	楊瞻	吳孜	朱异	張纘	王偉	劉孝威	蕭子雲	蕭子暉	何敬容	伏挺	劉邈	徐摛	劉孝儀	蕭子範
四	2		13	1					2							2	12		2	1			2	5	
六			2	3		1											2		2				1	1	
八	1	1	11	4	1		1			1					1		2	4			1	2	1	1	7
一〇			13	1					1		1	1	1				3	1						2	
十二			2					1									3	1							1
十四			8														1								
十六			4														3								
一八																	1								
二〇			2	1																				1	
二二	1		2											1										1	
二四			1																						
二六			1														2								
二八																									
三〇																	1								
三二																									
三四																									
三六																									
三八																									
四〇																									
四二			1														1								
四四																									
四六																									
四八																									
五〇																									
五二																									
五四																									
五六																									
五八																									
六〇																									
詩數	4	1	61	10	1	1	1	1	3	1	1	1	1	1	1	2	31	6	4	1	1	2	4	11	8

	蕭紀	蕭綱	庾肩吾	王筠	裴澤	鮑至	鮑泉	蕭綸	徐怦	蕭繹	蕭正德	劉孝勝	劉孝先	徐君蒨	徐防	徐朏	蕭曄	荀濟	江洪	江祿	孔燾	何子朗	沈旋	沈趨	費昶
四	2	50	14	10				4	1	23	1				1		1		1						
六	2	19	6	3			2			8			2			1									
八	1	45	24	13	1	1	5	3		18		1	1	2	1				2	1		3	1	2	4
一○		24	15	7	1		1			26		1	1					1	2						1
一二		16	6	2						4			1						4						1
一四		4	4	1						4			1												
一六		3		2																					
一八		5	3	1		1	1			2											1				
二○		4	1	1						2															
二二		2	1																						
二四		2	1	1																					
二六		1		1																					
二八										1															
三○																									
三二																									
三四																									
三六																									1
三八		1																							
四○																									
四二			1																						
四四																									
四六																									
四八																									
五○																									
五二																									
五四																									
五六																									
五八																									
一一八																					1				
詩數	5	176	76	42	2	2	9	7	1	88	1	2	6	2	2	1	1	1	9	1	2	3	1	2	7

	王臺卿	王岡	朱超	載暠	庾丹	謝瑱	鄧鏗	蕭察	聞人情	沈君攸	施榮泰	姚翻	李鏡遠	鮑子卿	王樞	湯僧濟	顧煊	王脩己	王孝禮	范筠	甄固	王環	江伯瑤	劉泓	王湜
四	3		2	1				7				3								1		1	1	1	1
六	2							1													1				
八	1		7		1	1	3			3					2	1	1	1	1						
一〇	2		1						1		1	1		2	1										
十二	1		5		1															1					
十四										1															
十六																									
一八	1	1																							
二〇	1												1												
二二																									
二四								1																	
二六																									
二八																									
三〇																									
三二																									
三四																									
三六																									
三八																									
四〇																									
四二																									
四四																									
四六																									
四八																									
五〇																									
五二																									
五四																									
五六																									
五八																									
六〇																									
詩數	11	1	15	1	2	1	3	10	1	4	1	4	1	2	3	1	1	1	1	2	1	1	1	1	1

	李孝勝	談士雲	張騫	劉慴	賀文標	蕭若靜	蕭欣	王氏	劉氏	劉令嫻	沈滿願	釋寶誌	釋智藏	釋惠令	惠慕道士	僧正惠	桓法闓	周子良	吳興妖神	韓延之	游雅	劉昶	李諡	鄭道昭	元子攸
四	1	1	1	1	1	1	1	2	1	3		1				1					1	1		1	
六																									
八										1	5			1	1	1		4	1						
一○										1			1				1	2						1	1
十二										2															
十四																				1					
十六																									
十八																							1		
二○																									
二二																									
二四																									
二六																									
二八																									
三○												1												1	
三二																									
三四																									
三六																									
三八																									
四○																									
四二																									
四四																									
四六																									
四八																								1	
五○																									
五二																									
五四																									
五六																									
五八																									
六○																									
詩數	1	1	1	1	1	1	1	2	1	7	5	2	1	1	1	2	1	6	1	1	1	1	1	4	1

	元恭	崔鴻	馮元興	董紹	盧元明	李騫	鹿悆	李諧	常景	褚緭	溫子昇	胡叟	元暉業	元熙	王容	王德	周南	謝氏	陳留長公主	斛律豐樂	高昂	蕭祗	蕭放	盧詢祖	裴讓之
四			1	1	1		2	1		1	1		1	2					1	1	1	1	1	1	
六	1																								
八		1							4		2	1			1	1	1				1			1	1
一〇																							1		
十二																									
十四																									
十六																									
八八																									
二〇											1														
二二																									
二四						1																			1
二六																									
二八																									
三〇																									
三二																									
三四																									
三六																									
三八																									
四〇																									
四二																									
四四																									
四六																									
四八																									
五〇																									
五二																									
五四																									
五六																									
五八																									
六〇																									
詩數	1	1	1	1	1	1	1	1	4	1	4	1	1	2	1	1	1	1	1	1	1	1	2	2	2

	裴訥之	邢邵	鄭公超	楊訓	袁奭	魏收	劉逖	祖珽	高延宗	蕭慤	馬元熙	陽休之	顏之推	趙儒宗	馮淑妃	宇文毓	李昶	高琳	宗懍	宗羈	蕭撝	王褒	宇文逌	庾信	孟康
四		1				2	1				1	1				1	1	1	1			5		55	
六		1										1										3		3	
八		1	1		1	4	3	3		8		1	1	1	1		1		2			9		80	1
一〇				1		1			1										1	1	1	6	1	34	
十二	1	1				2																1		19	
十四		1																	1	1		2		15	
十六										2											1	2		5	
十八		1																						6	
二〇										2		1				1						1		10	
二二																								1	
二四										1														3	
二六																									
二八																									
三〇		1																							
三二																									
三四																									
三六																						1			
三八																									
四〇																								1	
四二																									
四四																									
四六																									
四八																									
五〇																								1	
五二																									
五四																									
五六																									
五八																								1	
六〇																								1	
詩數	1	7	1	1	1	9	4	3	1	13	1	4	3	1	1	3	2	1	4	1	2	30	1	235	1

	釋亡名	無名法師	無名氏	沈炯	陰鏗	陸才山	周弘正	周弘讓	周弘直	顧野王	徐伯陽	張正見	叔寶	徐陵	孔奐	孔魚	陸瓊	陳昭	祖孫登	劉刪	褚玠	謝燮	蕭詮	賀徹	賀循
四				1	1	1	4	1				2	7							2	1				
六					1		1					1	1	2			1								
八	5		6	6	15		6	1	1		1	37	5	13	1				8	7		1	3	2	1
一〇			4		8		1	1				5	3	4		1				1					
十二	1	1	7	3	5			1				2	5	2				1							
十四			4	2	1		1					2	1												
十六			1	2						1		1	1												
十八			1									1													
二〇			1										4												
二二			1																						
二四				1																					
二六																									
二八																									
三〇																									
三二												1													
三四																									
三六																									
三八																									
四〇			1									1													
四二																									
四四																									
四六																									
四八																									
五〇																									
五二																									
五四																									
五六																									
五八																									
六〇																									
詩數	6	1	25	16	31	1	13	4	1	1	1	50	28	23	1	1	1	1	8	10	1	1	3	2	1

	李爽	何胥	陽縉	陽慎	蔡凝	阮卓	徐孝克	潘徽	韋鼎	徐德言	樂昌公主	江總	何處士	蘇子卿	賀力牧	伏知道	蕭有	徐湛	吳尚野	吳思玄	何曼才	許倪	蕭驎	蕭琳	孔範
四									1	1	1	5				5					1	1	1	1	1
六	1											5				1									
八		3	1		1	3						19	4	1				1	1	1					1
一〇		1										8				1	1								
十二							2					6													
十四												7													
十六												3													
八八				1																					
二〇									1							1									
二二												2													
二四																									
二六																									
二八												1													
三〇																									
三二																									
三四																									
三六																									
三八												1													
四〇												1													
四二																									
四四																									
四六																									
四八																									
五〇																									
五二																									
五四																									
五六																									
五八																									
六〇																									
詩數	1	4	1	1	1	1	3	2	1	1	1	58	4	1	1	7	1	1	1	1	1	1	1	1	2

	陳少女	釋惠標	曇瑗	釋洪偃	釋智愷	定法師	盧思道	孫萬壽	李德林	明餘慶	魏澹	辛德源	李孝貞	元行恭	劉臻	何妥	尹式	楊廣	姚察	楊素	賀若弼	薛道衡	柳䛒	牛弘	蕭琮
四	1	1					1		1	1								2			1	4	2		
六								2										1							
八		7				1	5		2		4		3				1	7				2		1	
一〇			1	1	1										1			8	1	14		1	1		
十二				1			1					1		2				2	1			4			
十四				1			1											1		1					1
十六							3	4	2				2			1	1	2		2		4	1		
一八																									
二〇							2	1										1		2					
二二																1									
二四																									
二六																									
二八																									
三〇																									
三二								1																	
三四																									
三六																									
三八																									
四〇																									
四二																									
四四																									
四六																									
四八																									
五〇																									
五二																									
五四																									
五六																									
六〇																						1			
八四								1																	
詩數	1	8	1	3	1	1	13	9	5	1	5	1	5	2	1	2	2	24	2	19	1	16	4	1	1

	袁慶	王叡	徐儀	岑德潤	崔仲方	于仲文	王胄	諸葛穎	虞綽	許善心	庾自直	李密	虞世基	杜公瞻	王衡	薛德音	虞世南	蔡允恭	孔德紹	劉斌	李巨仁	弘執恭	卡斌	王由禮	魯范
四				1	1					1			4		1				2				1		1
六				6			1						1												
八		2		1	2		3	3					4	1	1	1	2	1	2	2	2	2		3	
一〇				1				1		1			1						2	1					
十二						1					1								3					1	
十四						1		1										1	1						
十六	1					1							1					1							
一八												1													
二〇						2			1	2			1												
二二																			1						
二四						1												1		1					
二六																									
二八																									
三〇						1																			
三二																									
三四																									
三六																									
三八																									
四〇			1			1																			
四二																									
四四																									
四六																									
四八																									
五〇																									
五二																									
五四																									
五六																									
五八																									
八二													1												
詩數	1	2	1	4	3	2	10	5	1	4	1	1	13	1	2	1	5	1	11	4	2	3	1	3	1

	胡師耽	陳政	周若水	薛昉	劉瑞	段君彥	張文恭	呂讓	沈君道	魯本	劉夢予	陸季覽	馬敞	王讚	乙支文德	大義公主	李月素	羅愛愛	秦玉鸞	蘇蟬翼	張碧蘭	侯夫人	僧法宣	釋慧淨	釋智炫
四										1	1	1	1	1		1	1	1	1	1	1	5			
六																									
八								1	1														2	1	
一〇				1	1																				
十二						1	1																	2	
十四																									
十六			1												1										
十八																								1	1
二〇																									
二二	1																								
二四		1																							
二六																									
二八																									
三〇																									
三二																									
三四																									
三六																									
三八																									
四〇																									
四二																									
四四																									
四六																									
四八																									
五〇																									
五二																									
五四																									
五六																									
五八																									
六〇																									
詩數	1	1	1	1	1	1	1	1	1	1	1	1	1	1	1	1	1	1	1	1	1	5	2	4	1

	慧曉	釋玄逹	釋靈裕	釋智命	釋智才	曇延	釋慧輪	無名釋
四		2	2	1	1	1	1	
六								
八		1						1
一〇								
十二								
十四								
十六	1							
八八								
二〇								
二二								
二四								
二六								
二八								
三〇								
三二								
三四								
三六								
三八								
四〇								
四二								
四四								
四六								
四八								
五〇								
五二								
五四								
五六								
五八								
六〇								
詩數	一	三	二	一	一	一	一	一

　　從表一的魏代來看，八句的形式已有出現，但並不是最多的；曹植阮籍的作品中分別是以十二句和十句的形式為主。

　　至於晉代，陶淵明的詩雖有五言八句的詩，但最多的則是十二和十六句。到了宋代的謝靈運，五言八句詩有十二首，與二十二句的十二首，同為謝靈運用得最多的形式。同時代的鮑照，詩句數量的分布便相當集中了，從八句到二十句的詩佔其作品的大部份。

　　但到了鮑照，八句詩的數量大增到三十八首，次多的十句詩僅有十九首。再往後的沈約、何遜，吳均等人的八句詩，都是其詩作運用得最多的形式，再往後到庾信，五言八句的作品竟然有八十首之多。

　　由此表來看，從鮑照以後，五言八句的形式很明顯的成為詩歌的主流。再從前兩節對律句和律聯的討論來看，鮑照的律句數量也是站在一個新形式產生的起點，而其律聯的數量也正開始增加。

　　因此由以上三節的分析，可以看出，雖然是沈約倡為聲律，但就格律的創造而言，鮑照或許更值得去進一步研究。

第五章　用韻的情形

第一節　近體詩的押韻

　　以近體詩來看，「韻」指的是偶句最後一個字的韻母及其聲調皆相同的字，〔註1〕也就是這些字都必須屬同一韻部。

　　押韻的現象在中國發生極早。流傳到現在的古籍有許多是有韻的，《詩經》、《楚辭》固爲韻文，就記事說理的著作，如《書經》〈大禹謨〉的「帝德廣潤」段，《禮記》〈曲禮〉的「行前朱鳥而後玄武」段，以至於老子莊子等都有用韻的痕跡。〔註2〕韻的功用據朱光潛指出：

>　韻的最大功用在把渙散的聲音聯貫串起來，成爲一個完整
>　的曲調。它好比貫珠串子，在中國詩裏這串子尤不可少。

　　〔註3〕

由此可知，用韻造成音節的前後呼應與和諧，從而達成兩個目的：一使詩歌容易琅琅上口，便於記誦，章學誠《文史通義》便指出：

>　　演疇皇極，訓詁之韻者也，所以便諷誦，志不忘也。〔註4〕

再者，便是利用讀音的和諧來增加詩歌本身的音樂性，加強它的感染

<hr>

〔註1〕近體詩中，首句入韻的情形則增加一個韻腳字。
〔註2〕朱光潛《詩論》，頁190。
〔註3〕同註2，頁195。
〔註4〕清・章學誠《文史通義》〈詩教〉下（臺北，漢京文化事業公司），頁79。

力。〔註5〕

　　在詩歌的押韻而言，可以近體詩格律的確立作一個分期。關於近體詩的用韻，傳統的說法如

　　王力在《漢語詩律學》中所言：

　　　近體詩用韻甚嚴，無論絕句、律詩、排律，必須一韻到底，
　　　而且不許通韻。〔註6〕

就韻的發展來看，在魏晉以前，音韻學的理論尚未建立，文學作品用韻之時，大體上照口語上近似的音來押韻。到了齊梁時代，四聲的研究盛行，韻書大出，降至唐代則以《唐韻》為官定韻書。但據較近的研究所得到的結論，近體詩用韻並不是如想像中那麼嚴格，通韻的現象實際上是非常普遍。宋·魏慶之《詩人玉屑》引《湘素雜記》：

　　　鄭谷與僧齊己、黃損等，共定今體詩格云：「凡詩用韻有數
　　　格，一曰葫蘆、一曰轆轤、一曰進退。葫蘆韻者，先二後
　　　四；轆轤韻者，雙出雙入；進退韻者，一進一退。失此則
　　　繆矣。」〔註7〕

所謂轆轤韻者，如張籍〈寄陸渾趙明府〉：

　　　與君學省同官處，常日相隨說道情。
　　　新作陸渾山縣長，早知三禮甲科名。
　　　郭中時有仙人住，城內應多藥草生。
　　　公事稀疏來客少，無妨著屐獨閒行。〔註8〕

韻腳字情名二字為清韻，生行二字為庚韻，謂之轆轤體。進退韻者，如高適〈別韋兵曹〉：

　　　離別長千里，相逢數十年。此心應不變，他事已徒然。
　　　惆悵春光裏，蹉跎柳色前。逢時當自取，看爾欲先鞭。〔註9〕

韻腳字年前二字為先韻，然鞭二字為仙韻，謂之進退韻。葫蘆韻者，

〔註5〕張夢機《古典詩的形式結構》（臺北，尚友出版社），頁43。
〔註6〕王力《漢語詩律學》，頁44。
〔註7〕宋·魏慶之《詩人玉屑》（臺北，商務印書館），卷二，頁31。
〔註8〕《全唐詩》（臺北，宏業書局），卷三八五，頁4344。
〔註9〕同註8，卷二一三，頁2227。

如杜甫〈石鏡〉：

> 蜀王將此鏡，送死置空山。冥寞憐香骨，提攜近玉顏。
>
> 眾妃無復歎，千騎亦虛還。獨有傷心石，埋輪月宇間。〔註10〕

韻腳字山間二字為山韻，顏還二字為刪韻，謂之葫蘆韻。

　　唐代近體詩的通韻現象，並不只是這幾個少數的例子，在耿志堅《唐代近體詩用韻之研究》〔註11〕附錄中所歸納的合用獨用的情形來看，通韻實際上是非常普遍的現象。至於唐代古體詩在用韻上與近體詩最主要的差異之處在可以通韻，可以轉韻，轉韻時，以四句一轉韻較為普遍。

　　再者，唐代古近體詩在用韻上還有一個很重要的差異，就是近體詩以押平聲韻為正例，仄韻詩可以說是非常少見。涂淑敏《初盛唐五言近體詩聲律研究》〔註12〕以初盛唐的近體詩四千一百五十三首〔註13〕為觀察對象，其中平韻詩有三千九百八十八首，佔全部的百分之九六點○三，仄韻詩有一百六十五首，僅佔全部的百分之三點九七。由此可以看出，近體詩確實是以平聲韻為主。至於古體則平仄韻皆可，同時在轉韻之時，也可平仄韻互換。例如王維〈洛陽女兒行〉、杜甫〈石壕吏〉即是其例。

第二節　近體詩形成前的詩歌用韻

　　在研究方法中曾指出量化研究有一個前提：量化的研究方式是有限制的，在討論詩歌的用韻時，除非把整本廣韻放進電腦中，便無法將魏晉六朝古詩用韻的韻部一一註出。因此，在本節中，無法對近體詩形成前的詩歌實際用韻情形進行細緻的討論。但由資料中所標出來的四聲，卻可以提供另一個觀察的角度：近體詩的用韻以平韻為正例。

〔註10〕清・仇兆鰲《杜詩詳註》，卷十，頁806。
〔註11〕耿志堅《唐代近體詩用韻之研究》，民國七十三年，政大博士論文。
〔註12〕見第四章第二節，註44。
〔註13〕見第四章第二節，註44。

涂淑敏《初盛唐五言近體詩聲律研究》〔註14〕一文中從《全唐詩》中
選擇四千一百五十三首初盛唐近體詩爲研究基礎，其中平韻詩有三千
五百八十八首，佔全部資料的百分之九十六點○三，這就說明了近體
詩習慣押平聲韻。那麼這樣的的習慣，是否是由六朝開始？以下即從
附錄甲中，將平韻、仄韻、混用平仄的數量是作一統計，〔註15〕以對
此一現象作一瞭解。再者，由於仄韻和混用的情形不是很多，因此亦
從附錄甲的原始資料中過濾出來，列於附錄乙之末。〔註16〕

〔註14〕見第四章第二節，同註11。

〔註15〕見附錄乙，頁433。

〔註16〕有很多字有平仄兩讀的現象，有些字兩讀時有不同的意義，但也
有些字在兩讀時，沒有意義上的差異。因此在爲原始資料標上平
仄時，無法達到完全準確的結果。在上表中的結果跑出來後，由
於仄韻和雜用平仄的數量不算太多，因此又以程式將仄韻和雜用
的詩過濾出來（見附錄乙「仄韻詩及雜用平仄韻詩」，頁443）。從
這個清單來看，有很多列爲混用的詩，其實只是其中的一個韻腳
字不是平聲，其中有一部分是因爲兩讀之故。例如曹植〈棄婦詩〉：
「下與瓦石『并』」，「并」字平仄兩讀，而在建立資料時，列爲仄
聲字計算，但這首詩實際上應是平韻的詩。
再有一個情形，如王粲〈七哀詩〉三首其一的首聯：「西京亂無象，
豺虎方遘患」，韻腳「患」爲去聲諫韻，該詩其他韻腳則分屬上平
聲寒（回首望長「安」）、桓（何能兩相「完」）、刪（揮涕獨不「還」）、
山（抱子棄草「間」）。十個韻腳字韻皆相近，只有一個韻腳字的
聲調不同，實際上該詩可視爲平聲韻。
又在「仄韻詩及雜用平仄韻詩」中可以看出，如果一首詩有四句，韻
腳一平一仄，或者如潘岳〈悼亡詩〉其二、其三（見附錄乙，頁446）
兩首，平仄韻腳字各有相當數量，這些詩才是真正的平仄韻雜用的詩。
因此在以下的討論中，參照「仄韻詩及雜用平仄韻詩」所列，若
某詩全詩只有一個韻腳字爲仄聲，餘皆爲平聲，則該詩改記爲平
聲韻，反之則改爲仄聲韻。以下諸人的統計數字是經過修正的：

表一　王粲、曹植、阮籍	表三　陸機
表七　陶淵明	表八　謝靈運
表九　顏延之、鮑照	表十　王　融、謝脁
表十一　范雲、江淹、沈約	表十二　何遜、吳均
表十三　劉孝綽	表十四　蕭綱、庾肩吾
表十五　蕭繹	表二十　庾信
表二一　陰鏗、張正見	表二二　江總

表一				
人　名	詩總數	平韻	仄韻	混用
王　粲	17	16	1	0
陳　琳	7	7	0	0
劉　楨	20	13	3	4
徐　幹	9	6	1	2
阮　瑀	10	8	0	2
應　瑒	5	5	0	0
繁　欽	4	4	0	0
曹　丕	14	11	1	2
吳　質	1	1	0	0
麋　元	1	0	0	1
杜　摯	2	1	0	1
曹　植	40	32	8	0
曹　彪	1	0	1	0
何　晏	2	1	0	1
應　璩	25	11	12	2
毌丘儉	1	0	0	1
郭遐周	3	3	0	0
阮　侃	2	1	0	1
嵇　康	12	8	2	2
阮　籍	82	73	9	0

表二				
人　名	詩總數	平韻	仄韻	混用
仙　道	1	1	0	0
嵇　喜	3	2	1	0
程　咸	1	1	0	0
劉　伶	1	0	0	1
傅　玄	18	11	4	3
程　曉	1	0	0	1
應　亨	1	0	1	0
裴　秀	1	0	1	0
成公綏	3	1	1	1
賈　充	1	1	0	0
薛　瑩	1	1	0	0
棗　據	6	4	0	2
荀　勗	1	0	1	0
孫　楚	2	0	1	1
傅　咸	4	3	1	0
郭泰機	1	1	0	0
張　華	27	24	2	1
周　處	1	1	0	0
曹　嘉	1	0	1	0
潘　岳	13	2	4	7

表三				
人　名	詩總數	平韻	仄韻	混用
石　崇	2	1	0	1
歐陽建	1	0	0	1
何　劭	3	1	2	0
陸　機	50	29	18	0
陸　雲	7	5	1	1
嵇　紹	1	0	1	0
嵇　含	3	3	0	0
牽　秀	1	1	0	0
司馬彪	6	3	3	0
左　芬	1	1	0	0
左　思	13	8	2	3
張　翰	3	2	1	0
張　載	10	3	4	3
張　協	13	7	5	1
閭丘沖	1	1	0	0
曹　攄	3	2	0	1
王　讚	1	1	0	0
潘　尼	17	12	3	2
棗　腆	2	0	2	0
王　浚	1	1	0	0

表四				
人　名	詩總數	平韻	仄韻	混用
郭　愔	2	0	2	0
劉　琨	1	0	0	1

	詩總數	平韻	仄韻	混用
干 寶	1	1	0	0
張 亢	1	0	1	0
王 鑒	1	1	0	0
李 充	3	2	0	1
李 顒	5	2	2	1
楊 方	5	3	0	2
朱德才	1	1	0	0
郭 璞	21	8	13	0
庾 闡	13	7	5	1
江 逌	3	1	1	1
盧 諶	8	4	3	1
曹 毗	8	7	1	0
張 望	3	0	3	0
張 翼	7	2	3	2
許 詢	1	0	1	0
王羲之	2	1	0	1
孫 綽	3	3	0	0
謝 安	1	1	0	0

表 五

人 名	詩總數	平韻	仄韻	混用
謝 萬	1	1	0	0
孫 統	1	1	0	0
孫 嗣	1	1	0	0
郗 曇	1	1	0	0
庾 蘊	1	1	0	0
曹茂之	1	1	0	0
桓 偉	1	0	0	1
袁嶠之	1	0	1	0
王玄之	1	1	0	0
王凝之	1	1	0	0
謝道韞	2	2	0	0
王肅之	1	1	0	0
王徽之	1	1	0	0
王渙之	1	1	0	0

	詩總數	平韻	仄韻	混用
王彬之	1	1	0	0
王蘊之	1	1	0	0
魏 滂	1	1	0	0
虞 說	1	1	0	0
謝 繹	1	1	0	0
徐豐之	1	1	0	0

表 六

人 名	詩總數	平韻	仄韻	混用
曹 華	1	1	0	0
袁 宏	4	1	2	1
王彪之	2	1	1	0
習鑿齒	2	0	2	0
趙 整	2	1	1	0
袁山松	1	1	0	0
顧愷之	1	1	0	0
苻 朗	1	0	1	0
桓 玄	1	1	0	0
殷仲文	2	1	1	0
謝 混	3	0	2	1
吳隱之	1	1	0	0
劉程之	1	1	0	0
王喬之	1	1	0	0
張 野	1	0	1	0
湛方生	6	2	3	1
劉 恢	1	1	0	0
陸 沖	2	2	0	0
卞 裕	2	1	1	0
王康琚	2	1	1	0

表 七

人 名	詩總數	平韻	仄韻	混用
王 氏	1	0	0	1
辛 蕭	1	1	0	0
李 氏	1	0	1	0
陶淵明	115	81	34	0

康僧淵	2	1	0	1
支　遁	18	9	6	3
鳩羅摩什	1	0	1	0
釋慧遠	1	0	1	0
廬山諸道人	1	1	0	0
廬山諸彌沙	1	1	0	0
史　宗	1	1	0	0
帛道猷	1	1	0	0
竺僧度	1	0	0	1
楊苕華	1	0	1	0
葛　洪	4	3	1	0
羊　權	3	2	1	0
楊　羲	80	51	12	17
許　穆	1	1	0	0
許　翽	7	5	1	1
王叔之	1	0	1	0

表　八

人　名	詩總數	平韻	仄韻	混用
卞伯玉	1	0	1	0
謝　瞻	10	2	5	3
劉義隆	4	3	1	0
宗　炳	2	0	2	0
傅　亮	2	1	1	0
謝　晦	2	1	1	0
謝世基	1	0	1	0
鄭鮮之	1	1	0	0
范　泰	4	1	3	0
謝靈運	82	42	39	1
謝惠連	23	14	9	0
王　微	4	2	2	0
何長瑜	2	0	2	0
荀　雍	1	1	0	0

劉義慶	1	1	0	0
范　曄	2	1	1	0
范廣淵	1	0	1	0
孔法生	1	1	0	0
陸　凱	1	1	0	0
袁　淑	4	2	2	0

表　九

人　名	詩總數	平韻	仄韻	混用
劉　鑠	9	3	5	1
劉　駿	16	12	2	2
顏延之	22	14	8	0
王僧達	4	3	0	1
湯惠之	1	1	0	0
庾徽之	1	0	1	0
沈慶之	1	1	0	0
劉義恭	5	4	1	0
謝　莊	12	10	2	0
鮑　照	110	73	35	2
鮑令暉	5	3	2	0
王　素	1	1	0	0
吳邁遠	2	2	0	0
任　豫	2	1	1	0
袁伯文	2	2	0	0
湛茂之	1	0	1	0
王歆之	1	1	0	0
賀道慶	1	1	0	0
蕭　璟	1	0	1	0
張公庭	1	1	0	0

表　十

人　名	詩總數	平韻	仄韻	混用
蕭道成	1	1	0	0
王　延	1	1	0	0
王　儉	5	5	0	0
王僧祐	1	0	1	0

人 名	詩總數	平韻	仄韻	混用
顧 歡	1	0	1	0
蕭子良	4	1	3	0
蕭子隆	1	1	0	0
王 融	35	23	12	0
丘巨源	2	2	0	0
孔稚珪	2	0	1	1
張 融	1	1	0	0
謝 朓	101	50	51	0
虞 炎	3	1	2	0
陸 厥	5	4	1	0
劉 繪	6	5	1	0
劉士溫	1	1	0	0
袁 象	2	0	2	0
虞通之	1	1	0	0
顧 恩	1	0	0	1
鍾 憲	1	1	0	0

表十一

人 名	詩總數	平韻	仄韻	混用
許瑤之	3	2	1	0
石道慧	1	1	0	0
王秀之	1	0	1	0
江孝嗣	2	1	0	1
王常侍	1	1	0	0
蕭 衍	36	20	8	8
高 爽	5	2	3	0
范 雲	37	31	4	2
宗 夬	1	1	0	0
江 淹	101	77	22	2
蕭 鈞	1	1	0	0
王 暕	2	1	1	0
曹景宗	1	0	1	0
任 昉	20	7	13	0
丘 遲	10	7	1	2
虞 羲	8	3	4	1

人 名	詩總數	平韻	仄韻	混用
虞 騫	5	3	2	0
沈 約	116	67	43	6
劉 霽	1	0	1	0
劉 苞	2	2	0	0

表十二

人 名	詩總數	平韻	仄韻	混用
柳 鎮	1	1	0	0
柳 惲	16	10	5	1
何 遜	95	55	36	3
何寘南	1	0	0	1
沈 繇	1	0	1	0
孫 擢	1	1	0	0
江 革	2	1	1	0
朱記室	1	1	0	0
王 訓	3	3	0	0
吳 均	104	64	37	3
周興嗣	3	1	2	0
劉 峻	3	0	1	2
王僧儒	35	14	16	5
徐 悱	3	2	1	0
周 捨	1	0	1	0
陸 倕	3	2	1	0
陸 罩	3	3	0	0
紀少瑜	5	4	0	1
張 率	3	2	1	0
傅 昭	1	1	0	0

表十三

人 名	詩總數	平韻	仄韻	混用
裴子野	3	2	1	0
蕭 統	19	12	5	2
殷 芸	1	1	0	0
蕭 琛	4	3	0	1
蕭 巡	1	1	0	0
蕭 雉	1	1	0	0

何思澄	2	2	0	0
劉遵	5	4	0	1
徐勉	5	2	2	1
陶宏景	3	3	0	0
蕭子顯	4	2	1	1
蕭瑱	1	1	0	0
劉孝綽	61	49	9	3
劉綏	10	9	0	1
劉孺	1	1	0	0
劉顯	1	0	1	0
王籍	1	1	0	0
劉之遴	1	0	1	0
到溉	3	2	1	0
蕭推	1	1	0	0

表十四

人　名	詩總數	平韻	仄韻	混用
庾仲容	1	0	1	0
楊曒	1	1	0	0
吳孜	1	1	0	0
朱异	1	1	0	0
張纘	1	0	1	0
王偉	2	2	0	0
劉孝威	31	25	3	3
蕭子雲	6	2	2	2
蕭子暉	4	3	1	0
何敬容	1	1	0	0
伏挺	1	1	0	0
劉邈	2	2	0	0
徐摛	4	4	0	0
劉孝儀	11	9	1	1
蕭子範	8	5	2	1
蕭紀	5	5	0	0
蕭綱	176	151	21	4
庾肩吾	76	69	7	0

王筠	42	19	13	10
褚澐	2	0	2	0

表十五

人　名	詩總數	平韻	仄韻	混用
鮑至	2	2	0	0
鮑泉	9	7	0	2
蕭綸	7	6	1	0
徐怦	1	1	0	0
蕭繹	88	81	6	1
蕭正德	1	1	0	0
劉孝勝	2	1	1	0
劉孝先	6	5	0	1
徐君蒨	2	2	0	0
徐防	2	2	0	0
徐朏	1	1	0	0
蕭曄	1	1	0	0
苟濟	1	0	0	1
江洪	9	5	3	1
江祿	1	0	1	0
孔燾	2	2	0	0
何子朗	3	1	2	0
沈旋	1	0	1	0
沈趨	2	0	2	0
費昶	7	4	2	1

表十六

人　名	詩總數	平韻	仄韻	混用
王臺卿	11	9	1	1
王岡	1	0	0	1
朱超	15	15	0	0
戴暠	1	1	0	0
庾丹	2	2	0	0
謝瑱	1	0	0	1
鄧鏗	3	2	1	0
蕭察	10	8	2	0

人 名	詩總數	平韻	仄韻	混用
聞人倩	1	1	0	0
沈君攸	4	4	0	0
施榮泰	1	0	1	0
姚 翻	4	4	0	0
李鏡遠	1	1	0	0
鮑子卿	2	1	1	0
王 樞	3	2	0	1
湯僧濟	1	1	0	0
顧 煊	1	1	0	0
王脩己	1	1	0	0
王孝禮	1	1	0	0
范 筠	2	2	0	0

表十七

人 名	詩總數	平韻	仄韻	混用
甄 固	1	0	0	1
王 環	1	1	0	0
江伯瑤	1	1	0	0
劉 泓	1	1	0	0
王 湜	1	1	0	0
李孝勝	1	1	0	0
談士雲	1	1	0	0
張 騫	1	1	0	0
劉 憺	1	1	0	0
賀文標	1	1	0	0
蕭若靜	1	1	0	0
蕭 欣	1	1	0	0
王 氏	2	2	0	0
劉 氏	1	1	0	0
劉令嫻	7	5	2	0
沈滿願	5	5	0	0
釋寶誌	2	1	1	0
釋智藏	1	1	0	0
釋惠令	1	1	0	0
惠慕道士	1	1	0	0

表十八

人 名	詩總數	平韻	仄韻	混用
僧正惠	2	2	0	0
桓法闓	1	1	0	0
周子良	6	5	1	0
吳興妖神	1	0	1	0
韓延之	1	1	0	0
游 雅	1	1	0	0
劉 昶	1	0	1	0
李 謐	1	1	0	0
鄭道昭	4	3	0	1
元子攸	1	1	0	0
元 恭	1	0	0	1
崔 鴻	1	1	0	0
馮元興	1	0	1	0
董 紹	1	1	0	0
盧元明	1	0	1	0
李 騫	1	1	0	0
鹿 悆	2	1	1	0
李 諧	1	1	0	0
常 景	4	2	2	0
褚 緭	1	1	0	0

表十九

人 名	詩總數	平韻	仄韻	混用
溫子昇	4	2	1	1
胡 叟	1	1	0	0
元暉業	1	1	0	0
元 熙	2	1	1	0
王 容	1	0	1	0
王 德	1	1	0	0
周 南	1	0	1	0
謝 氏	1	1	0	0
陳留長公主	1	1	0	0

斛律豐樂	1	0	1	0
高　昂	1	0	1	0
蕭　祗	2	2	0	0
蕭　放	2	2	0	0
盧詢祖	1	1	0	0
裴讓之	2	2	0	0
裴訥之	1	0	0	1
邢　邵	7	4	0	3
鄭公超	1	1	0	0
楊　訓	1	1	0	0
袁　奭	1	1	0	0

表二十

人　名	詩總數	平韻	仄韻	混用
魏　收	9	8	0	1
劉　逖	4	4	0	0
祖　珽	3	2	1	0
高延宗	1	1	0	0
蕭　愨	13	11	1	1
馬元熙	1	1	0	0
陽休之	4	2	1	1
顏之推	3	1	1	1
趙儒宗	1	1	0	0
馮淑妃	1	1	0	0
宇文毓	3	3	0	0
李　昶	2	2	0	0
高　琳	1	1	0	0
宗　懍	4	3	0	1
宗　羈	1	1	0	0
蕭　撝	2	2	0	0
王　褒	30	30	0	0
宇文逌	1	1	0	0
庾　信	235	219	12	4
孟　康	1	1	0	0

表二一

人　名	詩總數	平韻	仄韻	混用
釋亡名	6	6	0	0
無名法師	1	1	0	0
無名氏	25	15	4	6
沈　炯	16	15	0	1
陰　鏗	31	30	0	1
陸才山	1	1	0	0
周弘正	13	9	2	2
周弘讓	4	3	1	0
周弘直	1	1	0	0
顧野王	1	0	1	0
徐伯陽	1	1	0	0
張正見	50	47	3	0
叔　寶	28	17	8	3
徐　陵	23	21	1	1
孔　奐	1	1	0	0
孔　魚	1	0	0	1
陸　瓊	1	1	0	0
陳　昭	1	1	0	0
祖孫登	8	8	0	0
劉　刪	10	6	0	4

表二二

人　名	詩總數	平韻	仄韻	混用
褚　玠	1	1	0	0
謝　燮	1	0	0	1
蕭　詮	3	3	0	0
賀　徹	2	2	0	0
賀　循	1	1	0	0
李　爽	1	1	0	0
何　胥	4	3	0	1
陽　縉	1	1	0	0
陽　愼	1	1	0	0
蔡　凝	1	1	0	0

人　名	詩總數	平韻	仄韻	混用
阮　卓	3	3	0	0
徐孝克	2	2	0	0
潘　徽	1	1	0	0
韋　鼎	1	1	0	0
徐德言	1	1	0	0
樂昌公主	1	1	0	0
江　總	58	52	4	2
何處士	4	4	0	0
蘇子卿	1	1	0	0
賀力牧	1	1	0	0

表二三

人　名	詩總數	平韻	仄韻	混用
伏知道	7	7	0	0
蕭　有	1	1	0	0
徐　湛	1	1	0	0
吳尚野	1	1	0	0
吳思玄	1	1	0	0
何曼才	1	1	0	0
許　倪	1	1	0	0
蕭　驎	1	1	0	0
蕭　琳	1	1	0	0
孔　範	2	2	0	0
陳少女	1	1	0	0
釋惠標	8	8	0	0
曇　瑗	1	0	0	1
釋洪偃	3	2	0	1
釋智愷	1	1	0	0
高麗定法師	1	1	0	0
盧思道	13	9	2	2
孫萬壽	9	7	0	2
李德林	5	5	0	0
明餘慶	1	1	0	0

表二四

人　名	詩總數	平韻	仄韻	混用
魏　澹	5	4	0	1
辛德源	1	1	0	0
李孝貞	5	5	0	0
元行恭	2	1	0	1
劉　臻	1	1	0	0
何　妥	2	1	0	1
尹　式	2	2	0	0
楊　廣	24	20	3	1
姚　察	2	0	2	0
楊　素	19	9	8	2
賀若弼	1	1	0	0
薛道衡	16	11	0	5
柳　晉	4	3	0	1
牛　弘	1	1	0	0
蕭　琮	1	1	0	0
袁　慶	1	1	0	0
王　眘	2	2	0	0
徐　儀	1	0	0	1
岑德潤	4	4	0	0
崔仲方	3	3	0	0

表二五

人　名	詩總數	平韻	仄韻	混用
于仲文	2	1	0	1
王　冑	10	6	0	4
諸葛穎	5	4	1	0
虞　綽	1	0	1	0
許善心	4	3	0	0
庾自直	1	1	0	0
李　密	1	0	0	1
虞世基	13	11	0	2
杜公瞻	1	1	0	0

王　衡	2	2	0	0
薛德音	1	1	0	0
虞世南	5	5	0	0
蔡允恭	1	1	0	0
孔德紹	11	11	0	0
劉　斌	4	4	0	0
李巨仁	2	2	0	0
弘執恭	3	3	0	0
卞　斌	1	1	0	0
王由禮	3	3	0	0
魯　范	1	1	0	0

表二六

人　名	詩總數	平韻	仄韻	混用
胡師耽	1	1	0	0
陳　政	1	0	0	1
周若水	1	0	0	1
薛　昉	1	1	0	0
劉　瑞	1	1	0	0
段君彥	1	1	0	0
張文恭	1	1	0	0
呂　讓	1	1	0	0
沈君道	1	1	0	0
魯　本	1	1	0	0
劉夢予	1	1	0	0

陸季覽	1	1	0	0
馬　敞	1	1	0	0
王　謨	1	1	0	0
乙支文德	1	0	1	0
大義公主	1	1	0	0
李月素	1	0	1	0
羅愛愛	1	1	0	0
秦玉鸞	1	1	0	0
蘇蟬翼	1	1	0	0

表二七

人　名	詩總數	平韻	仄韻	混用
張碧蘭	1	0	1	0
侯夫人	5	5	0	0
僧法宣	2	1	0	1
釋慧淨	4	4	0	0
釋智炫	1	1	0	0
慧　曉	1	1	0	0
釋玄逵	3	3	0	0
釋靈裕	2	1	1	0
釋智命	1	1	0	0
釋智才	1	1	0	0
曇　延	1	0	1	0
釋慧輪	1	1	0	0
無名釋	1	1	0	0

　　表一魏代曹植四十首詩中，平韻三十二首，仄韻八首，平韻佔百分之八十，為仄韻的四倍；阮籍八十二首〈詠懷詩〉中，七十三首平韻、九首仄韻，平韻佔百分之八九。二人皆無混用平仄的詩。

　　晉代中以表三的陸機和表七的陶淵明為代表，陸機五十首詩中，平韻二十九首，佔百分之五八，仄韻十八首，佔百分之三十六，混用的則有三首，佔百分之六。陶淵明一一五首詩中，平韻八十一首，佔百分之七十，仄韻則有三十四首，佔百分之三十。

　　由此觀之，魏晉時詩歌便以平聲韻佔大部份，同時由極少混用平

仄的情形來看，第二章第二節所言平仄觀念的形成在於漢賦，而到了魏晉時，則由詩歌用韻得到印證：平仄觀念到了魏晉時確實已十分清楚了。

宋代以降，謝靈運的仄韻詩有三十九首，佔百分之四十七點五六；鮑照仄韻詩三十五首，佔百分之三十一點八二；王融仄韻詩十二首，佔百分之三十四點二九；至於謝朓，仄韻詩有五十一首，剛好比其平韻詩多了一首；沈約則有仄韻詩四十三首，佔百分之三十七點〇七。

齊梁時代則仄韻詩的數量在比例上，很明顯比魏晉稍高；而且混用平仄的詩也較魏晉多。如果從時間上來看這個現象，或許可說這些文人正處於一個新體詩的創建時代，爲了追求詩歌在聲音上有所變化，因此，在用韻時，用了較多仄聲字。

到了齊梁時稍晚的蕭綱、庾肩吾以後，平韻詩的比例則佔了絕大部分。表十一蕭綱一七六首詩中，平聲韻有一五一首，佔了百分之八十五點七九。庾肩吾七十六首詩中，不聲韻有六十九首，佔百分之九十點七八。表十二的蕭繹平韻詩八十一首，佔全部八十八首的百分之九十三點一〇。而在表二十北周的庾信，以平韻作詩的習慣更是明顯了：庾信的詩有二三五首，其中平韻詩二一九首，佔全部的九十三點一九。

由以上的數字來看，近體詩以平韻爲正例的習慣，應當是在齊梁時代的晚期所形成的認知。

第六章　對仗的流變

第一節　近體詩對仗的情形

　　近體詩的對仗應當分爲絕句的對仗與律詩排律的對仗兩個方面來看。

　　首先，就絕句而言，絕句並沒有必須對仗的嚴格規定。就唐人的作品來看，在兩聯之中，有第一聯對而第二聯不對、有第二聯對而第一聯不對，也有兩聯全對或兩聯全不對的。以《唐詩三百首》中的名篇來看，第一聯對而第二聯不對的如杜甫〈八陣圖〉：

　　　　功蓋三分國，名成八陣圖。江流石不轉，遺恨失吞吳。

　　　〔註1〕

後一聯對而前一聯不對的如孟浩然〈宿建德江〉：

　　　　移舟泊烟渚，日暮客愁新。野曠天低樹，江清月近人。

　　　〔註2〕

兩聯全對的如王之渙〈登鸛鵲樓〉：

　　　　白日依山盡，黃河入海流。欲窮千里目，更上一層樓。

　　　〔註3〕

〔註 1〕《唐詩三百首詳析》（臺北，臺灣中華書局），頁 273。
〔註 2〕同註1，頁 271。
〔註 3〕同註1，頁 274。

兩聯全不對的如王維〈相思〉：

　　紅豆生南國，春來發幾枝。願君多采擷，此物最相思。

　　〔註4〕

由這四個例子可以知道，絕句在對仗上並沒有很嚴格的限制。

　　律詩的對仗，一般以爲是在頷聯和頸聯，〔註5〕但從實際的情形來看，律詩對仗並沒有這樣的限制，而是在任何一聯均可對仗。必須要說明的是五言詩在首句入韻的情形下，首聯兩句末字皆爲平聲，是不可能對仗的，因此只有在首句不入韻的情形下，首聯才能成爲對仗。以下仍以《唐詩三百首》中的詩爲主，說明律詩對仗的情形。

　　全不對者，如李白〈夜泊牛渚懷古〉：〔註6〕

　　牛渚西江夜，青天無片雲。登舟望秋月，空憶謝將軍。
　　余亦能高詠，斯人不可聞。明朝挂帆席，楓葉落紛紛。

　　只有一聯對仗的如宋之問〈題大庾嶺北驛〉頸聯：

　　陽月南飛雁，傳聞至此迴。我行殊未已，何日復歸來。
　　江靜潮初落，林昏瘴不開。明朝望鄉處，應見隴頭梅。

杜荀鶴〈春宮怨〉同爲頸聯對仗：

　　早被嬋娟誤，欲妝臨鏡慵。承恩不在貌，教妾若爲容。
　　風暖鳥聲碎，日高花影重。年年越溪女，相憶采芙蓉。

首聯、頷聯兩聯對仗較少見，如孟浩然〈秦中寄遠上人〉：

　　一邱常欲臥，三徑苦無資。北土非吾願，東林懷我師。
　　黃金然桂盡，壯志逐年衰。日夕涼風至，聞蟬但益悲。

　　至於全詩頷聯、頸聯兩聯對仗的非常普遍，如杜甫〈別房太尉墓〉：

　　他鄉復行役，駐馬別孤墳。近淚無乾土，低空有斷雲。
　　對碁陪謝傅，把劍覓徐君。惟見林花落，鶯啼送客聞。

〔註4〕同註1，頁268。
〔註5〕王力《漢語詩律學》，頁142。
〔註6〕《李太白集校注》（偉豐書局）下，頁1314。

王維〈山居秋暝〉也是中間頷聯、頸聯對仗：

> 空山新雨後，天氣晚來秋。明月松間照，清泉石上流。
> 竹喧歸浣女，蓮動下漁舟。隨意春芳歇，王孫自可留。

首聯、頸聯對仗，如孟浩然〈與諸子登峴山〉：

> 人事有代謝，往來成古今。江山留勝跡，我輩復登臨。
> 水落魚梁淺，天寒夢澤深。羊公碑尚在，讀罷淚沾襟。

王勃〈杜少府之任蜀州〉：

> 城闕輔三秦，風煙望五津。與君離別意，同是宦遊人。
> 海內存知己，天涯若比鄰。無為在歧路，兒女共沾巾。

這首詩是首句入韻，也就首聯的「秦」「津」二字皆為平聲真韻。嚴格來看，在聲音上這不能算是對仗，但字面上則是很工整的對仗。

前三聯對仗也是十分普遍，如杜甫〈旅夜書懷〉：

> 細草微風岸，危檣獨夜舟。星垂平野闊，月湧大江流。
> 名豈文章著，官應老病休。飄飄何所似，天地一沙鷗。

又如王灣〈次北固山下〉同為前三聯對仗：

> 客路青山下，行舟綠水前。潮平兩岸闊，風正一帆懸。
> 海日生殘夜，江春入舊年。鄉書何處達，歸雁洛陽邊。

後三聯對仗，如杜甫〈悲秋〉：

> 涼風動萬里，群盜尚縱橫。家遠傳書日，秋來為客情。
> 愁窺高鳥過，老逐眾人行。始欲投三峽，何由見兩京。

〔註7〕

又如杜甫〈聞官軍收河南河北〉：

> 劍外忽傳收薊北，初聞涕淚滿衣裳。
> 卻看妻子愁何在，漫卷詩書喜欲狂。
> 白日放歌須縱酒，青春作伴好還鄉。
> 即從巴峽穿巫峽，便向襄陽向洛陽。

四聯全對的例子在唐詩中也有，如王維〈送李判官赴東江〉：

> 聞道皇華使，方隨皁蓋臣。封章通左語，冠冕化文身。

〔註7〕仇兆鰲《杜詩詳註》，卷十四，頁931。

樹色分揚子，潮聲滿富春。遙知辨璧吏，恩到泣珠人。

〔註8〕

杜甫〈禹廟〉也是四聯全部對仗：

禹廟空山裏，秋風落日斜。荒庭垂橘柚，古屋畫龍蛇。
雲氣噓青壁，江聲走白沙。早知乘四載，疏鑿控三巴。

〔註9〕

較特殊的如王維〈故西河郡杜太守挽歌〉其一：

天上去西征，雲中護北平。生擒白馬將，連破黑鵰城。
忽見刍靈苦，徒聞竹使榮。空留左氏傳，誰繼卜商名。

〔註10〕

此詩首聯和王勃〈杜少府之任蜀州〉的情形一樣，首聯為首句入韻，
而是字面上的對仗。

　　由以上所引諸例來看，律詩對仗的原則是：至少一聯對仗，但如
果只有一聯對仗，則多在頸聯；最普遍的情形是中間兩聯對仗。

　　至於排律的對仗，則是除首聯和尾聯之外全篇對仗。但也有首聯
對仗的排律。如果將排律減到八句，只保留前後各兩聯，則除首聯、
尾聯外，中間兩聯對仗，正和律詩最普遍的對仗情形同，這可能就是
一般認為律詩只有中間兩聯對仗的誤解之由來。

第二節　近體對仗的淵源

　　完整的對仗除了出句、對句的字數相等之外，還包含了兩個方
面：一是聲對，也就是出句對句的平仄相對；一是義對，也就是句法
和詞性相同。就對仗本身的發展而言，朱光潛便指出：

　　　講求意義的排偶在講求聲音的對仗之前。意義的排偶在
　　　《楚辭》、《漢賦》裏已常見，聲音的對仗則到魏晉以後纔

〔註8〕《王右丞集》（臺北，臺灣中華書局四部備要本），冊一，卷七，頁
　　　12左。
〔註9〕同註7，頁1225。
〔註10〕同註8，冊一，卷九，頁7左。

逐漸成原則。〔註11〕

這個情形在詩歌中也是如此，因此在詩歌中，只有字面的意義相對者，可以稱之為「古對」，〔註12〕意義與聲音皆相對者，則可以稱之為「律對」，〔註13〕而在六朝時，詩歌由古體往近體發展時，由於在聲律上的嘗試，也出現了一些聲音上符合對仗而意義上卻沒有有相對的情形，這種則只能稱之為「律聯」。〔註14〕然而有一點必須說明的是：律對畢竟不是對聯，從唐詩中的律對來看，僅管字面工穩，論及聲對的部分時，只要出句、對句皆符律句的標準，即可承認其為對仗。若深究其平仄時，則一三字未必便是平仄相對。

從對仗在中國文學作品的展發來看，古對早在《詩經》、《楚辭》中便已出現。其中《詩經》中的古對來自民歌，可以說是出自天然的修飾，而《楚辭》則可以說是有意以古對的形式來呈現，因此可以說人為的修飾。降至漢代，《詩經》的自然風格，可以說是呈現於古詩民歌之中。

最明顯的例子便是〈古詩十九首〉，十九首詩中，十二首不用對句，而其餘七首也不過用了以下十一個對句：

> 胡馬依北風，越鳥巢南枝。（〈行行重行行〉）
> 青青河畔草，鬱鬱園中柳。（〈青青河畔草〉）
> 昔為倡家女，今為蕩子婦。〈同前〉
> 青青陵上柏，磊磊澗中石。（〈青青陵上柏〉）
> 兔絲生有時，夫婦會有宜。（〈冉冉孤生竹〉）
> 迢迢牽牛星，皎皎河漢女。（〈迢迢牽牛星〉）
> 纖纖擢素手，扎扎弄機杼。〈同前〉
> 去者日以疏，生者日以親。（〈去者日以疏〉）
> 古墓犁為田，松柏摧為薪。〈同前〉

〔註11〕朱光潛〈中國詩何以走上「律」的路〉，見《詩論》，頁214。
〔註12〕此引用李立信老師的意見。
〔註13〕同註12。
〔註14〕見第四章第三節。

三五明月滿，四五蟾兔缺。(〈孟冬寒氣至〉)

上言長相思，下言久離別。(同前) 〔註15〕

但在漢賦中為了營造文章的宏偉體製，建構文字的韻律，在大量「從東南西北、上下左右、四面八方的鋪張」〔註16〕之要求下，賦中使用排比對仗的頻率，就比古詩高太多了。例如司馬相如的〈子虛賦〉、〈上林賦〉中的對仗：

交錯糾紛，上干青雲；罷池陂阤，下屬江河。

外發芙蓉菱華，內隱鉅石白沙。

靡魚鬚之橈旃，曳明月之珠旗。

左烏號之彫弓，右夏服之勁箭。

下靡蘭蕙，上拂羽蓋。

揜翡翠，射鵔鸃。

微矰出，纖繳施。

張翠帷，建羽蓋。

網玳瑁，鉤紫貝。

其上則有鵷鶵孔鸞，騰遠射干；其下則有白玄豹，蟃蜒貙犴。

駕馴駁之駟，乘彫玉之輿。〔註17〕

比較這些對仗，可以很明顯的看出古詩對仗出於自然，而漢賦則出於人為修飾。

降至魏晉，賦體的人為修飾之風格，透過文學思想的發展〔註18〕而影響了詩體的風格，例如阮籍〈詠懷詩八十二首〉其九：

步出上東門，北望首陽岑。下有采薇士，上有嘉樹林。

良辰在何許，凝霜霑衣襟。寒風振山岡，玄雲起重陰。

鳴鴈飛南征，鶗鴂發哀音。素質由商聲，悽愴傷我心。

〔註19〕

〔註15〕《增補六臣註文選》，卷二九，頁 535～540。

〔註16〕同註 11，頁 209。

〔註17〕《增補六臣註文選》，卷七，頁 149。

〔註18〕說詳第四章第一節。

〔註19〕同註 15，頁 419。

其中諸如「玄雲」、「重陰」、「商聲」等語，已是文人所用的辭彙，而非民歌中的口語了。換言之，魏晉以後的對仗，在修辭上日漸脫離了口語，而成為文字的展現。試看謝靈運詩中的幾個對仗：

崖傾光難留，林深響易奔。（石門新營所住四面高山迴溪石瀨茂竹脩林）〔註20〕

節往感不淺，感來念已深。（晚出西射堂）〔註21〕

石橫水分流，林密蹊絕蹤。（於南山往北山經湖中瞻眺）〔註22〕

月弦光照戶，秋首風入隙。（七夕詠牛女）〔註23〕

這四個對仗的特點是：全以字為單位，而不是以詞為單位。這種修辭方式的效果就是使得一句詩所能呈現的事物大增，而意義也得以闊充。再看杜甫的〈春望〉的前兩聯：

國破山河在，城春草木深。

感時花濺淚，恨別鳥驚心。〔註24〕

可說是一樣的修辭。因此就義對而言，近體詩對仗的修辭技巧，早在齊梁時代便已相當成熟了。

　　此外詩歌中對仗的數量也有相當的增加，例如謝靈運的詩中，〈日出東南隅行〉、〈苦寒行〉、〈登池上樓〉、〈遊南亭〉、〈登江中孤嶼〉、〈石壁立招提精舍〉、〈登廬山絕頂望諸嶠〉、〈初發入南城〉、〈夜發石關亭〉、〈詠冬〉等詩全篇皆以古對為之，至於其他的作品，也是每一首詩都有對仗。換言之，對仗在齊梁的大量運用，使得對仗自然而然成為詩的一部分。到了近體格律成熟時，對仗也就順理成章的成為格律的一部分了。

　　再者齊梁詩歌中的對仗，不僅數量上多，同時也要求文字更加精巧妍麗。而在這樣的要求下，極有可能注意到對仗中的聲音，嘗試著

〔註20〕《謝康樂詩註》（臺北，藝文印書館），卷三，頁108。
〔註21〕同註20，卷二，七六。
〔註22〕同註20，卷三，頁130。
〔註23〕同註20，卷四，頁184
〔註24〕清・仇兆鰲《杜詩詳註》，卷四，頁320。

建立聲音上的規律。例如在謝靈運詩中有一些雙聲疊韻的對仗：

（1）雙聲對雙聲者

溯流觸驚急，臨圻阻參錯。（〈富春渚〉）〔註25〕

想像崑山姿，緬邈區中緣。（〈登江中孤嶼〉）〔註26〕

芰荷迭映蔚，蒲稗相因依。（〈石壁精舍還湖中作〉）〔註27〕

披拂趨南徑，愉悅掩東扉。（〈石壁精舍還湖中作〉）

州島驟迴合，圻岸屢崩奔。（〈入彭蠡湖口〉）〔註28〕

照灼爛宵漢，遙裔起長津。（〈擬魏太子鄴中集詩·魏太子〉）
〔註29〕

（2）疊韻對疊韻者

荒林紛沃若，哀林相叫嘯。（〈七星瀨〉）〔註30〕

澹瀲結寒姿，團欒潤霜質。（〈登永嘉綠嶂山〉）〔註31〕

肆呈窈窕容，路曜嬋娟子。（〈會吟行〉）〔註32〕

（3）雙聲與疊韻互對者

依稀採菱歌，彷彿含嚬容。（〈行田登海口盤嶼山〉）〔註33〕

側逕既窈窕，環洲亦玲瓏。（〈於南山往北山經湖中瞻眺〉）〔註34〕

殷勤訴危柱，慷慨命促管。（〈道路憶山中〉）〔註35〕

變改苟催促，容色烏盤桓。（〈長歌行〉）〔註36〕

〔註25〕同註20，卷二，頁70。
〔註26〕同註20，卷二，頁92。
〔註27〕同註20，卷三，頁113。
〔註28〕同註20，卷四，頁150。
〔註29〕同註20，卷四，頁165。
〔註30〕同註20，卷四，頁158。
〔註31〕同註20，卷二，頁94。
〔註32〕同註20，卷一，頁34。
〔註33〕同註20，卷二，頁86。
〔註34〕同註20，卷三，頁129。
〔註35〕同註20，卷四，頁147。
〔註36〕同註20，卷一，頁31。

逶迤旁隅隩，迢遞陟陘峴。(〈從斤竹澗越嶺溪行〉) 〔註37〕

蘋萍泛沈深，菰蒲冒清淺。(〈從斤竹澗越嶺溪行〉)

從這些雙聲疊韻的例子來看，可以說謝靈運的詩已經注意到了字句的聲音，但要說是否有刻意去安排平仄，則是不容易證明的。由文學現象回溯歷史，找尋其淵源是正常的推理；但假設不知道結果，只從歷史中尋找其流變，或者可以形容為「瞎子摸象」。聲音在對仗中的安排，究竟有那些嘗試？出句對句的平仄重複一遍？顛倒？或者是用四聲來嘗試？這些都不無可能，如果這個嘗試不能夠成為大多數文人的共同認知，終歸是會被埋沒而不為人知。無論如何，就現有的作品或史料來看，在對仗中這些聲音上的安排就算是有意為之，但現在已是很難看出什麼規律來了；因此，要討論聲對的演變，也只能就現在所能瞭解的平仄安排來探討。近體詩對仗的聲對部分究竟是何時確立的，雖然能夠解答這個問題的資料非常有限，但從律句到律聯的發展中，仍能尋繹出一些線索。

中國語言中的聲調被區分成平仄兩大類，是從漢賦開其端。前後句韻腳字分用平仄聲的原則，就是模仿漢賦的形式。〔註38〕而後在律句的認知建立之後，平仄的安排也差不同時擴及於一聯。所謂「兩句之中，輕重悉異」，但是如用這一句話來看聲對和律聯，就近體詩而言，這兩者並沒有什麼不同。兩者都必須是律句，二四五字平仄聲調相反，一三字在不犯孤平的情形下，可以不必太講究。因此，近體詩聲對的定型，應當可以推論大約與律句同時。

〔註37〕同註20，卷三，頁133。
〔註38〕見第五章第二節。

第七章　結　論

　　由於中國文字的特性，中國文學的各種體裁為了追求作品在聲音上的流暢和協，或多或少都在聲律有所安排。汪中老師便指出：不僅僅是韻文，就連散文如「暮春三月，江南草長，雜花生樹，群鶯亂飛」〔註1〕也未嘗不是在聲律上有所安排。但純就聲律對作品的影響程度來觀察，則韻文中的聲律在作品中所佔有的份量，確是遠遠超過散文的。而在韻文中，受聲律約束最多的文學體裁，則莫過於唐以後的近體詩。

　　從以上的討論，可以很清楚的看出來，唐代近體詩所遵循的格律，並不僅如文學史上所言，從沈約創為四聲之說後，便是初唐沈佺期、宋之問完成近體的格律。實際上，格律中所包含的原則，不止一端，這些原則，都是經過六朝的詩人在創作中嘗試，而後逐漸形成了共同的認知。唐代所確立的「近體詩」這種詩體，就是匯集了六朝以來嘗試的心得而完成的。

　　首先，聲調的區分是格律重要的基礎。中國語文所以被區分為四聲，除了陳寅恪在〈四聲三問〉中，早已指出佛經轉讀對四聲之說的創立有不可抹滅的影響外，更重要的一點是中國語文中，也必須先要

〔註1〕丘遲〈與陳伯之書〉，見《六臣註文選》，卷四三，頁808。

有聲調的現象，而後才能被分爲四聲。從《詩經》、《楚辭》的用韻上，中國語文從很早便有聲調的現象得到了證實。若從曹植、阮籍等人的詩來看，平仄用韻非常整齊，絕無混用的情形，更顯示平仄觀念在魏晉之世便已十分明確。僅管四聲的理論尚未提出，但四聲和平仄已經成爲文人創作時所使用的原則了。

其次，四聲不能直接運用於文學作品上，因爲四個聲調的組合是太過複雜，因此，四聲區分爲平聲仄聲兩大類，這是格律創建過程中，最重要的基礎。在朱光潛〈中國詩何以走上「律」的道路〉中便指出：

> 聲音的對仗起於意義的排偶，這兩個特徵先見於賦，律詩
> 是受賦的影響。〔註2〕

而在一些漢賦中每句的末字往往是平仄遞用的，因此追尋平仄區分的淵源，則可上溯於漢代。降至魏晉，賦體直接影了駢文。駢文最主要的特點就是對偶工整，在全篇的對偶中是否也有聲音上的規律呢？丁邦新在〈從聲韻學看文學〉提到：

> 平仄律、長短律的運用不僅在詩，在駢文裏亦復如此。
> 〔註3〕

也就是指出駢文中也有一些聲律上的安排。在晉到隋這一段時間，駢文是被廣泛運用的一種文體，同時，這也是近體詩格律的醞釀時期，是否近體詩的格律也有受到駢文的影響呢？近體詩之所以能夠結合許多句子成爲一首詩，最主要的原則就是「對」、「粘」。對的基礎就是平仄聲的相對，漢賦已開其端。而在劉志強《六朝聲律探微》所引用的許多駢文的例子中，有部分的駢文也有出現如近體詩的「粘」，特別是齊梁以後的一些篇幅短小的駢文，全篇都以粘來結合各聯。因此，雖沒有對駢文的聲律作廣泛的研究，仍大膽推論：格律中「粘」的建立，應當是受駢文相當的影響而產生。

〔註2〕先光潛〈中國詩何以走上「律」的路〉，見《詩論》，頁233。
〔註3〕丁邦新〈從聲韻學看文學〉，見《中外文學》四卷一期，頁138。

近體詩的詩句以粘對爲原則而組合在一起，而其基本的句形：律句又是由何時開始爲文人作詩時所慣用呢？從魏晉南北朝的詩中，對律句的統計，可以很清楚的看出來，在梁代稍晚的蕭繹、庾肩吾之時，在詩歌中運用律句的比例，已經高達百分之九十以上，這也就說明了齊梁時代，律句的形式已普遍爲人所採用。同時，由於律句的普遍使用，而律聯的組合也大約在這個時候確立。至於粘的成立，則在稍晚於律句、律聯的梁代末年，而且到了隋代都未能普遍成爲文人作詩時所運用的法則。

近體詩的用韻以平韻爲正例，從第五章對附錄甲的資料所歸納出來的結果來看，在魏晉時，詩歌押平聲韻已較仄聲韻爲多，而到梁代以後，詩歌使用平聲字爲韻，便成爲詩人創作時的習慣。

而在近體詩對仗中，平仄聲相對原則的建立，是很難確定的，因爲近體詩的對仗並不是非常嚴格的每字平仄相對，常常是在第一、三字上有所出入，這可以說是爲創作者在格律上保留一點彈性。如果把這個放寬的原則與律聯相較，可以說是沒有差異，因此也大膽推論：律句使用日漸頻繁之後，聲對的原則，應當是與律聯同時產生的。

任何一種文學體裁，都不是憑空產生，或與時代背景，或與其他文學體裁互動而產生。本文對格律發展的研究，正印證了這個觀點：魏晉以降，社會風氣注重的清雅，同時隨著清談論辯，而思想理論愈趨細密，由此，文人試圖透過思想，在人物風範或言談應對上，建立一些典範原則。詩歌格律正是這樣的社會背景下的產物。詩歌的格律雖是唐代所確立，但格律中的各個條件分開來追溯，其實都有其發展的淵源；同時，大部分的格律早在梁代時便已成爲詩人創作時所慣用，惟不同於近體格律者，只是這些條件乃是各別出現在詩歌之中。換言之，格律的條件早在唐代之前便已成熟，唐代則是集其大成。

最後，由於研究方法及時間上的限制，本研究的重心是放在聲律上，因此對韻律及對仗這兩方面未能有詳盡的討論，這將是本研究往後將繼續發展的方向。

後　記

　　最初，是方師鐸老師規定我們唐詩格律的學期報告主題必須是對仗。然而以我們的能力，對仗能討論的其實不多，不論是討論《文鏡秘府論》中二十九種對、或者從對仗中分析語法，其實都是有人做過的。因此，總想找個沒人碰過的東西來試試看。於是，便選擇了聲音：對仗講究除了字面的工整之外，便是平仄相對，那麼，這個平仄相對是怎麼來的？因此便以謝靈運詩中對仗的聲律爲研究對象。但是報告交出去之後，卻總覺得有點良心不安，因爲在謝靈運詩的對仗中，我看不出任何聲律的原則。後來帶著這顆不安的心，和發回來的報告，再到李立信老師家請教：爲什麼從謝靈運的詩中看不出什麼規律？然後李老師告訴我，聲對本來就是對仗的條件中，最後產生的一個，而且是跟四聲的確立有密切的關連。由此，又引發了我的疑問：四聲是什麼時候被區分爲平仄？平仄又是什麼時候進入了格律？再討論下去，就發覺這個問題似乎沒有人研究過，而這一個沒有結果的學期報告，可能提供了一個方法來分析這些問題。最後李老師便建議我，以此爲論文的題目。從老師家出來後，便決定暫且先放下想寫的「黃仲則研究」，換了看起來比較有意思的「格律」：我想，起碼這是別人沒研究過的問題。

　　決定之後，想想至少還有兩年，時間應該還夠，便開始把唐代以

前，魏晉南北朝到隋的所有古詩全部輸進電腦裏去，從這許多詩裏，總可以看出點什麼吧？我想。從此後，每天就坐在電腦前面練倉頡輸入法。等到全部輸入，要標四聲平仄時，麻煩才開始，這麼多的字，要標到何年何月？最後只好找在美國的家兄求援了，他爲我犧牲了許多休息的時間，不僅寫了許多個程式來解決問題，還寫了許多他覺得我可能會用到程式，希望能讓我的工作輕鬆一點。而後再寫來改去，總算把四聲平仄和詩中字句配成對了。接者，麻煩的事才眞正的開始：統計。新的電腦程式改了又改，試了又試，爲此家兄還請假回國上工。等他銷假回美後，隨著觀念的釐清，仍有很多很多的問題：統計標準的修正，新的條件加入都需要調整修改程式，於是只好打越洋電話或傳眞，隨傳隨到的解決。印象最深刻的一次，是我照他給我的傳眞輸入程式時，不小心爲了一個英文的逗點打成句點，就這小小的一點錯誤，足足花了一個星期才找出來。最後等到這些統計的結果大致沒什麼問題了，逼面而來的已是修業年限了。

而今想來，寫這篇研究論文，其實是有一點賭氣的成分：想要把那篇報告做一點結果。現在，論文很粗糙的完成了，雖然沒有什麼重要的成果，但勉強可以說是將近體格律發展的來龍去脈，稍微做了點整理。也算是對自己的一個交待。在這四年的過程中，令我感受最深的不是論文的完成，而是父母所給予我無條件的支持、家兄在資料整理統計的電腦程式和經濟上給我的支援，以及徐靜莊、黃文興、黃正川幾位朋友的鼓勵協助，最後還有李立信老師對我無限的包涵與寬容，更是讓我永難忘懷，也是無法言謝的。

參考書目

一、總　集

1. 《先秦漢魏晉南北朝詩》，逯欽立輯校，木鐸出版社。
2. 《全上古三代秦漢三國六朝文》，清・嚴可均編，世界書局。
3. 《兩漢三國文彙》，臺灣中華書局。
4. 《增補六臣註文選》梁・蕭統編，古迂書院刊本，漢京文化公司，四部善本新刊。
5. 《歷代駢文選》，張仁青編，成惕軒校訂，臺灣中華書局。
6. 《全唐詩》清聖祖御製，宏業書局。
7. 《唐詩三百首詳析》喻守眞編，臺灣中華書局。

二、別　集

1. 《謝康樂詩註》，宋・謝靈運著，黃節註，藝文印書館。
2. 《王右丞集注》，唐・王維，臺灣中華書局《四部備要》，據清乾隆刻本校刊。
3. 《李白集校注》，唐・李白，偉豐書局。
4. 《杜詩詳注》，唐・杜甫著，清・仇兆鰲注，漢京文化公司。
5. 《白氏長慶集》，唐・白居易北京，文學古籍刊行社。
6. 《元稹集》唐・元稹，漢京文化公司。
7. 《甫里先生文集》，唐・陸龜蒙，上海商務《四部叢刊初編》。
8. 《皮子文藪》，唐・皮日休，上海古籍出版社。
9. 《曝書亭集》，清・朱彝尊，臺北中華書局。

三、詩　論

1. 《漢語詩律學》，王力，上海教育出版社。
2. 《古詩論・律詩論》洪爲法，經氏出版社。

3. 《詩文聲律論稿》，啓功，香港華中書局。

4. 《詩詞曲格律淺說》，呂正惠，大安出版社。

5. 《古典詩的形式結構》，張夢機，尚友出版社。

6. 《唐詩形成之研究》方瑜，牧童出版社。

7. 《唐詩論文選集》，呂正惠，長安出版社。

8. 《歷代詩論》，金達凱，香港民主評論社。

9. 《南朝詩研究》，王次澄，東吳大學中國學術著作獎助委員會。

10. 《中國詩歌藝術研究》，袁行霈，五南圖書公司。

11. 《詩學述要》，龔喜英，華岡出版社。

四、詩　話

1. 《詩品》，梁・鍾嶸，汪中選注，正中書局。

2. 《文鏡秘府論》，日・空海，學海出版社影印日本《詩話叢書》。

3. 《文鏡秘府論校注》王利器，貫雅文化事業有限公司。

4. 《天廚禁臠》，宋・僧惠洪，上海，中華書局影印明正德丁卯刊本。

5. 《唐音癸籤》，明・胡震亨，木鐸出版社。

6. 《詩人玉屑》，宋・魏慶之，臺灣商務印書館。

   　　《歷代詩話》，清・何文煥輯，漢京文化公司《四部刊要》。

   　　《詩式》，唐・釋皎然。

   　　《石林詩話》，宋・葉少蘊。

   　　《珊瑚鉤詩話》宋・張表臣。

   　　《滄浪詩話》，宋・嚴羽。

   　　《詩法家數》，元・楊載。

7. 《歷代詩話續編》，丁福保輯木鐸出版社。

   　　《升菴詩話》，明・楊慎。

   　　《藝苑巵言》，明・王世貞。

8. 《清詩話》清・丁福保編臺北，木鐸出版社。

   　　《薑齋詩話》，清・王夫之。

   　　《律詩定體》，清・王士禎。

   　　《然鐙記聞》，清・何世。

   　　《師友詩傳錄》清・王士禎等。

   　　《師友詩傳續錄》，清・王士禎。

《漁洋詩話》，清・王士禎。

《王文簡古詩平仄論》，清・翁方綱。

《趙秋谷所傳聲調譜》，清・翁方綱。

《五言詩平仄舉隅》，清・翁方綱。

《七言詩平仄舉隅》，清・翁方綱。

《七言詩三昧舉隅》，清・翁方綱。

《談龍錄》，清・趙執信。

《聲調譜》，清・趙執信。

《聲調譜拾遺》清・翟翬。

《說詩晬語》，清・沈德潛。

《唐音審體》，清・錢木庵。

《貞一齋詩說》清・李重華。

9. 《石洲詩話》，清・翁方綱，臺北，廣文書局《古今詩話叢編》冊十一。

10. 《聲調四譜》，清・董文煥輯，廣文書局。

11. 《百種詩話類編》，臺靜農編，藝文印書館。

12. 《陔餘叢考》，清・趙翼，世界書局。

五、文學史

1. 《中國文學發展史》劉大杰，香港古文書局。

2. 《中國文學史》，葉慶炳，學生書局。

3. 《中國詩史》，陸侃如、馮阮君，藍田出版社。

4. 《中國詩歌流變史》（三）詩歌編，李曰剛，聯貫出版社。

5. 《中國文學展探源》李道顯，文史哲出版社。

6. 《中國文學源流》，胡毓寰，臺灣商務印書館。

7. 《中國文學史新論》趙景深，上海北新書局。

8. 《中國文學史簡編》馮阮君，臺灣開明書店。

9. 《中古文學史》，劉師培，育民出版社。

10. 《中國文學批評新論》，郭紹虞，蒲公英出版社。

11. 《中國文學批評史》劉大杰，文匯堂。

12. 《中國文批評史》，羅根澤，明倫出版社。

13. 《魏晉南北朝文學批評史》，王運熙、楊明，上海古籍出版社。

14. 《中國小學史》，胡奇光，上海人民出版社，中國文化史叢書。

六、文　論

1. 《毛詩古音考》，明・陳第，廣文書局。
2. 《詩經詮釋》，屈萬里，聯經出版事業公司。
3. 《詩經韻譜》，江舉謙，東海大學。
4. 《楚辭古韻考釋》，傅錫壬著述，淡江文理學院中文研究指導委員會發行。
5. 《楚辭韻譜》，徐泉聲，弘道文化公司。
6. 《漢魏六朝賦論集》何沛雄臺北，聯經出版事業公司。
7. 《文賦集釋》，張少康，臺北漢京文化事業公司。
8. 《駢文學》張仁青，文史哲出版社。
9. 《六朝駢文聲律探微》，廖志強，天工書局。
10. 《文心雕龍》，晉・劉勰，臺北，臺灣開明書店。
11. 《文心雕龍綜論》，中國古典文學研究會，臺北學生書局。
12. 《六朝文論》，廖蔚卿，聯經出版公司。
13. 《唐集敘錄》，萬曼，明文書局。
14. 《古典文學論探索》王夢鷗，臺北，正中書局。
15. 《中國歷代文論選》木鐸出版社。
16. 《照隅室古典文學論集》，郭紹虞，丹青圖書公司。
17. 《中國古典文學研究叢刊・詩歌之部（一）（二）》，柯慶明、林明德主編，巨流圖書公司。
18. 《中國文學概論》，袁行濡，五南圖書公司。

七、聲韻學

1. 《校正宋本廣韻》，宋・陳彭年等重修，藝文印書館。
2. 《音學五書》，清・顧炎武，臺北商務印書館。
3. 《古韻標準》，清・江永，廣文書局《音韻學叢書》冊五。
4. 《六書音韻表解》，清・段玉裁，廣文書局《音韻學叢書》冊六。

八、史　書

1. 《宋書》，梁・沈約，鼎文書局。
2. 《南齊書》梁・蕭子顯，鼎文書局。
3. 《梁書》，唐・姚思廉，魏徵，鼎文書局。

4. 《南史》，唐・李延壽，鼎文書局。

5. 《新唐書》宋・宋祁、歐陽修，鼎文書局。

6. 《高僧傳》梁・釋慧皎，廣文書局。

7. 《三國志補注》，清・杭世駿，粵雅堂叢書本，商務印書館，叢書集成。

8. 《史學方法論》，杜維運，三民書局。

九、論　文

1. 〈聲說〉，王國維，《觀堂集林》捌五。

2. 〈四聲三問〉，陳寅恪，《金明館叢稿初編》，里仁書局。

3. 〈四聲繹說〉，夏承燾，《中華文史論叢》第五輯，北京中華書局。

4. 〈論中國文學中的音節問題〉，郭紹虞，《文學研究叢編》，木鐸出版社。

5. 〈有關「永明聲律說」的幾段歷史記之剖析〉，王靖婷，《東海大學中文學報》。

6. 〈從聲韻學看文學〉，丁邦新，《中外文學》四卷一期。

7. 〈中國詩何以走上「律」的路〉，朱光潛，《詩論》，漢京文化公司。

8. 〈六朝律詩之形成〉，高木正一，鄭清茂譯，《大陸雜誌》十三卷九、十期。

9. 〈律詩研究〉，簡明勇，《師大國文研究所集刊》，第十三號。

10. 〈「律詩」試釋〉，李立信，《六朝隋唐文學研討會論文集》抽印本，中正大學中文系。

11. 〈從詩歌發展史立場看「絕」截「律」半說〉，李立信，《古典文學》第九集，學生書局。

12. 〈論近體律絕「犯孤平」說〉，李立信，《古典文學》第五集，學生書局。

13. 〈初盛唐五言近體詩聲律研究〉，涂淑敏，東海大學民國八十一年碩士論文。

14. 〈唐近體詩用韻之研究〉，耿志堅，政治大學民國七十二年博士論文。

15. 〈釋《河嶽英靈集》論盛唐詩〉，王運熙，《唐詩研究論文集》，人民文學出版社。

16. 〈有關唐代新詩體成立之兩種殘書〉，王夢鷗，《古典文學論探索》，正中書局。

17. 〈楚辭用韻藝術初探〉，史墨卿，《中國國學》，第十二期。